中国散文60强

毕竟东流去

朱增泉 / 著

图书在版编目（CIP）数据

毕竟东流去 / 朱增泉著. -- 北京 : 北京联合出版公司，2024. 8. --（中国散文60强）. -- ISBN 978-7-5596-7807-2

Ⅰ. I267

中国国家版本馆CIP数据核字第2024VW3190号

毕竟东流去

作　　者： 朱增泉
出 品 人： 赵红仕
出版监制： 张晓冬
责任编辑： 牛炜征
特约编辑： 和庚方　张　颖
封面设计： 立丰天

北京联合出版公司出版
（北京市西城区德外大街83号楼9层　100088）
三河市同力彩印有限公司印刷　新华书店经销
字数150千字　650毫米×920毫米　1/16　14印张
2024年8月第1版　2024年8月第1次印刷
ISBN 978-7-5596-7807-2
定价：65.00元

“中国散文 60 强”丛书

中华散文的文脉与发展

——“中国散文60强”总序

邱华栋

中国是诗的国度，亦是散文的国度。

穿越千年时空，从明清至唐宋，再由魏晋南北朝至两汉先秦一路回溯，汉语言文学中的散文实乃根深叶茂，硕果累累。无论是“唐宋八大家”之雄文美文，还是骈俪多姿的辞赋，以及名垂史册的《史记》《左传》，均为中国文学史上的璀璨明珠。“散文”与“诗”一道，成为中国文学的“嫡系”。尽管，后来从西方引进嫁接技术所催生的“小说”，大有“喧宾夺主”之势，终究还得“认祖归宗”，血脉和基因是无法改变的。

在中国散文流变历程中，曾出现过两次鼎盛期。一次是被文学史家所公认的“先秦散文”时期。其时，伴随着春秋时期的思想解放，诸子蜂起，百家争鸣，一大批散文家以饱满的气血、驳杂的学识和破茧的精神，创造出了散文的繁荣和辉煌局面，对后世产生了极大的影响。

到了“五四”时期，中国散文迎来了第二次鼎盛期。白话文如劲风激浪，吹刮和涤荡着神州大地。沉睡的雄狮醒来了，偃卧的小草开始歌唱。许多学贯中西的进步文人，肩扛文化变革的大纛，冲锋陷阵，掀起了一波又一波的新文学浪潮。《新青年》上刊载的散文，犹如一束束亮光，不但给人以希望，还给人以力量。“五四”以来的散文作品，无论是观念和主题，还是形式和风格，都跟以往的散文迥然不同。最具代表性的，当属鲁迅先生的散文（包括杂文），其刚健、凌厉的文质，疗救了中国散文长久以来颓靡不振、钙质疏流的顽疾。此外，周作人、郁达夫、朱自清、萧红、沈从文等一大批作家的散文创作亦各具特色，呈一时之盛，影响深远。

时代的前行催生了文学的发展，然而文学与时代有时并不同步甚至充满了“张力场”。“五四”的个性解放虽然催生了一批个性鲜明的散文精品，但这样的生态并未持续多久，中国散文的波峰出现了向低谷滑行的趋势。有论者指出，“散文在 50 年代既是对解放区散文文体意识的放大，又是对五四散文文体精神的进一步偏离。这种放大和偏离表现在个体性情的抒发让位于时代共性或者时代精神的谱写，政治标准优先于艺术标准，批判性为歌颂性所取代等诸方面。”（董健、丁帆、王彬彬《中国当代文学史新稿》）1960 年代初，散文创作一度出现了活跃，“专业”从事散文创作的作家群凸显出来，刘白羽、杨朔、秦牧相继登场，迅速成为散文界的三位名家。但他们的作品后人评价褒贬不一，认为其中颂歌式的写法较为单向，这种模式化的写作，不但对散文的建设毫无益处，反而扼杀了散文的个性和神采。

“文革”十年，中国散文更是一片凋零和荒芜，乏善可陈。1970 年代末，一些历经浩劫的作家开始复血，解除思想枷锁，重新拿起笔来写作，中国散文才又凤凰涅槃，焕发生机。加之各种文学刊物纷纷复刊和创刊，以及大量西方文化读物的译介出版，更为这些饥渴、桎梏太久的散文作者提供了登台亮相的舞台和瞭望世界的窗口。

1980 年代初期，伴随改革开放的热潮，思想解放大旗招展，文化随之繁荣，诸多承续“五四”精神的作家以笔为旗，抒发胸中压抑既久之块垒，出现了一批抒情性质浓郁的散文，使得现代散文这块“百花园”芳菲争艳，蔚为大观。特别是 1980 年代中期，随着作家主体意识的不断强化，中国文学开始呈现出一个崭新局面，作家从“集体意识”中抽身而出，重新返回“个体”，注重对生活的体察和内在情感的表达。这一时期，散文的艺术性得以强化，文本的精神内涵和表现空间得以拓展。

进入 1990 年代，社会发展日新月异，城镇化进程锐不可当，文化领域亦呈多元格局。各种文学思潮相互碰撞，人文精神的讨论更是打开了作家们的创作思路。“大散文”概念的提出，引发了散文界对散文的内涵和外延的重新讨论和界定。风靡一时的“文化散文”热，成为文坛上一道靓丽的风景。“新散文”“原散文”“后散文”“在场散文”等散文流派“你方唱罢我登场”，争奇斗艳，各领风骚。

及至二十世纪末，一批深具先锋意识和文体自觉的新锐作家，像一头公牛闯入瓷器店，使散文天地发生了激烈的碰撞和变化，形成一股新的散文潮流，提升了散文的审美品质和精神向度。

纵观 1978 年至 2023 年四十多年来，中华大地在“改开”的黄金时代中，社会生活奔涌激荡，各种思潮风起云涌，散文创作更是云蒸霞蔚、气象万千，涌现了众多成就斐然、风格各异的散文作家和具有思想深度、艺术上乘的散文作品。岁月的流水冲走了枯枝败叶和闲花野草，中流砥柱却巍然屹立。时间留住了新时代的散文经典，经典在时间的长河中绽放光芒。以沙里淘金的经典散文向“改开”的时代致敬，是我们不可推卸的责任和义务。

别看散文的门槛貌似很低，要真正写好，却实属不易。优质散文是有难度的写作，它不但需要作者的智识、胸襟、眼界、修养和气度格局；更需要写作者的态度、立场、慈悲、良知和批判勇气。遗憾的是，散文创作繁荣和光鲜的另一面，却是大量平庸甚至低劣之作的泛滥，不但败坏了读者的胃口，而且造成了物质和精神的极大浪费。散文作家层出不穷，散文作品汗牛充栋，可真正能让人记住的散文佳构却凤毛麟角。

散文要发展，文学要前行。发展和前行就要从平庸的樊篱中突围。在突围的过程中，散文作家不可太“聪明”，不可太世故，要永存对文学的敬畏之心。一言以蔽之，散文的尊严来自散文作家的尊严。也可以说，要想散文繁荣，首先需要有一批人格健全，品德高尚，铁肩担道义的散文作家。什么样的人写什么样的文章。特别是写散文，最容易看出一个作家的内在品质和境界涵养。一个人格不健全的人，哪怕他作文的技法再高妙，也很难写出撼人心魄、抚慰灵魂的散文来。作家精神品质的高低，直接决定其作品的精神向度。

为了散文写作的突围和发展，为了建设独具特质的当代散文，也是为了更好地从经典散文中汲取营养，我认为有必要正视和重申一些常识性的思考。高头讲章的理论是灰色的，常识之树却蕤葳常青。

一、作家的个体精神决定散文的优劣。常言道，散文易学而难攻。难在什么地方，不是难在技巧，而是难在作家个体精神的淬炼上。倘若作家的个体精神不够丰富，不够深刻，不够清澈，纵使他手里握着一支生花妙笔，也写不出令人称赞的散文。那么，如何才能做到个体精神的丰富性呢，这就要求作家时时刻刻不背离生活，要知人情冷暖，体察人间百态，关心民瘼，有忧患意识，不要做生存的旁观者。一个冷漠甚至冷酷的人，是不适合从事散文创作的。

二、真诚是确保散文品质的基石。散文创作跟作家的生存经验息息相关，可以说，真正优质的散文，无不牵连着作家的血肉和心性。作家的喜怒哀乐，悲欢离合，都或隐或显地暗含在他的作品中。假如在一篇散文作品中，读者既看不到作者的体温，又看不到作者的态度，那这篇作品或许就是失败的。说明这个作者在他的作品中“说谎”或“造假”，缺乏真诚之心。作家一旦失去真诚，为文必定矫揉造作，作品也必定会失去生命力。因此，真诚是散文的“生命线”，也是“底线”。

三、个性是促进散文生长的养料。人无个性便无趣，文无个性便平质。当下，每年都会诞生数以万计的散文篇章，但能够让人记住，且读后还想读的作品并不多，何故？概在于这些数量庞大的散文，无论题材，还是语感都千篇一律，像是从“模具”中生产出来的，缺乏辨识度。散文要发展，必须要求作家具有“个性意识”。“个性意识”不是标新立异，更不是哗众取宠，而是一种“创新意识”和“审美意识”。但凡在散文创作方面被公认的那些大家，都是“文体家”，他们以自觉的写作实践，开创了散文写作的新路径。不合流俗方能独步致远，推动散文的建设和繁荣。

当然，以上几点并非创作散文的圭臬，谁也没有资格去为散文“立法”。

散文是自由的创造，散文精神即自由精神。我之所以提出来，仅仅是希望引起散文同行们的重视和参考，共同为中国当代散文的发展尽力增光。

我们策划、编选“中国散文60强”（1978—2023）的初衷，旨在对新时期以来的中国散文创作作出梳理、评价和选择，试图精选出风格各异的代表性散文作家，以每位一部单行本的形式，呈现出中国新时期优质散文的大体样貌。此项目的发起人为资深出版人张明先生。多年来，他一直追求做高品位的纯文学书籍，也曾连续多年与中国散文学会、中国小说学会合作，出版年度《中国散文排行榜》和年度《中国小说排行榜》。2023年他策划出版了《中国小说100强》，反响不俗。身处喧嚣、纷杂的环境，能以如此情怀和心力来为文学做如此浩大的工程，不能不令人钦佩！

感谢张明先生邀请我和叶梅、冯秋子、陆春祥、吴佳骏、张英、文欢组成编委会，共同遴选出60位作家。我们在召开筹备会的时候，即将作品的思想性、艺术性、代表性以及影响力作为编选的基本原则。在确定入选作家名单时，我们认真商讨，反复研究，生怕因为各自的眼力、审美和趣味之别，造成遗珠之憾。好在我们的工作得到了作家们的积极回应和鼎力支持，惠风和畅，大地丰饶。

60位入选的作家，既有令人尊敬的文学大家，如孙犁、张中行、汪曾祺、史铁生、邵燕祥、流沙河、刘烨园、宗璞、贾平凹、韩少功、张炜、梁晓声、阿来、冯骥才等。这批散文大家的作品，文风质朴、清朗、刚健，充满了“智性”和“诗性”。无论他们是写怀人之作，还是针砭时弊，歌咏风物，都有着鲜明的文化立场和审美取向。他们或出入历史，借古观今；或提炼人生，洞明世事，输送给读者的都是难能可贵的“精神营养”。

也有被散文界公认的名家，如李敬泽、王充闾、马丽华、周涛、冯秋子、叶梅、筱敏、张锐锋、周晓枫、于坚、鲍尔吉·原野等。这些作家的散文作品，特色鲜明，风格独特，诚挚内敛，从内容到形式，都作出了各自的探索和尝试，为当代散文注入了活力。从他们的作品中，我们不但能够领略汉语之美，更可以借此反观生活与存在，寻找人之为人的价值和尊严。

还有散文界的中坚力量和青年才俊，如彭程、谢宗玉、江子、雷平阳、任林举、塞壬、沈念、傅菲、吴佳骏、周华诚等。从他们的作品中，我们见到的，不只是中国散文的文脉传承，更是自由精神的张扬。他们文心雅正，笔力锋锐，不跟风，不盲从，始终保持着独立的思索和判断，在各自所开辟的散文园地中精耕细作，以崭新的姿态参与和推动当代散文的变革。

其实，细心的读者不难发现，入选本丛书的老、中、青三代作家都有个共性，即他们均在以自己的作品审视心灵，心系苍生，弘扬真善美，鞭挞假恶丑，充满了正义感和人道主义精神。这自然与时下众多书写风花雪月，一己悲欢，充塞小情趣、小可爱的散文区别开来。正是因为有他们的存在，中国当代散文才呈现出一幅绚丽多姿的长卷。

需要说明的是，有些重要的散文家，如张承志、余秋雨、王小波、苇岸、刘亮程、李娟等人，由于版权或其他不可抗原因，未能将他们的作品收录进来，我们深以为憾。

我们还要感谢北京立丰天文化传播有限公司的资金支持，感谢北京联合出版公司的精心编校，他们慷慨和无私的义举，对于繁荣中国当代散文创作、对于赓续中华优秀散文文脉、对于中国新时期的文化积累，均具重大价值和意义，可谓善莫大焉。这套丛书的出版意义将同《中国小说 100 强》一样，旨在给读者以经典的指引，这既是一项重要的原创文学工程，同时也是助力推动全民阅读和研究传播文化的公益工程。

郁郁乎文哉，中国散文有幸！

是为序。

2024 年 5 月 12 日星期日

（作者为全国政协常委，中国作协副主席、书记处书记）

目　录

Contents

从范蠡说到吕不韦

灯下读史，避开帝王看将相，注意两个人:一个范蠡，一个吕不韦。在漫漫五百年春秋战国这出风云际会的长剧中，这两个人一前一后，一东一西，先后粉墨登场，分别出演过重要角色。范蠡在长江之滨当过越国大夫，吕不韦在黄河岸边任过西秦相国。两人的经历异中有同、同中有异：范蠡先做官，后经商；吕不韦先经商，后做官。在他俩由做官到经商、由经商到做官的过程中，又各有一位他们心爱的绝色女子，为他们的事业或献身或殉情。

官职、财富、美人，这三件宝贝，哪一件里面都夹杂着善恶并存、祸福相依的成分；倘若再将这“三原色”挤到同一块调色板上，那就对不住，贪婪者志浊情浑地涂抹出一幅幅污浊画面者众，而能以大智大德绘出灿然景致者寡焉。

独独范蠡此人，一生“居高官，致巨富，挟美人”，却能“名垂后世”，千古称奇。他是先做官，后经商。那就先看看他为何做官，又如何做官吧。夫范蠡者，楚国人氏，虽“出身衰贱”，却苦学有成，有奇志大谋，怀治国安邦之志。然其时之楚国，君主无为，贵族专权，国运衰落。他又死也不肯去走权贵们的路子，只得埋没民间，装疯卖傻。当权者清明公正招贤，昏庸徇私纳亲，古今通律，无可奈何。幸而春秋战国时代“人才市场”相当活跃：一些在本国得不到重用的文武人才，反被招纳天下贤士的别国吸引了去，破格重用，位至将相，这样的例子屡见于史。思想上的百家争鸣，组织上的人才竞争，相映成为春秋时代诸侯并起、群雄纷争之际的奇异社会景观。楚国上层的政治腐败，造成本国人才严重外流：伍子胥、伯嚭奔吴，文种和范蠡赴越，都到别国去做了“客官”。吴、越两国得了这几位人才，吴越之争也就拉开了跌宕起伏、精彩纷呈的一幕。

这里有个问题：范蠡此人在本国混不到官职，竟跑到别国去做官，“官瘾”如此之大，他不以为耻吗？问得有理。然而叹我人类，为了治理这乱纷纷相争相扰的社会，自古至今，总得有人出来做官。孰荣孰耻，其实并不全在想不想做官，而在为何做官、如何做官。况且当时之楚、越，其实都是中国，范蠡并未出洋。他离楚之前，曾同好友文种做过一次长谈，两人都为楚国的现状和前途忧心。他俩谈论的命题是：为了报效楚国，必须到越国去图谋发展。文种问：“你我离楚，何以反能效楚？”范蠡答：“今楚之危，莫大于东邻日盛之吴。而能牵制吴国西向犯楚者，越国也。你我辅越图强，必能牵制吴国，以轻楚国之危也。”范蠡心系故国盛衰安危，真可谓苦心孤诣。由此可见，范蠡决意到越国去，绝非为了想去混张绿卡什么的，切望诸君稍加留意古今出国之士情怀之高下。

做官，自古就有种种不同做法。单说做官如何做出人格来，仅此一点，就很不易。范蠡恰恰在这一点上表现得相当出众。他认为做官仅仅为了谋取一己的荣华富贵非常容易，但很可耻；他做官的志向是要“有为于天下”。范蠡到越国去上任之始，正值勾践兵败会稽、越国命运危于累卵之时。他和文种立志要挽救越国于危亡：先避灭国之祸，再重振国运，然后称霸诸侯。他俩主动为越国挑起的这副担子，有多少斤两，可想而知。为了避免越国被灭之祸，范蠡苦苦劝谏勾践采纳了他的“忍其辱，待其时”的著名策略。勾践到吴国去忍辱服刑之时，原想把越国交给范蠡托管。范蠡却说：“兵甲之事，文种不如范蠡；治理国家，亲附百姓，范蠡不如文种，还是让文种在国内留守吧！”他自己毅然冒死伴随勾践“质于吴”。他伴随勾践在吴国服刑期间，吴王夫差从范蠡的老乡伍子胥那里得知，范蠡这个囚徒，怀奇才，有大用。于是亲自出面来拉拢他说：“贞女不嫁破亡之家，志士不官灭国之君。你到我这里来吧，我马上任命你为大夫，如何？”范蠡答：“家破而去之妇非贞女,国亡叛君之徒非志士也！我谢谢大王您的一片好意了……”好个范大夫，太史公奋笔疾书而赞曰：“臣主若此，欲毋显得乎？”《史记》载：范蠡“与勾践深谋二十余年”，终于实现了“灭吴国，临齐晋”的宏图大业，号称一时之霸。

一个人做官做出了如此丰功伟绩，又将何以处身？勾践深念范蠡大功，将他擢为上将军。不料，功成名就的范蠡却日益寝食不安起来。一则，他在长期跟随勾践为越国复兴呕心沥血、赴汤蹈火的过程中，对勾践这个人了解得实在太透彻了，深知此人“可与共患难，不可与之同荣华”。自己二十余年来为了越国的强盛勠力效命，虽然随时可能遇上灭身之祸，却从未有过半点犹豫、退却之心，因为那是为了一个国家的生死存亡，虽死犹荣。再说当时勾践正在患难之中，他的偏狭性格虽然时时发作，但用复国振兴大业为重的道理对他苦苦相劝，他尚能忍耐。如今大业已成，勾践的心境已变，他已不可能再像患难中那样忍辱负重、听从劝谏。一旦君臣发生冲突，由于勾践一己的偏狭性格而使自己遭受杀身之祸，太不值得了。二则，再想想自己，以往二十余年由于重任在肩，壮志未酬，夜寝未敢忘思，日行未敢忘慎，生怕有半点疏忽，故能胜敌一筹，以曲求伸，以弱胜强，终成伟业。如今自己也已功成名就，位高而权重，寝食无忧，即使一日三省，也难免疏忽懈怠，因而深感“大名之下，难以久居”。经过反复深思，他毅然决然向勾践递交了一份情切意坚的辞呈，请求辞官而去。

谁知勾践却大大误解了他的心思，竟对他说：“我愿同你分国而有！”范蠡伏地叩首道：“臣闻‘主忧臣劳，主辱臣死’。昔日大王临灭国大难，臣勠力相助，臣之职也。唯初谋之时，令大王质吴蒙奇耻大辱，臣之死罪，臣请诛！”勾践还是苦苦挽留，范蠡坚辞不悔，乘轻舟浮海而去。如此自觉自愿、干净利落地丢掉已经到手的高官厚禄、盛名荣耀，而且这一切都是因功而得，受之无愧，问千古以来，有几人乎？另一种说法是，范蠡带着爱妾西施到了无锡，在太湖之畔建了一座宅园隐居了一段时间。他和西施隐居的蠡园，现在是无锡的名胜之一。

从此，范蠡坚决同政治“脱钩”，北上齐国，隐姓埋名，领着儿子们“耕于海畔，苦身戮力”，从“居无几何”，到“致产数十万”，勤劳致富。不久，齐国发现了他，再次将他拉去做官，“以为相”。范蠡心中更加不安起来，觉得一个人“富”与“贵”不可兼得，自己一介布衣之人，如今“居家则致数千金，居官则至卿相”，集富贵于一身，物极必反，“不祥”。于是，他再一次毅然决然“归相印，散尽其财”，远走他乡，回归民间。最后游历到定陶一带，定居下来，专心经商，“候时转物”，贸易越做越大，资产“累巨万”。范蠡一生“三迁皆有荣名”，“天下称陶朱公”。

再看看吕不韦。他又是怎样的人格、情怀、志向和手段，从经商走上了从政道路？范蠡死后数百年，吕不韦从卫国阳翟做买卖一路做到赵国邯郸。其时，他虽已“家累千金”，却身无官职，总觉得心里空落落的，缺少点什么。他在长期“往来贩贱贵卖”的经商活动中，积累了“奇货可居”的投机经验。正是凭着这条经验，他终于在邯郸碰上了一桩政治买卖，施展出全部投机手段，从商界一脚踏进政治门槛，步上了从政之路。

一日，吕不韦在邯郸街上闲逛，迎面碰上一位落魄少年，一打听，那少年竟是秦国的王孙，名子楚，在赵国当人质，赵国对他很是怠慢。吕不韦回到商舍，掐指算计了一阵，便同他父亲讨论起各种买卖的获利大小来。他问父亲："耕种利几倍乎？"父亲答："十倍。"又问："贩卖重宝珠玉乎？"答："百倍。"再问："拥人立国乎？"他父亲一愣，心想自己做了一辈子生意，还从未听说过有这类买卖，无言以对。吕不韦奸诈地笑将起来，自己做了回答："万世之利也！"吕不韦真正不愧是经商世家出身，真正不愧是一位满脑子生意经的地道商人，他是早在从政之前，就已算清了"从政获利大于商"！

吕不韦接着仔细算了另一笔"政治账"：子楚的父亲是秦昭王的太子安国君，秦昭王垂垂老矣，安国君迟早要接替王位，安国君虽同众妾生有二十多个儿子，偏偏他最宠幸的华阳夫人膝下无子。安国君一旦继承王位，立谁为太子必有一争。先别看子楚眼下落魄，细细分析起来，他倒具备争立太子的一定条件。因为在华阳夫人进宫之前，子楚的生母夏姬也曾得宠过，幼时的子楚，安国君也喜欢过，父子间有感情基础。故要想为子楚争到太子地位，笼络华阳夫人便是关键所在……吕不韦掐着骨节儿细细算出了子楚身上的巨大潜在"价值"，不禁大喜："此乃稀世奇货也！"

两笔账算下来，吕不韦已毫不犹豫，他上门拜访子楚。他对子楚说道："我可以帮你光大门庭。"子楚对他凄然一笑："你还是先去光大你自己的门庭吧。"吕不韦说："不，我的门庭要靠你来光大！"子楚不解，问："何以见得？"吕不韦对他附耳如此这般说了一通，子楚听罢，不禁热血沸腾，顿足许下大愿：假如照你的计策能够实现，我将"分秦与君共之！"一场空前未有的政治投机大买卖，就此落锤敲定。

商人吕不韦比谁都清楚，“欲获利，先下本”。他先“以五百金与子楚，为进用，迎宾客”，先把子楚的门面撑起来。“复以五百金买奇物玩好”，由范蠡自己带上，亲自出马，西去秦都，展开活动。他先通过关系找到了华阳夫人的姐姐，托她将礼物送给华阳夫人，并传进话去，说子楚如何如何想念她老人家。从此，华阳夫人不断收到以子楚名义送来的各种心爱之物，不断听到有人在她面前说起子楚如何如何聪明能干。华阳夫人的姐姐也不断前来，为她的前途命运担忧，经常在她面前说些“色衰爱弛”之类，终于使华阳夫人因为自己没有亲生儿子而怏怏不乐起来。眼看时机已经成熟，吕不韦终于把一套编得天衣无缝的“好意”，通过华阳夫人的姐姐搬到了华阳夫人的卧榻之前：“我看子楚这孩子真是不错，对你比对他的亲生母亲夏姬还好。我看倒不如你自己乘早在安国君面前说句话，把子楚过继到你名下当儿子，将来名正言顺把他立为太子，这才是万全之计。”吕不韦苦心策划的这桩政治投机买卖，华阳夫人轻轻一点头，竟就这么做成了！

吕不韦风尘仆仆赶回邯郸，秦都传来一道玉符：子楚已成了正式的王太孙，吕不韦也被任命为子楚的师傅。大约过了十来年，秦昭王亡，“太子安国君立为王，华阳夫人为王后，子楚为太子”，完全不出吕不韦的预谋！安国君继位只一年，亡，立子楚，“是为庄襄王”，“以吕不韦为丞相，封为文信侯”，“食十万户”，他梦寐以求的“万世之利”终于到手。子楚继位也只三年，又亡，立太子政。嬴政年少，不能亲政，于是“尊吕不韦为相国，号称仲父”，秦国大权落到了吕不韦手里。这里藏着一个非同寻常的千古之谜，牵连到一个风流淫荡的女人。

当年，吕不韦为子楚争到了太子地位，把子楚请到自己府上为他举行庆祝宴会，召来家养舞女跳舞助兴。其中有位名叫赵姬的舞女，姿色“绝好”，吕不韦私与居，有孕。子楚一见倾心，已无心饮酒，举杯庆贺，第二句话便向他指名要这位舞女。吕不韦一听火了，但他那股情火只倏忽一闪，便酸溜溜地往心底压将下去。心想：我既然已把全部家产都押在了他子楚身上，何惜一名心爱舞女？把赵姬献给他，不是更能放长线钓大鱼吗！于是“遂献其姬”，“姬自匿有身，至大期时，生子政”。原来，新继位的少年秦王“政”，即后来不可一世的秦始皇，竟是吕不韦的私生子！

庄襄王新亡，王后赵姬守寡，儿子虽已继承王位，但尚年少。吕不韦一面操纵国政，一面同太后姬的旧时淫情复萌，两人“时时窃私通”。可见，让少年秦王嬴政尊吕不韦为“仲父”，其中奥妙不言而喻。吕不韦灵魂之肮脏，更加表现在下面这件事情上：随着少年秦王嬴政日益年长，吕不韦深恐他与赵姬王太后的丑闻败露致祸，于是使出一条转嫁危险于他人的阴毒之计。他物色到一位好色之徒嫪毐，养为舍人，将他的眉毛胡子拔掉，对外诈称此人已被“阉”过，送进宫去服侍太后，“太后私与通，绝爱之”。赵姬又同嫪毐生了两个私生子，许多政事“皆出于嫪毐”。

秦王政终于亲政，破了宫内这桩丑闻大案，镇压了嫪毐的宫廷政变，诛其三族，杀掉了他的两个私生子。吕不韦的龌龊勾当也终于败露，被免去相国，逐出京都，后又贬蜀。吕不韦终因干下的丑事太多，“恐诛”，在去蜀的途中饮毒酒自杀，不得善终。

吕不韦其人，以无德之身，逐利之心，阴诈手段，弃商从政，直至操纵秦国朝政，弄得秦国宫内丑闻不断，乌烟瘴气，严重污染毒化了秦国政治。秦嬴政是位有大作为的帝王，后来他扫平六合，将春秋战国以来争战不休五百余年的中国归为一统。但为何完成如此空前大业的王朝，竟二世速亡？除了其他种种原因，吕不韦对秦国政治的毒化，是否也是一个小小的内在因素？

回过头来再说范蠡。他也曾施展过美人计，作为他全部政治计谋的重要内容之一，委派自己的爱妾西施到吴王夫差身边去长期潜伏，执行一项深谋远虑的战略任务。范蠡在这件事情上表现出来的个人情操，则另具一格。他与文种一起到勾践那里去同谋此计时，文种提出，仅有姿色的美女易找，但若无才识，则难以完成这项重大使命。范蠡毫不犹豫地推荐了自己的爱妾西施，说只有她“堪当此任”。文种不忍。范蠡说，我与西施已经商量过了，她深明大义，愿意为国献身。西施到了吴王夫差身边，认真贯彻范蠡向她交代的战略意图：劝说夫差西向图霸，向北方用兵，把他的目光从越国身上引开。西施之美、之才，令夫差爱不能离，终日相伴。西施娇嗔地劝他说：“请大王珍重身体，万不可懈怠了称霸雄心。连我都经常在想，我们吴国何时才能称霸中原？”这使夫差对西施在怜爱之上又加了一层敬意。西施不辱使命，成功地把夫差的注意力从越国引开，使夫差屡屡向西、向北用兵。这就使越国获得了“十年生聚，十年教训”的喘息机会，卧薪尝胆，励精图治，积蓄了力量。后来终于在夫差西去黄池会盟称霸之时，越国乘其国内空虚，攻其不备，战胜了吴国。从此，越国开始向外采取战略进攻之势，其中西施功不可没。

今天人们去游苏州灵岩山，尚可见到一些古时吴国遗迹，听到一些关于这段历史的精彩传说。山上有囚禁过勾践和范蠡的石室，有为西施梳妆打扮开凿的西施井。站在山上回首南望，有一条笔直的“一箭河”，从山脚直通太湖。相传：当年范蠡虽毅然辞官而去，但他对西施的真诚爱情不能忘怀。他专程赶到灵岩山来接了西施，怕勾践疑心病起，允诺有变，派人追来，对西施说：“快走！”他从腰间摘下弓来，倏地射出一箭，箭头飞出的方向开出一条河来，他们的小船顺着这条小河驶进太湖，即刻隐没在浩渺烟波之间。

史上，以姿色事敌国之君，而未留恶名者，唯西施一人。

1994 年 2 月

汉初三杰悲情录

今春四月，去汉中，看了几处与汉初三杰张良、萧何、韩信相关的历史陈迹，引发了几多感慨。

刘邦与“三杰”之恩怨

张良、萧何与韩信，辅佐刘邦夺取天下，建立汉朝，功莫大焉。刘邦将自己同他们三人做过一番比较，得出的结论是三个“不如”。他说：“运筹帷幄之中，决胜千里之外，吾不如子房；镇国家，抚百姓，给饷馈，不绝粮道，吾不如萧何；连百万之众，战必胜，攻必取，吾不如韩信。”刘邦讲这番话的时候，口气很诚恳，态度很谦虚。但是且慢，假如刘邦真是一位谦谦君子，他绝对争夺不到天下。他接下去说：“三人皆人杰，吾能用之，此吾所以取天下者也。”关键是“吾能用之”这句话，意思很明白，他们三个人的本事再大，也都在我刘邦手心里握着，任我拿捏，为我所用。究竟谁比谁的本事更大，不言自明。刘邦有识人之眼、用人之量，但一切都以“吾能用之”为原则，以“取天下”为目的。一旦天下到手，觉得谁“用”起来再不像原先那么顺手，对不起，他马上会有另一套手段仔仔细细伺候你。随着朝廷内外的形势变化，刘邦与“三杰”之间的矛盾时起时伏，尤其是同韩信的矛盾一直发展到你死我活。

从“三杰”这一面来说，他们如何处理各自同刘邦的矛盾，又因他们三人的出身背景、性格特点、文化修养、奋斗经历、交往人物乃至健康状况等等的不同，采取的态度和方法也各不相同。简言之，张良是“智避”，韩信是“硬碰”，萧何是“隐忍”。这就直接导致他们三人的最终结局各不相同：张良凄凉隐退，韩信悲愤丧命，萧何苟且保身。

天下汹汹，各为其主。刘邦与“三杰”曾经是一个最佳组合。楚汉相争，刘邦的实力远不及项羽，但依靠他们这个最佳组合将能量发挥到极致，终于赢得了这场比赛。比赛一旦结束，促成他们构成最佳组合的客观条件也就不复存在。因为这个最佳组合是打天下的班底，不是坐天下的班底。刘邦为了独掌天下，需要重组班底，这就注定了他们这个最佳组合的倾情演出，上半场是正剧，下半场是悲剧。

“飞鸟绝，良弓藏”，“狡兔死，走狗烹”。刘邦将“三杰”玩完之后，他自己的内心世界就从此消停了吗？不见得。我过去读刘邦的《大风歌》，每每为它的大气磅礴所激动。这次从汉中归来再读《大风歌》，不对了，我忽然读出了刘邦内心的孤独和悲凉，《大风歌》是一位孤家寡人的内心独白。

刘邦对张良：用而不信

从宝鸡去汉中，翻越五百里秦岭，半路上有座张良庙，这是当年张良的隐居处。张良庙坐落在一条山谷里，周围山高林密，浓荫如盖。

张良庙迎门是一座砖砌牌楼，牌楼正中镶有砖刻“汉张留侯祠”五个大字，清道光甲申年蔡文瑾所题。张良庙历经无数次重修，这几个字不知道是第几次重修时的遗物。留侯是张良的封号。张良庙也叫留侯祠，留侯祠在留侯镇，留侯镇属于留坝县。这些地名均因张良而得名。其实留侯之“留”不在此地，在江苏。

刘邦与张良的关系比较微妙。就从刘邦封张良为留侯这件事说起。刘邦得了天下，即行论功封侯。表面上看，刘邦对张良评价很高，封赏最重。实际上，围绕封侯这件事，刘邦与张良展开了心灵“过招”的第一回合。刘邦对张良说，你有运筹帷幄、决胜千里之功，你可以“自择齐三万户”，你想要齐国哪一片土地都行，随你挑吧。出乎刘邦意料，张良的回答不是谢恩，而是谢绝，他不要。

在张良看来，刘邦封他齐地三万户，是深藏心机的。张良是韩国贵族出身，祖上“五世相韩”。秦灭韩，张良从博浪沙雇人行刺秦始皇开始，落魄造反，为韩国“复国”做出了不懈努力。张良的身世背景、平生心愿，刘邦一清二楚，但是，刘邦却没有把韩国故土封给张良，而是将他封到齐国的地面上，这绝不是刘邦的疏忽。不是疏忽，就是蓄意。刘邦究竟什么用意呢？齐国这片土地，两年前已经封给了韩信，而且是张良亲手经办的。当时，刘邦被项羽围困在荥阳，韩信在东边打下了齐国，不但不来增援刘邦，反而派人来向刘邦提出要求，希望同意他自立为“假齐王”。刘邦大怒之下，想马上派兵去攻打韩信这狗日的。陈平在桌子底下踩他的脚，张良对他附耳道：“在这危急关头，不如就同意韩信立为假齐王，稳住他，以防小不忍生大变。”刘邦立刻改口骂道：“他妈的，他韩信大丈夫南征北战，出生入死，要做就做个真王，哪有做假王之理，封他为齐王！”立刻派张良带上印信，前往齐国，封韩信为齐王。张良此刻便想，刘邦今天封他“自择齐三万户”，这是想用一笼锁二虎。把他和韩信封在同一片土地上，无非是想在他们两人之间制造一点不大不小的矛盾，达到“以张制韩”“以韩制张”的目的。

这说明，刘邦不仅对韩信不放心，骨子里对张良也有些信不过。张良对此心明如镜。不过，张良觉得回绝得过于简单了也不好，总得给刘邦留点面子。他对刘邦说，我在博浪沙雇人行刺秦始皇失败，逃到下邳来避难，最早和你相识于留（“留”是江苏沛县东南的一座小城），我对那座小城难以忘怀，你实在要封就封我个留侯吧。刘邦“乃封良为留侯”。张良为什么要向刘邦重提留城，愿封留侯？他是想借此提醒刘邦，希望在他们君臣之间保持一点起事之初的淳朴记忆。回想打天下之初，大家忙于杀伐征战，纵横捭阖，何曾斤斤计较于一得之功、一己私利？可是一旦得了天下，为了争夺各自利益，宫廷内外已是剑拔弩张。

围绕“封功臣”这件事，宫廷内爆发了一场大风波。“上已封大功臣二十余人，其余日夜争功而不决，未得行封。”刘邦发现，文臣武将们每天都在宫道上三五成群，交头接耳，窃窃私议，便问张良：“他们在商量什么？”张良回答说：“在商量谋反！”刘邦大惊，天下刚刚安定，为什么要谋反？张良直言道：陛下也是布衣出身，他们这些人跟随你出生入死，现在你贵为天子，他们也希望论功封赏。可是，目前得到封赏的人，都是萧何、曹参的亲信故旧。被诛杀的都是同陛下及萧、曹他们有怨仇的人。他们都在担心，自己不但得不到封赏，陛下反而对他们处处疑心，随意诛杀，所以逼得他们聚在一起商量谋反。刘邦急问:“奈何?”张良问他:“你平生最恨，而且群臣们都知道你最恨的人是谁?”刘邦答:“雍齿!”刘邦说，雍齿这个人过去曾多次羞辱过刘邦，刘邦曾几次想杀他，都因为念他立过不少战功，没有忍心下手。张良说:“那好，作为一项紧急措施，你赶快先封雍齿，好让大家打消顾虑，先把人心安定下来，后面慢慢再做工作。”

张良的这番分析和建议，可谓“一石二鸟”。一方面，他巧妙地点了一下萧何、曹参的名。那意思，说你刘邦包庇怂恿萧、曹也好，说萧、曹结党营私也好，说张良对此有些看法也好，你刘邦自己去理解吧。另一方面，他也为刘邦解决这场风波献出了关键的一招。这等于告诉刘邦，你身为皇上，用小人之心度我君子之腹，我的肚量比你大，我在人格上绝不会输给你。意见要向你提，为臣之责仍然要尽到，此乃堂堂君子之风。

然而，经过这场风波，张良毕竟受到很大刺激，心中有些悲凉。他看到朝廷内各个利益集团、各个门派之间的矛盾已暴露得异常尖锐。自己在刘邦心目中仅仅是一介谋士而已，并非信可托国之重臣。刘邦天下已经到手，再没有多少危急大难需要有人为他出谋划策了。况且自己身体也一直不太好，这个“臣”是不能再做下去了。前思后想，他决心急流勇退，“淡出”政坛。

张良抽身而去，凄凉隐退

张良决心脱离刘汉朝廷，抽身而去，也有他自身的悲剧根源。这同他的身世背景、政治理想直接有关。张良原是韩国的贵族子弟，他的祖父、父亲都曾做过韩国的相国，先后辅佐过五位韩国君主。韩国被秦始皇灭国时，张良家中还有“家僮三百人”。当时张良还是一个在校学生，正在淮阳“学礼”。他血气方刚，年轻气盛，“弟死不葬，悉以家财求客刺秦王，为韩报仇”。作为一名亡国之士，张良念念不忘的就是要为韩国“复国”。但是，秦虽暴虐，“分久必合”却是天下大势。即使揭竿而起推翻秦朝，走向统一的时代潮流也不可逆转，张良“复韩”的政治理想只能是一种不切实际的空想。这就注定了张良命运中存在着先天的悲剧因素。

从实践层面讲，张良一个贵族书生，势单力薄，在群雄并起的时势下，也不存在他独立奋斗的客观条件，他只能依附于比他更强大的势力。当时“陈涉等起”，风云际会，项梁和项羽、刘邦等都在这时相继起事，张良自己也曾拉起一支小小队伍，“聚少年百余人”。有个叫景驹的，在留城自立为楚假王，张良本想到留城去投奔景驹的，走到半路碰上刘邦。刘邦手下有数千人，势力比张良大得多，张良便和刘邦走到了一起。但是，他们的政治目标并不一致，两人只是同路人而已。

一个人最初确立的政治理想，犹如人生初恋，往往难以忘怀。张良虽然加入了刘邦营垒，他心中的“复韩”梦想却难以泯灭，一有机会就会冒出来。项梁与刘邦会合后，为了打旗帜，“共立楚怀王”。张良觉得机会来了，借机说服项梁，把韩国公子成也立为新的韩王，张良本人也被任命为韩国司徒。他和韩王成一起，领着一支千把人的队伍，要去夺取原来属于韩国的地盘。结果当然不会成功，刚刚打下的几座小城，被秦军轻而易举就夺了回去，他们的队伍也成了散兵游勇，张良只得重新回到刘邦队伍中来。

刘邦利用项羽正在巨鹿和秦军主力决战的当口，抢先进入关中，占领咸阳，灭了秦朝。项羽随后入关，觉得刘邦投机取巧，十分恼火，“欲击沛公”。张良和项伯从中竭力调解，帮助刘邦渡过了鸿门危机。随后，项羽封刘邦到汉中去做汉王，刘邦临走前送给张良“金百镒，珠二斗”，打发他回韩国去，等于把他“辞退”了。张良将金银悉数转赠项伯，只身回到韩国，方知韩王成已被项羽所杀。至此，张良的“复韩”理想彻底破灭，只好重新投奔刘邦。

张良的以上经历，说明了一个问题：他在刘邦阵营内始终带有“客串”性质。刘邦虽然重其才，用其计，但对他的信任度一直有所保留，始终没有达到倾心相依的地步。刘邦本人粗俗豪放，做泗水亭长时“无所不狎侮”，做了皇帝仍然“素慢无礼”，对萧何等都是直呼其名，动辄臭骂。张良身上则有一股子贵族书生气质，见解精辟，谈吐文雅。刘邦对张良一直以“子房”称之，始终客客气气，连重话都不曾说过一句。因为在刘邦心目中，张良这个人“身在汉营心在韩”，并不是死心塌地的追随者。因此，在关键问题上，刘邦对待张良和萧何的态度是有本质区别的。封侯前，刘邦对“三杰”做出评价，第一个就讲到张良，给人以错觉，好像他把张良列为第一位大功臣。实际上，刘邦内心一直把萧何排在第一位，“高祖以萧何功最盛”。只是由于群臣争功激烈，刘邦自己不便直说，“难之”。最后正式排列位次时，关内侯鄂君揣摸到了刘邦的心思，挺身而出，力排众议，发表了“萧何第一，曹参次之”的意见，刘邦立即表态：“善！”加封萧何“父子兄弟十余人，皆有食邑”，赐萧何“带剑履上殿，入朝不趋”，恩宠无以复加。

司马迁有评语：“高祖离困者数矣，而留侯常有功力焉。”刘邦遭遇过很多次危机，危急关头都是张良为他出谋划策，化险为夷，转危为安。刘邦面临重大问题时，也往往都是张良为他做出精辟分析，帮助他做出正确决断。诸如：智击秦将，计取关中；化解鸿门危机；不立六国之后；去汉中以退为进；联合英布、彭越以抗项羽；重用韩信独当一面；主动出击，追击项羽；调动韩信、彭越参加垓下会战；定都关中；不废太子；等等。在这一系列重大问题上，刘邦都曾得力于张良的计谋和忠告。人们不禁要问，刘邦既然明确表态“萧何第一、曹参次之”，那么张良应该排在第几位呢？刘邦对此三缄其口，别人也再没有谁提出这个问题。对此，张良内心作何感想？

张良退出政坛，却退不出悲凉

在张良庙的牌楼右侧，立有一块石碑，上面刻的是“汉张良留侯辟穀处”。辟穀，“辟”，通“避”；“穀”，即五谷。辟谷，不吃五谷。据说这是中国古代一种修养健身方法，修养期间只吃药物，不吃五谷，做导引。《史记》《汉书》中都说张良“多病”，“乃学导引轻身”，“不食谷”。张良隐居在这片深山老林里辟谷修炼，固然有身体长期多病的原因，更为本质的原因却来自政治方面。其一，他曾为之倾家亡命的“复韩”理想已化作云烟；其二，刘邦始终视他为“客”；其三，历朝历代君臣间“同患难易，共荣华难”的悲剧又将在新生的刘汉王朝内重演。综上所述，使他内心感到无比困惑和无奈。正好，自己身体也不好，退吧，退为上策，退，坚决退。他以养病为名，闭门谢客，“杜门不出岁余”，可见他陷入了深深的痛苦之中。后来虽然偶尔露面，也都是以重病号的姿态出现。例如，黥布叛乱，刘邦带病亲征，群臣“皆送至灞上”，张良也不得不来送行。“良疾，强起”，送至曲邮。他对刘邦说：“按理我应该随你出征，无奈我病得厉害。楚兵很是剽悍，你自己多加小心吧。”张良的病是真病，不是假病。但张良需要这“病”，“病”是他的一块心灵盾牌。托“病”躲避政治旋涡，称“病”宣泄难平愤懑，借“病”消释心中郁结，这些都是沉积在中国官场文化中的政治技巧之一，采用者不绝于史焉。

刘邦对待萧何和张良一亲一疏，有一件事最能说明这一点。开国后，张良和萧何两人谁都没有当上相国，这是一件咄咄怪事，其中大有奥妙。这说明，刘邦在处理这些敏感问题时，心是很细的，心机也是很鬼的。让张良当相国，他不放心；让萧何当相国，又怕张良不服。撇下张良用萧何，怕是群臣也不服，不太好办。不好办的事，有时不办就是最好的解决办法：不立相国。刘邦这点心思，哪里瞒得过张良？好吧，我先请个假，养几天病再说，看你刘邦如何动作。刘邦却久久不愿捅破这层纸，晾着，不急。时间一长，张良反倒觉得太没意思：别人还以为是我张良盯着相国这个位子不肯让步，显得我不够豁达似的，岂不低俗？古往今来，将相大臣们要想彻底摆脱地位、权力、名利的羁绊，难。但张良很快从中摆脱了出来，主动为刘邦解开了这个扣子，再一次显示了他的君子风骨。他利用最后一次随刘邦出兵伐代的机会，出奇谋拿下了马邑，顺便劝说刘邦立萧何为相国。

至此，张良觉得平生无愧于己，无愧于人，便和刘邦做了一次告别谈话。他从回顾自己的身世讲起，一席话讲得情真意切。他说：“家世相韩，及韩灭，不爱万金之资，为韩报仇强秦，天下震动。今以三寸舌为帝者师，封万户，位列侯，此布衣之极，于良足矣。”最后，他向刘邦明确表示，“愿弃人间事，欲从赤松子游耳”。赤松子是神话传说中的“仙人”，他要“求仙”去了。就这样，张良毅然决然告别了政治舞台，但话语中也不乏丝丝缕缕的伤感情调。

刘邦对张良“用而不信，疑而不任”的态度，到死也没有改变。刘邦讨伐黥布叛乱时为流矢所中，返京途中箭伤发作，回宫后一病不起，太医百般医治，回天无术。刘邦自己也说：“命乃在天，虽扁鹊何益”，不愿再治。吕后到榻前问话：“皇上归天后，哪一天萧相国也死了，谁能接替？”刘邦答：“曹参。”吕问：“其他人呢？”刘答：“王陵可用，但需陈平扶他一把。陈平心里什么都明白，却难以独当一面。”吕问：“还有谁能重用？”刘答：“周勃重厚少文，然安刘氏者必勃也，可令为太尉。”吕后再问：“还有谁？”刘邦答：“再往下我也不知道了。”吕后打破砂锅问到底，问到最后也没有从刘邦嘴里问出张良的名字来。原因很简单，刘邦压根儿就不信任张良。其实，吕后倒是很想请张良再度出山的。刘邦死后，吕后强迫张良进食，并劝他说：“人生一世，如白驹之过隙，何自苦如此！”张良“不得已，强听食”，但未见他为吕后做过什么事，又活了六年才死。

张良庙内，保留的历代碑刻很多。题刻的内容，都是赞颂张良“功成身退”“急流勇退”的，也有一些赞颂他“智勇深沉”“机谏得宜”“高尚绝伦”等等，溢美之词，累世不绝。许多人来此一游，每每被张良的事迹撩动情怀，引发感慨。每一块碑刻，都饱含着题刻者浓浓的情感寄托。

细想起来，张良用如此方法回避俗世烦恼，他的内心何尝能彻底轻松？俗世之事难，求“仙”之事就不难吗？

走出张良庙，步入古树浓荫，我心中升起一缕淡淡的凄凉。

韩信之悲：有奇才，无大志

汉中市内，有一座汉台，是刘邦在汉中做汉王时的王府遗址。汉台南，不远处有个拜将坛，这是刘邦拜韩信为大将军的地方。进得拜将坛园门，迎面是一座露天方坛，四周有汉白玉栏杆。坛上是一尊韩信扶剑挺立的汉白玉雕像，气宇轩昂中有些忧郁。台阶西侧一通石碑，上刻“汉大将韩信拜将坛”八个大字；台阶东侧也是一通石碑，刻的是舒同书写的“拜将台”三字。拜将坛北面，还有另一座方坛，是当年宫中百官出席韩信拜将仪式的参观台。明代，这个方坛上加盖了个亭子，改成碑亭，镌刻有历代名人题颂韩信的楹联诗词。

韩信出身贫寒，他的人生目标与张良有着天壤之别。张良谋“国”，韩信谋“生”。韩信由于家里太穷，做官不够条件，经商没有本钱，连一日三餐都没有着落。漂母之食，胯下之辱，辛酸不堪回首。深入韩信骨髓的平生心愿，就是要改变这种艰难屈辱的生存状态。靠什么出人头地？生逢乱世，落草造反，领兵搏杀，未尝不是一条奋斗之路。因此，韩信平时“好带刀剑”，对用兵之道格外用心钻研，后来经过大量的军事实践，造就了他非凡的军事才能。

刘邦破格拜韩信为大将，是韩信一生中遇到的一次最大的机遇。群雄并起，四乡风随，韩信开始是投奔项梁而去的，在那里“杖剑从之，无所知名”。项梁败，从项羽。由于他一心想出人头地，急于找机会表现自己，曾多次向项羽献策，项羽均未理睬。愤而离去，转投刘邦，仍未得到重用。韩信命运中出现机遇，颇有些喜剧色彩。刘邦从关中到汉中去做汉王时，为了麻痹项羽，一边走，一边将身后的栈道放火烧掉，形同一次狼狈败逃，队伍中的悲观情绪迅速蔓延，一路上逃亡将领数十人，大伤元气。为了扭转局面，刘邦亟须招募出类拔萃的军事人才，以扩充军队，重振军威，由战略退却转入战略进攻。恰在这时，等待已久仍不见起用的韩信，受到其他逃亡将领的影响，也在一天夜里逃跑了。萧何听说韩信逃跑，拍马便追。有人却向刘邦报告说，萧何跑了。刘邦失萧何“如失左右手”，心痛得顿足。过了一两天，萧何忽然出现在刘邦面前，刘邦又气又喜，骂道：“浑蛋，为何逃跑？”萧何道：“我哪里是逃跑，我是追赶逃跑者。”刘邦问他追的是谁，他说追的是韩信。刘邦又骂：“胡说八道，逃亡将领几十人，你别人都不追，去追什么韩信，骗鬼啊！”萧何力陈韩信是个难得人才，希望刘邦委他以重任。并说，你如果心甘情愿在汉中永远待下去，不用韩信也罢；你如果想争夺天下，非用韩信不可，你看着办吧。刘邦被萧何的一席话打动，就说：“好吧，我用他为将。”萧何又说，让他当个小将怕留不住他。刘邦答应拜他为大将，并让萧何马上把韩信叫来，立即起用他。萧何批评刘邦说，你对下级向来傲慢无礼，呼来喝去，拜大将好像呼小儿似的，这不行。拜大将是很严肃的事情，必须举行隆重仪式。刘邦只好同意：“好吧，照你的意见办。”

拜将，乃寄托生死存亡之重任，需要受命者立下誓言，许以生死，不庄重不行。萧何是小官吏出身，在旧县衙混过，知道官场礼节。他一心为刘邦着想，觉得汉王眼下正经历着一个困难时期，需要重振军威，以图大事。他把韩信的拜将仪式筹备得格外隆重正规，“择日，斋戒，设坛场，具礼”。虽然往事越千年，我们那天登上韩信拜将坛，环观四周，似乎仍能隐隐感觉到当年拜韩信为大将时的隆重气氛。这次拜将仪式，实际上成了刘邦重振军威的誓师大会，由此吹响了由战略退却转入战略进攻的战斗号角。

刘邦与韩信，一个为了争夺天下，渴望招募杰出军事人才；一个为了出人头地，苦苦寻找知人善任之主。双方的追求一旦在特定条件下交会到同一个点上，如同引爆一次“热核反应”，立刻产生出巨大能量。时隔不久，刘邦就采用韩信谋略，明修栈道，暗度陈仓，一举打出汉中，重入关中，平定了三秦，重新打出了一个大好局面。随后，刘邦与韩信分兵东向，韩信独当一面，过黄河，虏魏王，擒夏说，下井陉，破赵，降燕，定齐，南摧楚兵数十万，势如破竹，席卷江东，威震天下。可以毫不夸张地说，刘邦的天下，大半地盘是由韩信领兵打下来的。也正因为如此，韩信之于刘邦，形成了“功高震主，拥兵自重”之势。韩信自己却不知道珍惜，不知道警惕，越来越狂傲。而刘邦对他则越来越猜忌，这就形成了他们之间的矛盾对立。再加上其他各种复杂因素不断掺入其中，导致双方关系越来越紧张。

韩信是被刘“邦”玩死的

其实，韩信这个人并没有太大的政治野心。张良重名节，韩信重实利。他母亲死后无钱下葬，自己找了一块荒岗高地将母亲掩埋了。他的理想是有朝一日封个万户侯，母亲坟地旁可以“置万家”。可是，韩信哪里知道，封建君王对“贤将”的要求，只能有“赴死”的忠诚，不能有“言利”的欲望。在刘邦看来，打出的天下都应无条件归他刘邦一人所有，韩信却总想切下一块蛋糕归自己。

刘邦对韩信的戒心，是从攻打齐国开始的。这也是韩信命运的转折点。在这之前，韩信已创造了一系列辉煌战绩，战功赫赫，威名远扬。刘邦自己在正面战场上却一再受挫，很不顺利。两相对比，刘邦对韩信的军事才能产生了一些妒忌心理，对他执掌的军事实力急速膨胀也有了一些疑虑，于是在行动上开始对他有所掣肘。当时，刘邦正被项羽围困在荥阳；韩信打下赵国后，队伍正驻扎在修武休整，与荥阳隔黄河相望。刘邦由部将夏侯婴陪同，在夜里乔装打扮，渡过黄河，第二天一早潜入韩信营帐，夺走了他的印信，调走了他的精锐部队。又传回命令，让张耳留守赵国，命令韩信收拾残部前去攻打齐国。根据刘邦下达的这道作战命令，韩信把零星部队集结起来，整顿一番，便向齐国进发。不料，半路上得到一个消息，刘邦早已派郦食其前往齐国招降，不费一兵一卒，齐国的问题已经解决。这显然是刘邦使出的一个计谋。一方面，他要借助韩信挥师东征以来势如破竹的声威，让郦食其赶在韩信到达齐国之前，用三寸如簧之舌去“说服”齐国。另一方面，他有意要让韩信陷入一次“无功而返”的局面，削弱一下他锐不可当的气势，为自己担当的正面战场找回一点平衡。

韩信是胜利者，却不是一个清醒的胜利者。他在军事领域深谙兵法玄奥，在政治领域却连“知己知彼”的常识都没有。一方面，“知己”不够。他对于自己实力之强劲，处境之敏感，缺乏清醒的分析和估计，对于盛名之下可能给他带来的种种麻烦甚至危险，更缺乏足够的警惕。另一方面，“知彼”更不够，他全然不知道刘邦已在怎样地疑他、忌他、防他。因此，他不知道决定自己命运的要害在哪里，不知道什么可为，什么不可为，在行动上带有很大的盲目性，过于率性随情，大小举止皆失当。

他先是想，既然齐国已被郦食其“说下”，他攻打齐国的军事行动就可以停止了。不料，齐国有个辩士蒯通，前来投靠他。蒯通此人，窥测天下大势，觉得将来能够掌握天下命运的既不是项羽，也不是刘邦，而是他韩信。他鼓动韩信对齐国应该照打不误。韩信问他此话怎讲？蒯通说，刘邦既然命令你攻打齐国，暗中又派郦食其来招降齐国，这种做法就不对。郦食其一个说客，凭三寸不烂之舌说降齐国，得到齐国城市七十多座。你率领几万大军打下赵国才得五十多城。将来论功行赏，你还不如他一个儒生的功劳大，岂不是天大的笑话？何况刘邦并没有正式通知你停止攻打齐国嘛，你还有什么好犹豫的，应该毫不动摇，打！韩信一听，觉得有道理，好，打。这一仗，韩信利用潍河之水，淹杀齐军，攻下了齐国。

韩信打下了齐国，声威更大，更加举足轻重。用蒯通的话说，这时刘邦和项羽的命运都掌握在他韩信手里，他韩信“为汉则汉胜，与楚则楚胜”。刘邦早就看到了这一点，所以既千方百计笼住他，又想出一些办法来掣肘他。项羽也看到了这一点，也在这时派武涉前来游说韩信。恰恰韩信自己看不到这一点，天大的机会出现在他面前，他却“天与弗取，时至弗行”。蒯通竭力鼓动他，第一步与刘、项“三分天下，鼎足而居”，然后再图下一步发展，后劲最大的是你韩信。并表示“臣愿披心腹，涂肝胆，效愚忠”，死心塌地要投靠他。蒯通所言，并没有违背当时的造反道德。天下亡秦，群雄并起，谁能把天下争夺到手就是谁的。一不靠公民投票，二不用举手表决，三不需法律程序，只凭实力。同是造反者，同为争天下，韩信与刘邦、项羽拥有同等权利、同等机会。如果韩信当时敢于喊出一声“帝王将相宁有种乎”之类的豪言，最终究竟谁能当上皇帝，真还难说。可是，韩信此人，纵有封侯之愿，却压根儿没有帝王之志。他一再向蒯通表示，“汉遇我厚，吾岂可见利而背恩乎！”蒯通怒其不争，仰天长啸:“时乎时，不再来”，“天予弗取，反受其咎；时至弗行，反受其殃。”说罢，装疯而去。

你说韩信多么昏吧，他既然不忍“背汉”，那就兢兢业业为刘邦把仗打好吧。可是不，他偏偏在这种敏感时刻，向刘邦开价，要求自立为“假齐王”，刘邦怎能不怒火中烧？蒯通鼓动他争天下他不想争、不敢争，又何必伸手去要个什么“假齐王”呢？蠢不蠢啊！刘邦迫于同项羽对峙的困难局面，为了防止不测，作为权宜之计，接受张良、陈平建议，封韩信为齐王。这样一来，局面是稳住了，但刘邦与韩信之间的疙瘩也结下了。韩信自以为从未萌生“背汉”之念，心里坦坦荡荡。可是以后的矛盾发展已由不得他，刘邦从此却要将捆扎他手脚的绳索一步步收紧了。

刘邦的用人之术，是一套将人摆布于生死间的封建权术。韩信在军事上纵有盖世奇才，在权术游戏中根本不是刘邦的对手。韩信是一只猛虎，刘邦也能将它牵在手里转场子赚钱。他可以违心地将韩信封为齐王，让韩信实实在在地感受到“汉王厚我”，使他即使面对蒯通和武涉的左右游说也“不忍背汉”。为了调动韩信参加垓下会战，又可以再次违心地加封给韩信一大片地盘，使他心甘情愿地前来殊死搏杀。可是，垓下会战把项羽彻底打败后，刘邦马上就给韩信颜色看。只是因为韩信立有盖世之功，如果操之过急，将他一棍子打死，恐天下不允，失去人心，所以第一步先剥夺他军权，改封为楚王。随后，又利用韩信狂傲自大、不善于处理人际关系的弱点，以有人告他“欲反”为借口，“用陈平谋”，在云梦将他逮捕，押回雒阳，杀尽他威风，贬为淮阴侯。从此，韩信愤恨难消，人际关系更加紧张，“羞与绛、灌等列”，树敌太多，周围环境对他越来越不利。最后，失去理智，策应陈豨谋反，招来杀身之祸，也是罪有应得。临死，韩信仰天长叹：“吾悔不用蒯通之计！”等他明白过来时，脑袋已经落地。

刘邦信也萧何，疑也萧何

最后说说萧何吧，萧何是“三杰”中唯一的善终者。在汉中，离张良庙不远，公路边有“萧何月下追韩信处”。我问了一下那里的情况，说是现地没有什么标志性建筑，只立了一块石碑，偶然可以捡到几片碎瓦，别的没有什么可看。一想也是，萧何月下追韩信，兵荒马乱，荒山野岭，当时不可能在现地留下什么标记。所谓“萧何月下追韩信处”，也是后人半寻半猜的地点，不去看也罢。

封建制度的用人原则，本质上就是人身依附关系。萧何能够成为“三杰”中的唯一善终者，不是偶然的。萧何与刘邦是真正的老乡，刘邦是“沛公”，萧何是“沛人”。虽说韩信和刘邦、萧何也都是老乡，但彼老乡非此老乡。对刘邦来说，对韩信这样的老乡，可渭“老乡整老乡，杀你没商量”。而对萧何则不同，萧何不会用兵，对他没有“驾驭不住”之忧。

在刘邦心目中，真正知根知底的是萧何。刘邦起事前，就和萧何很要好。《汉书·萧何传》中讲了几件事：一、萧何是沛中小吏，刘邦为布衣时，萧何“数以吏事护高祖”。二、刘邦当了泗水亭长后，萧何“常佑之”。三、刘邦押送徭役去咸阳，别的官吏都给刘邦送钱三百，唯独萧何给了五百。《史记·高祖本纪》中讲了另一件事：吕雉的父亲犯了事，躲到沛县县令处避风头。沛中官吏豪杰，听说县令家来了贵客，都备了礼金前来探望。萧何负责收礼接待，他大声宣布：“人太多啦，送礼不满一千的都到堂下去坐。”刘邦来了，分文未带，却写了一个假帖递进去，大声说：“我送一万！”萧何眼皮一翻，将刘邦放了进去。刘邦对所有客人都不放在眼里，径直坐了上座，喝得烂醉，从此与吕公混得烂熟，吕公将女儿吕雉许配给了他。司马迁通过这件小事，将刘邦骨子里的痞子气写得淋漓尽致。萧何是衙役小吏之流，想来与乡里这类痞子是混得稔熟的。刘邦与萧何，这等关系，谁能比得上？

史书上说萧何此人“以文无害”，用现在的话说就是“本事不大，但不坏”。又说他办事认真，负责课税，上缴最多。秦朝的监郡御史经过考察，觉得他很适合到朝廷去当差，准备推荐。萧何不愿离开本乡本土，推辞不去。从这件事可知，萧何很适合干机关工作。他后来跟随刘邦打进咸阳，别人都忙于掳掠金银财宝，他却急往秦宫收集简牍资料、法律文档、地图报表之类，这些东西后来对汉朝开国执政发挥了重要作用。

萧何对刘邦，真可谓死心塌地、全心全意。他把自己的身家性命连皮带骨统统倒进了刘邦的锅里，这一点是他与张良、韩信的根本区别所在。刘邦长年领兵在外与项羽作战，萧何开始几年“留守巴蜀，填抚谕告，使给军食”，很出色地完成了后勤保障工作。后来又留守关中，兢兢业业地“侍太子，治栎阳。为令约束，立宗庙、社稷、宫室、县邑”，并将粮食兵员源源不断从关中送往前线。事无巨细，桩桩件件都考虑得周到细致，只要报给刘邦，全都照准。有些事来不及奏报，他就付诸实行，刘邦回到京城时再补报一下，刘邦也很满意。萧何对刘邦忠到这种程度，刘邦对萧何就丝毫没有戒心了吗？非也！

刘邦的用人原则，“疑人”第一。《汉书·萧何传》说：“汉三年，与项羽相距京、索之间，上数使使劳苦丞相。”什么意思？刘邦在前线与项羽对峙，战事艰难，却一次又一次派使者回长安来慰问萧何，说他在后方工作太辛苦啦。有个叫鲍生的，对刘邦这一举动咂摸出了味道，对萧何说，汉王在前线暴衣露盖，非常艰苦。为了使汉王对你不起疑心，你何不动员你的子孙和亲属中凡是能当兵的都去当兵，使汉王觉得你把全族人的身家性命都交给了他，可以让他彻底放心。萧何“从其计，汉王大悦”。这件事给刘邦留下了极深的印象。后来群臣争功时，许多人认为萧何一天也没有到过前线，一次仗也没有打过，把他的功劳说得那么大，老子不服！刘邦就说：“你们都只是独自一人跟随我打天下，多的也只有两三人。萧何举族几十人跟随我，你们能和他比吗？”萧何算是认准了一条，他的肉全在刘邦的锅里，有了刘邦的天下，才有他萧何的家业。

常听所谓“疑人不用，用人不疑”之说，帝王中是否真有人能做到这一条不知道，反正刘邦做不到。天下谁对刘邦最为忠心？萧何。可是，刘邦对萧何这样的忠心老臣，也是一疑再疑啊！韩信参与陈豨谋反，吕后串通萧何杀了韩信，刘邦从征讨陈豨的前线传回命令，正式立萧何为相国，加封五千户，专门配备一名都尉带五百名兵丁担任相国府警卫，待遇马上上去了。有个叫召平的，立刻提醒萧何说：“我看你要大祸临头了！如今陛下领军在外，你在宫中留守，一粒小石子也没有打到过你头上，你要什么五百警卫？淮阴侯刚刚闹过一次谋反，陛下为你配备五百警卫，并不是对你的恩宠，而是加倍防备你啊！”他劝萧何谢封勿受，并将自己家中的财物统统献出来，作为军费支援前线，以消释陛下心中之疑，萧何“从其计”。果然不出召平所料，“上悦”。不久，黥布叛乱，刘邦亲征讨伐，又一次次从前线派使者回京看望萧相国，询问他在后方操持国事的情况。又有人提醒萧何说：“我看你糊涂到极点，灭族之灾快了！你不想一想，你现在高居相国之位，一人之下，万人之上。陛下领军在外，担心你倾动关中啊！你现在应该多买田地住宅，让陛下知道你并无谋国之心，他才会对你放心。”萧何又一次“从其计，上乃大悦”。请看看，伴君之人，这叫过的什么日子？如果不是肠子拐了十八道弯的人从旁一次又一次及时提醒，萧何的脑袋能不能保留到最后，很难说。

萧何如此谨小慎微，而且那么大年纪的人了，刘邦居然还斥令毒打过他一顿。那是刘邦平定黥布叛乱后回到京城，许多人拦路告状，说萧相国强买田宅。萧何去宫里叩拜刘邦，见面就拜：“皇上辛苦了！”刘邦笑道：“看你做的利民好事，这么多人告你状！”说着把民众上书扔给萧何道：“你自己去平息民愤吧！”萧何乘机向刘邦提了一条建议，说，长安地方狭窄，老百姓田地少，我看皇家猎苑内有不少空地，荒着也是荒着，不如让老百姓进去耕种算了，也不要收他们官税了。刘邦勃然大怒：“你受了他们多少贿赂，竟来动我皇家猎苑的脑筋，拖下去打！”打完关起来。天哪，你打死他萧何，他也不会对你刘邦起二心啊。过了几天，有位近身侍卫问刘邦，萧相国犯了什么大罪，你把他打得这么厉害？刘邦道，我听说过去李斯做秦始皇的相国，有好事都归秦始皇，有坏事都揽到他自己头上。萧何倒好，为了讨好百姓，竟想拿我的皇家猎苑去做人情，他肯定受了贿赂，我教训教训他。侍卫说，皇上这几年领兵在外，萧相国留守关中，如果他对陛下不忠，只要在关中稍有动作，关西的地盘就不是你陛下的了。他那样的大利不贪，怎会去贪一点小小贿赂呢？刘邦被侍卫说得无话可讲，知道错了，赦出萧何。萧何年事已高，一向恭敬皇上，脱了鞋进去向刘邦叩拜谢罪。萧何为什么要脱了鞋进去？因为刘邦有时会怀疑进来的人鞋子里藏有暗器，萧何脱鞋而入，以解除刘邦的疑心。此刻，谁也想不到，刘邦竟会说出下面这样的话来：“罢了，相国是贤相。我打你，是为了让天下老百姓都知道我这个皇上不是好皇上。”

屁话，一通屁话！刘邦脸不红、心不跳，用一通屁话将他的疑心病掩饰了过去。刘邦是个疑心病狂，他有一整套疑人术。他怀疑人不要任何理由，怀疑错了说几句屁话就可以掩饰过去，被冤者还得向他下跪谢恩。封建帝王是没有什么廉耻概念的，他们有时是人，更多的时候不是人。偶然也会讲出几句带有友情亲情人之常情的话来，却往往不一定是真心。他们更多的时候不讲人话讲鬼话，前说后赖，眨眼变脸，恬不知耻。一是一，二是二，耿直不阿之人，是做不了皇帝的。

看看刘邦与“三杰”关系的演变过程，我们大致可以知道，封建主义的用人原则是什么玩意儿。一言以蔽之，就是要求绝对的“忠君”，绝对的排斥异己，绝对的人身依附。在这种制度下，必然杀人如麻。从刘邦到吕后，将异姓王一个个斩尽杀绝，血淋淋地向我们展现了封建制度的本质特点。现代文明社会，提倡团结不同见解、不同经历、不同特点的人在一起共事，这大概也是“封建”与“民主”的根本区别之一吧。

2002 年 6 月

周勃、周亚夫父子

周勃

周勃，沛人（今江苏沛县），刘邦的老乡。周勃祖籍是卷（今河南叶县西南），是外来户。外来户能在当地找到靠山，一般都能死心塌地，相随到底。周勃是刘邦从沛县起兵时带出来的“嫡系”。他跟随刘邦东征西讨，身经百战，无论顺境逆境，始终如一，忠贞不二。刘邦的识人之明、用人之量，或者说他的权术，在封建帝王中很少有人能比。哪些人只能暂时利用，不可长期共存；哪些人只可“用”，不可“靠”；哪些人既可“用”又可“靠”，他心里都有一本明细账。在刘邦心目中，周勃是心腹大将之一，绝对可靠，这一点他不会看错。

刘邦最后一次亲率大军平定英布叛乱时中箭负伤，回到长安，老病新伤一起发作，御医回天无术。刘邦认为人寿在天，不肯再治。吕后到病榻前俯下身去，问他，陛下百岁后，假如萧相国也死了，哪些人可以委以重任，托付国事？刘邦说，曹参可以。吕后又问，还有谁？刘邦答，王陵可以，“然陵少戆”，缺点心机，可以让陈平辅助他。陈平这个人心里什么都明白，但软弱，独当一面不行。接着，刘邦重点提到周勃，他说：“周勃重厚少文，然安刘氏者必勃也，可令为太尉。”这是刘邦向吕后交代得最为踏实的一位，明确指示要把兵权交给周勃。其他人一旦握有兵权，说不定会起“谋国”之心，周勃不会，刘邦放心。

周勃投入刘邦起义军之前，以编织芦席苇箔为生，还经常给出丧人家吹箫办丧事。箫是一种高雅的古典乐器，挺难吹。周勃把吹箫当作混饭吃的营生之一，这同他“木强敦厚”的性格不太相符，但也养成了他粗中有细的一面。他投奔刘邦起义军后，成为一名力挽强弩的弓箭手。由于作战勇敢，战功卓著，一步一步被提升到独当一面的大将军，最后当到太尉，后来又当丞相。即使到了这样的高位，周勃说话办事仍然很“粗”。《汉书·周勃传》中说，他每次找文人谋士们来说事，往往一坐下就训斥他们，你们别来之乎者也那一套，老子听不懂，都用土话跟我说，快讲！这同朱元璋当了皇帝之后仍然改不了过去的说话习惯一样，在御批中经常使用一些俚语俗语口头语，令大臣们读之掩口鼻而笑。当皇帝、当将军，能像他们两位这样，当出自己的本色来，不去拿腔拿调，这一条挺可爱。

周勃一生的赫赫战功，可以分成四个阶段。第一阶段，他跟刘邦起兵反秦，艰难转战，胜败交错，从沛县一直打到关中。第二阶段，楚汉战争期间，周勃是平定三秦、巩固关中、打败项羽的主要功臣之一。第三阶段，刘邦称帝后，各地异姓王纷纷叛乱，周勃成为刘邦平定各地叛乱的得力主将。尤其是平定燕王卢绾在代国（都今山西代县）叛乱时，刘邦已经病重，不能亲征。他本来想让相国兼将军的樊哙挂帅出征，有人告发樊哙与吕后结党营私（樊哙是吕后的妹夫，与刘邦是连襟），准备在刘邦死后篡权。刘邦削去樊哙职务，改任周勃为统帅，把平定北方叛乱的军事重任全盘托付给了周勃。周勃认真贯彻刘邦剿抚并举的策略，很快攻克了燕都蓟（今北京房山），燕国官员将士纷纷倒戈来降。卢绾带着家眷和随从向北逃窜，周勃连续追击，先后攻克了沮阳（今河北怀来），平定了上谷郡十二县、右北平十六县、渔阳郡二十二县、辽西和辽东二十九县。一直在逃的陈豨，也被周勃围堵斩杀于当城（今河北蔚县东北）。至此，代地大定。第四阶段，刘邦去世后，周勃为诛灭诸吕集团起了关键作用。

周勃彻底平定了北方叛乱，回到长安，刘邦已经驾崩。太子刘盈继位，是为汉惠帝。刘盈软弱，大权操在吕后手中。“吕后为人刚毅，佐高祖定天下，所诛大臣多吕后力”，这三句话是对她的正面评价。但另一方面，吕后心狠手辣，千古罕见。刘邦生前宠幸戚夫人，也最喜欢戚夫人生的小儿子刘如意，几次想废太子刘盈，改立刘如意为太子，虽然事情没有搞成，但吕后对戚夫人母子恨之入骨。刘邦一死，吕后就开始报复，先把戚夫人囚禁起来，然后召赵王刘如意进京。赵相周昌，知道吕后要杀刘如意，不放刘如意进京。吕后大怒，先召周昌进京，再召刘如意。汉惠帝刘盈心慈，为了保护弟弟刘如意，亲自到霸上去迎接，一起入宫，“自挟与赵王起居饮食”。太后想杀刘如意，无法下手。一天早晨，惠帝起早打猎，刘如意年少贪睡，被吕后逮到机会，派人用酖酒将刘如意杀死。接着，吕后“断戚夫人手足，去眼，煇耳，饮瘖药，使居厕中，命曰‘人彘’”，然后领着儿子汉惠帝刘盈去看。“惠帝慈仁”，眼看戚夫人竟被母后残害成这样，“乃大哭，因病，岁余不能起”。汉惠帝托人转告母后说，这简直不是人做的事！我虽然是你的儿子，但我治不了天下。从此不再听政，纵酒淫乐。

又一次，齐王刘肥来朝，汉惠帝觉得刘肥毕竟是自己的哥哥（异母），以家礼相待，请齐王坐上坐，自己坐下坐，“燕饮于太后前”。吕后大怒，叫人倒来两杯酖酒，逼着齐王向惠帝敬酒祝寿。齐王端着酒杯起立，汉惠帝也端着酒杯起立，吕后大惊失色，一甩手把汉惠帝手里的酒杯打翻了。齐王觉得蹊跷，佯装醉酒而去。回头一打听，知道刚才端到手里的果然是杯毒酒。刘肥担心这次是出不了长安了，问计于随他进京的齐国内史。刘肥依内史计，将齐国的城阳郡献给吕后的女儿鲁元公主为“汤沐邑”，并尊鲁元公主为“太后”。“吕后喜，允之”。刘肥与鲁元公主是同父异母兄妹，鲁元公主的丈夫是赵王张敖，他们的儿子张偃被封为鲁王。刘肥尊鲁元公主为“太后”，等于把自己降为与张偃同辈，故意在吕后面前当“矮人”。刘肥这才侥幸脱险，回到齐国。

汉惠帝在位七年，郁郁而死，死的时候只有二十三岁。吕后杀心太重，树敌太多，权欲又太大。刘邦死了，唯一的亲生儿子汉惠帝刘盈也死了，她想临朝称制，担心的事就多了。她为儿子汉惠帝发丧时“哭而不悲，泣而不下”。张良的儿子张辟彊，只有十五岁，是汉惠帝生前的贴身侍中，很聪明。他猜出吕后的心思，对丞相说，汉惠帝驾崩，太后要临朝称制，怕你们这些开国元勋不服，她正在琢磨对付你们的办法。你们不如请她的几个侄子吕台、吕产、吕禄为将，让他们掌握宫廷禁卫南军和北军，把吕家的其他一些人也都请进宫来当差，这样太后就安心了，你们也可以躲过眼前的灾祸。大臣们都知道吕后手段毒辣，小不忍乱大谋，就依侍中张辟彊所说的办，去跟吕后一说，吕后这才“哇”的一声哭了出来。

葬了汉惠帝，吕后就动议要封诸吕为王，右丞相王陵坚决反对，刘邦临终前说王陵少点心机，一点不错。他与吕后当面争执起来，吕姓子弟为将可以，但封王绝对不行。他说，高帝生前曾杀白马立下血誓：“非刘氏而王，天下共击之！”吕后又问左丞相陈平和绛侯周勃，陈、周二人却回答说，高祖得天下，封刘氏子弟；今太后称制，封吕氏昆弟诸吕为王，也未尝不可。王陵一听，气得难以形容。罢朝后，王陵去责问陈平、周勃：“高祖生前的约定你们都忘了吗！”陈、周回答说，你敢于在朝廷上与太后当面争执，这一点我们不如你；但为保全社稷、安定刘氏之后考虑，在这一点上你却不如我们。陈平、周勃的意思是要从长计议，不可一时冒失。周勃这位会吹箫的粗人，关键时刻显示出他粗中有细的一面来了。王陵一听，无话可说。吕后剥夺了王陵的相权，任命他为“帝太傅”，叫他去当小皇帝的老师，王陵不干，称病回乡。

说起继位的小皇帝，又见吕后的刻薄心机，世上少有。她为了把刘氏江山“嫁接”到吕氏血统上，挖空心思，连伦常都不顾了。当初汉惠帝即位时，她竟把自己的外孙女（鲁元公主的女儿）配给自己的儿子汉惠帝当皇后。可是这位张皇后不生孩子，吕后又想出一计，后宫有位美人，与吕家人私通怀孕，她让张皇后也假装怀孕，那位美人生下儿子后即被杀掉，把孩子抱来冒充张皇后之子，立为太子。汉惠帝死后，太子继位。这位少帝渐渐长大懂事，知道了自己的身世，气愤地说，等我长大了一定要为母亲报仇。这句话被吕后知道，少帝被幽禁而死，另立恒山王刘义为少帝。刘义原名刘山，他和刘强、刘不疑等五名汉惠帝的“后宫子”，实际上都是吕氏兄弟子侄淫乱后宫的私生子，被冒充成汉惠帝与宫妃所生，封王的封王，封侯的封侯。以上两位少帝，都是吕后用来当摆设的，在《中国历史年表》中查不到他们的名号。

吕后大封吕氏家族，形成权势显赫的“诸吕”集团，主要人物有：

吕后父亲吕公，追封为宣王。

吕后长兄吕泽一门：吕泽被追封为悼武王；长子吕台被封为郦侯、吕王；次子吕产被封为交侯、吕王；孙子吕嘉被封为吕王；另一名孙子吕通被封为燕王。

吕后次兄吕释之一门：吕释之被封为建成侯；长子吕种被封为沛侯；少子吕禄被封为赵王、吕王。

吕后姐姐的儿子吕平，被封为扶柳侯。

吕后妹妹吕媭，被封为临光侯。

其他还有：俞侯吕他、赘其侯吕更始、吕城侯吕忿、东平侯吕庄、祝兹侯吕荣，等等，真可谓“一荣俱荣”。

除此之外，吕后还把许多吕家女子强行配给刘姓诸侯王做王后，以便控制。赵王刘友，不爱强配给他的吕王后，爱别的王姬。吕王后向吕后恶告，刘友被吕后幽禁起来，不准给他送饭，活活饿死。刘友死后，吕后迁梁王刘恢为赵王，又把她侄子吕产的女儿强配给刘恢为王后。这位吕王后更厉害，把刘恢的爱姬一个个全都毒死。刘恢心灰意冷，自杀了之。

吕后称制八年，病重而死。她临终前知道情况不妙，嘱咐吕禄、吕产牢牢控制南军和北军，不要为她送葬，不要离开宫殿，以防不测。

实际上，刘氏家族和汉室老臣们同诸吕集团的一场生死决战，早就在悄悄酝酿之中。有位很有学问的太中大夫陆贾，曾跟随刘邦定天下，并对刘邦讲过“马上可以得天下，马上却不可治天下”的著名观点。吕后专权，他告病在家。眼看诸吕横行，陈平忧郁不乐，他知道陈平为什么发愁，上门拜访。他对陈平说，天下安，注意相；天下危，注意将。将相和，众心齐，才能办成大事。你应当和绛侯周勃将相联手，否则靠你一个人的力量扭转不了局面。一句话把陈平的心思点透，于是陈平和周勃联手密商，陆贾又从中协助，多方沟通，使汉廷公卿都心中有数。

这时，宫廷警卫军都掌握在诸吕集团手中。吕禄为上将军，控制着北军；吕产为相国，控制着南军。诸吕知道忠于刘氏的老臣们不服，他们准备发动宫廷政变，篡夺刘氏天下。诸吕的密谋计划被吕禄的女婿刘章知道，刘章是刘邦长孙、齐王刘襄的弟弟。刘章派快马把消息送到齐国，让刘襄迅速起兵攻进长安，他与三弟刘兴居在长安做内应，诛灭诸吕，夺回刘氏天下。刘襄早有此心，得到消息，准备立即起兵进攻长安，不料遭到齐相召平的反对，召平派兵把齐王宫廷包围起来，中尉魏勃拥护刘襄出兵，起兵反围召平相府，召平被迫自杀。于是刘襄打出诛灭诸吕的旗号，首先攻打诸吕在东部的据点吕国（原济南郡）。

相国吕产得到刘襄攻打吕国的消息，派大将灌婴领兵前去镇压。灌婴进军至荥阳，停下。派人通知刘襄暂停西进，先与各地刘姓王联络，共商灭吕大计，然后联合行动，以求一举成功。

周勃、陈平也在京城长安开始行动。由于吕禄、吕产牢牢控制着南军和北军，周勃虽是太尉，却无法进入军中调兵。周勃与陈平知道郦商的儿子郦寄与吕禄有深交，把郦商找来，申明利害，要他让儿子郦寄去说服吕禄交出将印。吕禄想交，遭到吕媭一顿臭骂，没敢交出。

郎中令贾寿从齐国回来，把灌婴正在联合齐、楚准备诛灭诸吕的消息告诉了吕产，并要他赶快进宫，掌握少帝，控制局面。这些话又被御史大夫曹窋在一旁听到，他火速去告诉了周勃和陈平。

周勃闻讯，立即行动。但他手中没有将军印，周勃忽生一计，求得符节令纪通的帮助，拿了皇帝的手节，假冒“传诏”，得以进入北军官衙。周勃让郦寄和典客刘揭走上前去，诈吕禄说，皇上已经命令太尉领北军，要吕禄赶快交出将印，以免遭杀身之祸。吕禄信以为真，交出将印，周勃终于将北军的指挥权夺到手。周勃手持将军印进入北军军营，当众宣布：“拥护吕氏的袒露右臂，拥护刘氏的袒露左臂！”话音刚落，全体将士全部袒露左臂。军心所向，一清二楚；周勃下令，一呼百应。

这时，掌握南军的吕产不知吕禄已经交出北军，他得到郎中令贾寿从齐国带回的消息后，立即赶往未央宫，准备发动政变。这时陈平派刘章赶往北军协助周勃。周勃一面派曹窋快去通知未央宫卫尉，不得放吕产进入未央宫殿门；一面派刘章带领一千多士兵赶往未央宫去保卫少帝。

刘章带兵来到未央宫前，遇见吕产正在殿外徘徊，刘章下令追杀。吕产逃到郎中府吏的厕所中，被杀。刘章又从未央宫赶往长乐宫，杀死长乐宫卫尉吕更始。然后，刘章赶回北军，向周勃复命。周勃起身向刘章拜谢说，我最担心的就是吕产，你把他杀了，天下定矣！

周勃控制了宫廷中枢，也就控制住了全局。他下令搜捕诸吕，将诸吕集团彻底消灭。

大臣们商议，应该废掉汉惠帝的假子少帝，改立新帝。齐王刘襄是刘邦的长孙，又是最早发兵灭吕，功劳最大，有人主张立他为帝。但有人提出，刘襄的母亲也很凶悍，要接受吕后的教训。

商议结果，不少人提出刘邦的四子代王刘恒，是刘邦在世儿子中年龄最大的一位，为人忠厚。都说立长为顺，就立他。刘恒的母亲薄氏出身微寒，品行谨良。从帝、母两方面来考虑，都认为立刘恒比较稳妥。于是迎立代王刘恒，是为汉文帝。

这时刘章三弟刘兴居主动向周勃请战说，消灭诸吕，我还没有立功，要求把驱逐少帝、迎接新帝的任务交给他去完成，周勃说好。刘兴居与太仆滕公一起入宫，滕公对少帝当面宣布："足下非刘氏，不当立。"随即请少帝上车，离开了未央宫。

刘、滕两人又护新帝的皇辇来到代王官邸，迎接新帝刘恒即位。新帝刘恒的皇辇来到未央宫前，原先派往未央宫阻止吕产进入殿门的卫兵还在，他们持戟不让新帝进入。刘兴居迅速向太尉周勃报告，周勃一道令下，立即将他们撤走。新帝刘恒得以入殿即位，周勃为他换上了新的宫廷警卫。

诛灭诸吕的军事行动，周勃是总指挥，立下大功，"文帝即位，以勃为右丞相，赐金五千斤，邑万户"。

但是，在随后的日子里，周勃却进入了他人生达到辉煌顶点之后的尴尬期：心理失衡，进退失据，无所适从。不久就有人来劝周勃说，你灭诸吕、立文帝，居高位、得厚赏，久则必祸。周勃害怕起来，主动向汉文帝辞去了丞相之位。

一年后，陈平去世，文帝又重新起用周勃为相。又过了十来个月，大概汉文帝觉得周勃使用起来不顺手，就对周勃说，我已下诏，命列侯们去各自封地，有的人不想离开京城。丞相为朕所倚重，希望你带个头，到封地去吧。

周勃"乃免相就国"，去了绛县（今山西侯马）。

周勃觉得自己已经失去了皇上的信任，从此心里一直很紧张。河东郡郡尉每次巡守各县来到绛县，周勃都以为是来抓他、杀他的，每次都如临大敌，披甲相迎，并让家里人也都"持兵以见"。其实周勃一生没有做过任何亏心事，他莫名的恐惧感，来源于"自古名将少善终"的心理反应。韩信的军事才能和功勋远在周勃之上，被杀了；彭越和英布都参加过垓下会战，也都被杀了。现在他觉得汉文帝也不信任他了，他怎能不紧张？有人根据他的"反常"举止，告发他"谋反"。

汉文帝派廷尉将周勃逮捕，押回长安受审。周勃嘴笨，不知道怎样为自己辩解，狱吏们都污辱他。周勃以千金贿赂狱吏，狱吏在木牍背面写了"以公主为证"几个字，假装看文牍，把背面这几个字亮给周勃看。公主即文帝女儿，许配给周勃长子周胜之为妻，狱吏暗示他请公主出来为他做证并无谋反之意。狱吏哪里知道，公主与他儿子周胜之感情不和。

这时，幸亏汉文帝的舅舅、车骑将军薄昭出来为周勃说情。周勃平时受了封赏，把很多钱财都赠送给了薄昭，两人有交情。薄昭去找他姐姐薄太后（汉文帝母亲）说，周勃是功臣，绝无谋反之事。薄太后觉得儿子办了一桩糊涂事，汉文帝上朝时，她去找儿子，气得她把头巾摘下来朝汉文帝扔了过去，怒斥道：你也不想想，绛侯当时拿了皇帝的手节到北军去夺下吕禄手中的兵权，他当时不反，现在去了一个小小的绛县，无权无势，倒要反了？文帝知道弄错了，赦免周勃无罪，恢复绛侯爵邑。

周勃出狱时感叹道：“吾尝将百万军，安知狱吏之贵也！”他说，我身为统兵百万的大将军，落在一个小小狱吏手中，他整起人来也不得了啊！

周勃死后，长子周胜之终因与公主婚姻不睦，又牵涉进一桩杀人案子，被杀，爵位被除。

一年后，汉文帝从周勃儿子当中找到一位表现好的河内太守周亚夫，封为条侯，袭其父爵位。

周亚夫

周亚夫的人生经历，几乎和他父亲周勃一模一样：西汉名将，官至太尉，当过丞相。周亚夫的生平事迹可以概括为三件大事：从严治军细柳营，平定吴楚七国之乱，晚年在狱中绝食而亡。

周亚夫成名不是在战场上，而是在细柳营兵营内。周亚夫是中国古代从严治军的典范，后人知道得最多的也是他治军细柳营的故事。

汉文帝后元六年（前 158 年），匈奴六万铁骑南下，边燧烽火一路传到长安，朝廷告急。汉文帝对北线防御和京城防卫作出紧急部署：第一，命车骑将军令免守飞狐（今河北蔚县东南恒山峡谷北口），将军苏意守句注山，将军张武守北地郡（郡治在今甘肃庆阳县西北），在北线抗击匈奴入塞。第二，命将军徐厉屯兵长安以北的棘门（今陕西咸阳市东北）；将军刘礼屯兵长安以东霸上（今陕西西安东郊）；提拔河内太守周亚夫为将军，屯兵长安以西细柳（今陕西咸阳市西南渭河北岸，一说今陕西长安县西三十里府君庙附近），加强京城长安的防卫。

部署完毕，汉文帝亲临长安周围兵营视察、劳军。他先到了霸上营、棘门营，然后来到细柳营。只见营门紧闭，卫兵披甲执锐，拒不开门。廷尉上前通报说：“皇上来了！”士兵回答说：“军营只闻将军之令，不闻天子之诏。”

汉文帝只得派人持节进去通知周亚夫本人，周亚夫这才下令打开营门，迎候皇上一行入营。营门卫兵又叮嘱皇上随行人员：“军营中不得驱驰。”汉文帝等一行人只骑马缓行。来到中军帐前，周亚夫全身披挂甲胄，对汉文帝揖而不拜道：“介胄之士不拜，请以军礼见。”

汉文帝将几处军营内的观感一比较，其他两处兵营内纪律松弛，各色人等随意出入，唯独细柳营威严有加，对周亚夫治军之严大加赞赏，对左右随从说：“此真将军也！”这使周亚夫一举成名。

这件事周亚夫带点幸运，他遇上的是性格温和的汉文帝刘恒，如果遇上一位性格暴烈、心胸狭隘的帝王，他这样做，极有可能被扣上“犯上”的帽子，掉脑袋。汉文帝刘恒遭到卫兵阻拦之后，居然还赞赏周亚夫从严治军，有气量，有风度；在这种情况下，更多的帝王恐怕更在意自己的尊严受到了冒犯。后来汉文帝临终前曾向太子刘启（汉景帝）留下遗嘱：“即有缓急，周亚夫真可任将兵。”这同刘邦临终时向吕后交代“周勃重厚少文，然安刘氏者必勃也”异曲同工。

周亚夫在战场上出名，是平定吴楚七国之乱。

发动七国之乱的都是刘姓王，这就值得研究。秦始皇早就看清，诸侯王纷争，是战乱不止的根源。所以秦始皇下决心废分封、置郡县，搞中央集权制，以防战乱再起。但由于秦始皇对其他方面的许多问题没有处理好，秦王朝的天下还是很快就被拱翻了。项羽和刘邦从反面接受教训，又回到了分封制的老路上去。项羽天下还没有真正到手，就在戏西分封了十八位诸侯王，结果一场混战起，天下被刘邦夺了去。

刘邦得了天下，分封了七位异姓王、一大批刘姓王、一百四十位列侯。刘邦死后，吕后又大封诸吕。历史证明，不管是异姓王、吕姓王、刘姓王，最后都成了引发战乱的根源。

刘姓王势力的形成和膨胀，经过了两个阶段。

第一阶段，形成于刘邦时期。刘邦削平异姓王后，先后分封了十一位刘姓王。

刘邦共八子：长子刘肥（曹夫人所生）封为齐王；次子刘盈（吕后所生）立为太子（即后来的汉惠帝）；三子刘如意（戚夫人所生）封为赵王；四子刘恒（薄夫人所生）封为代王（后来的汉文帝）；五子刘恢（宫妃所生）封为梁王；六子刘友（宫妃所生）封为淮阳王；七子刘长（赵姬所生）封为淮南王；八子刘建（宫妃所生）封为燕王。另外还有刘邦之兄刘喜（又名刘仲）封为代王；刘邦之弟刘交封为楚元王；刘邦堂弟刘贾封为荆王；刘邦长侄刘濞（刘仲之子）封为吴王。

第二阶段，膨胀于汉文帝时期。诛灭诸吕集团后，代王刘恒被立为汉文帝。汉文帝刘恒是个安分守己、胆小怕事的人，他在诛灭诸吕集团中没有任何作为，却让他捡了个便宜，当上了皇帝。其他皇子皇孙内心不服，汉文帝自己也知道这一点。他为了摆平天下，又先后封了十七位刘姓诸侯王，其中大部分已是刘氏皇族的第三代，个别的已是第四代。这些刘姓王都各自为政，势力不断膨胀，与朝廷分庭抗礼，问题越来越大，西汉王朝再次陷入危机。在吴楚等七国叛乱之前，已经发生了两起诸侯王叛乱事件。

第一起，济北王刘兴居叛乱。刘兴居是刘邦长子齐王刘肥的第三子。诛灭诸吕集团时，刘邦长孙、刘肥长子齐王刘襄率先起兵反吕，刘襄的二弟刘章、三弟刘兴居在京城长安协助周勃、陈平诛灭诸吕集团出力最多，功劳最大。诛灭诸吕集团后，曾议定封刘章为赵王，封刘兴居为梁王。但汉文帝处理这件事有些小家子气，他听说刘章和刘兴居曾主张迎立他们的兄长齐王刘襄为帝，心中不快，将二人降格而封，从齐国刘襄名下割出两郡为国，封刘章为城阳王（今山东莒县），封刘兴居为济北王（今山东长清县）。对此，刘襄兄弟三人极为不满。刘章一年后就病死了，没有来得及闹事。刘兴居一直耿耿于怀，咽不下这口气。汉文帝三年（前 177 年），匈奴入侵，汉文帝命丞相灌婴调集大军北上抗敌。刘兴居乘机发动叛乱，准备攻占中原战略要地荥阳。汉文帝怕内乱甚于怕匈奴，立即下诏与匈奴议和罢战，命柴武大将军率十万大军回师镇压刘兴居叛乱，同时对刘兴居手下的官兵实施赦免分化政策，剿抚两手并用，刘兴居叛军顷刻瓦解，刘兴居被俘后自杀。

第二起，淮南王刘长叛乱。刘长是刘邦第七子，一向放纵骄横，“数不奉法”。汉文帝对他宽仁，他跟随汉文帝去皇苑狩猎，与汉文帝同坐一辆皇辇，称汉文帝“大兄”，不称皇上。辟阳侯审食其是朝廷信臣，竟被他一锥击杀。他在自己的封国内赶走朝廷命官，自己任命丞相，自行封爵九十四人（按西汉法律，各诸侯国主要官员均由朝廷任命派驻）。汉文帝让舅父薄昭写信对他进行劝诫，他极为不满。汉文帝六年（前 174 年），他与柴武将军的儿子柴奇等人密谋，准备在谷口（今陕西西安北）发动叛乱，并遣使匈奴、闽越，请他们出兵援助。他的叛乱阴谋被朝廷侦破，汉文帝下诏传刘长进京，丞相张苍等都主张以反叛罪将他处死，但汉文帝“不忍”，仅将其他涉案人员统统处死，赦免刘长死罪，剥夺爵位，流放蜀地。刘长行至雍（今陕西咸阳东南），绝食而死。

这两起刘姓诸侯王的叛乱事件，引起朝廷重视，开始了削藩之议。最先主张削藩的是贾谊，他是汉文帝少子梁王刘揖的太傅。贾谊写给朝廷的这篇奏文，议论精彩部分，被后人冠以《治安策》篇名，收进了《古文观止》。贾谊分析了刘邦生前异姓王纷纷叛乱的历史教训，发现一条规律，“大抵强者先反”，“淮阴王最强，则最先反”；“卢绾最弱，最后反”；长沙王吴臣更弱，只有二万五千户，始终未反。据此，贾谊向朝廷提出了一条建议，“众建诸侯而少其力”。也就是说，他建议把现有的诸侯国统统划小、分解，一层层地分封给这些诸侯王的儿子辈、孙子辈。使他们国小人少，想反也难。但朝中的老臣们认为贾谊“年少初学”，照他的主张去做，非把天下搞乱不可。

太子刘启的家令晁错，也上奏朝廷，“请削诸侯”。

汉文帝怕得罪老臣，不敢按照贾谊和晁错的建议大刀阔斧地削藩，只是谨慎地采取了一些相应措施。例如，袭齐王刘肥位的刘肥孙子刘则（刘襄之子）死后无子，汉文帝将齐国一分为六，分封给刘肥的六个儿子（齐王刘将闾、济北王刘志、菑川王刘贤、胶东王刘雄渠、胶西王刘印、济南王刘辟光）。同年，又将淮南王刘喜（刘章之子）迁城阳王。城阳也在齐国境内，这样，实际上把齐国肢解成了七国。淮南王刘喜迁走后，又将淮南一分为三，分封给原淮南王刘长的三个儿子（淮南王刘安、衡山王刘勃、庐江王刘赐）。汉文帝的这些措施，只敢动小刀，不敢动斧子，没有解决根本问题。

汉文帝在位二十三年而亡，太子刘启继位，是为汉景帝。汉景帝起用晁错为御史大夫，晁错竭力主张削藩，尤其主张拿实力最强、野心最大、最不守法的吴王刘濞开刀，“削其支郡”。他认为吴王刘濞“今削之亦反，不削亦反。削之，其反亟，祸小；不削之，其反迟，祸大”。汉景帝年轻气盛，采纳了晁错的建议，削藩！

在着手削藩之前，汉景帝首先对自己的根基进行加固，封六位皇子为王（长子河间王刘德、二子广川王刘彭祖、三子淮阳王刘余、四子汝南王刘非、五子临江王刘阏、六子长沙王刘发）。他把六位皇子的封国变成制衡其他诸侯王的重要力量。

汉景帝开始削藩，先追究了三位诸侯王的旧账。其一，楚王刘戊因上年为薄太后守丧期间私奸，削去东海郡；其二，赵王刘遂两年前也有犯罪行为，削去常山郡：其三，胶西王刘印卖爵，削去六县。

然后，一刀捅向实力最强的吴王刘濞，下诏削去吴国会稽、豫章二郡。这一下，他从老虎嘴上拔下两根须，刘濞哪里受得了这等刺激？“忽”的一下扑了过来！

据《汉书·吴王濞传》记载，刘邦在世时，荆王刘贾在抵抗英布叛乱时兵败身亡后，刘邦觉得东南方向急需有一位“壮王”去填补那里的空缺。当时皇子们大都尚未成年，而长侄沛侯刘濞已经二十岁，就立他为吴王，辖地“三郡五十三城”，仅次于刘邦长子刘肥的齐国，是第二大诸侯国。

任命诏书公布后，刘邦找刘濞去谈话。在此之前，叔侄俩从未见过面。刘邦一见刘濞，“若状有反相”，心里特别后悔。但成命难以收回，刘邦拍着刘濞的后背说：“倘若五十年后东南方向发生叛乱，这就中了邪了。记住，小子唉，你是刘姓子弟，可不能谋反啊！”

刘濞顿首曰：“不敢！”

刘邦死后，一则天下初定，二则吕后忙于弄权，“诸侯各自拊循其民”，诸侯各国自己想办法解决财政问题。吴国地理条件优越，东临大海，豫章郡（江西）又有铜矿。刘濞广罗天下流寇逃犯，“盗山铸钱，煮海为盐”，搞得比哪个诸侯国都富，“百姓无赋，国用饶足”。这是刘濞长期闹独立的经济基础，老百姓都拥护他。

刘濞与朝廷闹矛盾，还有一个重要的感情因素。汉文帝在位时，刘濞的太子去京城长安，与皇太子（即后来的汉景帝）一起饮酒赌博，发生争执，吴太子及其随从对皇太子不恭，皇太子竟把吴太子杀了。朝廷方面派人将吴太子尸体运回吴国安葬，刘濞回敬道：“天下一宗，死长安即葬长安！”又把太子尸体运回长安发丧。双方从此结怨，刘濞二十多年称病不朝，不行藩臣之礼。

汉文帝当然很不满意，吴国使臣每次进京，都被朝廷拘押或责罚。

有一年，吴国使臣去长安“秋请”（这是西汉诸侯国对朝廷的藩礼制度，一年两次进京，春为“朝”，秋为“请”），汉文帝亲自审问吴国使臣，使臣回答道：“察见渊中鱼，不祥。”意思是说，皇上对下面的事情该糊涂时糊涂一点为好，如果把深渊中的鱼都看得一清二楚，反而不好。吴王称病不朝，他确实是在装病，皇上追查得越紧，他的顾虑越大，心里越来越紧张。这个“结”不能让它越抽越紧，还是由皇上主动把它解开为好。汉文帝一听有道理，于是把拘押在长安的吴国使臣统统赦免放回，并赐给刘濞几根拐杖，捎话给他说，你年纪大了，可以不来朝见。这样一来，汉文帝与刘濞的矛盾暂时得到缓解，二十多年无事。

汉文帝驾崩，太子刘启即位，是为汉景帝。汉景帝比父皇强硬，他采纳晁错的削藩建议，把矛头直指刘濞，使多年压下的矛盾被彻底激化了。景帝三年（前 154 年）春三月，削去吴国会稽、豫章二郡的诏书尚未送到吴国，消息已经飞快地传到吴都广陵（今江苏扬州），刘濞当即跳了起来，老子反了！

当时，诸侯各国都被朝廷的削藩举措搞得十分恐慌。刘濞决心联合其他诸侯王共同举兵，与朝廷决个鱼死网破。他知道胶西王刘印骁勇好斗，因卖爵之事刚被削去六县，对朝廷怨气很大，派人秘密前往，先与刘印取得联络。刘印开始顾虑较大，吴国使者对他说，事成之后，吴王将与他“二主分割，共同称帝”。他经不住诱惑，答应起兵。刘濞为了保险起见，又亲自潜至胶西与刘印会面，敲定起兵事宜。刘印手下的群臣都反对说，如今一个皇帝都乱成这样，将来二帝相争，岂不更要乱套！但刘印反意已决，不听劝谏。

刘濞先后联络了胶西、楚、齐、菑川、胶东、济南、济北、赵八国，加上吴国本身共九国。由于齐王悔约退出；济北王因都城城墙倒塌，被郎中令挟持，推托说要修筑城墙，也没有参加，最后是七国起兵。

楚王刘戊、赵王刘遂对朝廷削地怨气极大，反叛决心更为坚定。楚王刘戊把反对他起兵的丞相张尚和太傅赵夷吾杀掉；赵王刘遂也把反对他起兵的赵相建德、内史王悍杀掉。赵王刘遂提前领兵到赵国西部边界，等待吴王刘濞的军队到来；他还派使者前往匈奴，鼓动匈奴一起出兵攻汉。

朝廷把削地诏书送到吴都广陵，刘濞下令杀使毁诏，并把朝廷派驻吴国的二千石以下官员统统杀掉。当年刘濞六十二岁，少子十四岁。他发布了一道战争动员令，以他父子两人的年龄为上限和下限，征召十四岁至六十二岁的男丁参战，共募集到二十余万人，又从闽越征召十多万人，组成三十万大军，浩浩荡荡，从广陵出发，渡淮西进。

刘濞任命田禄伯为大将军，田禄伯向刘濞建议说，几十万大军成一路西进，难以成功。我愿领五万兵，从水路西进，收淮南，下长沙，入武关，与大王会师关中。这个作战方案虽然不算新奇，但也不失为奇正之法，中路为主力，南路为穿插。刘濞本想同意这一方案，但太子私下对他说，你这次起兵是反叛朝廷，一兵一卒都不能借给他人。假如让田禄伯带走五万人，万一他转过身来反你，为朝廷效命，你怎么办？于是刘濞不敢分兵。

还有一位年轻的桓将军，也向刘濞建议说，吴楚军以步兵为主，汉军多车骑，步兵利于险地，车骑利于平地。吴楚军西进时，对一路上的城邑都不要去管它，应该以最快的速度去抢占洛阳武库、敖仓粮库及函谷险关。这样，即使不进关中，据险守关，关东的天下也是你吴王的了。否则，如果一路上攻城略地向西推进，许多城邑急攻难以攻下，进军速度太慢，汉军一旦出关，疾驰东下到达梁楚边境，我们就败定了。

刘濞征求老将们的意见，老将们却说，他一个小毛孩子，让他去打冲锋可以，他懂什么深谋大略。于是，桓将军的这一建议也没有被采纳。刘濞徒有反叛之心，但他本人却毫无军事谋略，又不听部属建议。他亲率几十万大军，一字长蛇阵，遇城攻城，向西缓慢推进。

刘濞起兵时，致书遍告各国诸侯，宣示起兵理由说：晁错贼臣，惑乱皇上侵夺诸侯之地，挑拨刘氏骨肉，绝先帝功臣，诳乱天下，欲危社稷。陛下不能省察，故起兵“请诛晁错以清君侧”。

消息传到长安，汉景帝刘启召来坚决主张削藩的晁错商议对策。晁错建议皇上御驾亲征，他自己留守长安，并准备审讯任过吴国丞相的爰盎，逼他交代吴王刘濞谋划叛乱的内幕，以便进一步采取相应对策。

爰盎和晁错是死对头。此前，爰盎曾向汉景帝力保吴王刘濞不反，被晁错查出他接受了吴王刘濞的金钱财物，汉景帝下诏贬他为庶人。这一次，爰盎听说晁错又要审讯他，以攻为守，通过丞相窦婴的关系，连夜入见汉景帝。他对汉景帝说，这次吴楚七国叛乱，都是因为晁错主张削夺诸侯土地引起的，现在只有一个办法，处死晁错，下诏赦免吴楚七王反叛之罪，恢复其辖地，这场叛乱便可兵不刃血平息下去。

汉景帝刘启心里开始翻腾。一则，他对采纳晁错削藩主张，居然引起这么大的震动，缺乏心理准备，有些慌神；二则，他对晁错建议天子亲征，而他自己镇守长安，十分不快，怀疑晁错心术不正；三则，他对能否战胜吴楚七国叛军心中无底，心里发虚；四则，晁错平时锋芒毕露，树敌太多，这时许多人落井下石，毁谤诬陷，搞得他心烦意乱。汉景帝心里越翻腾越厉害，下诏：将晁错“腰斩于市”。任命爰盎为太常、吴王之侄刘通为宗正，派他俩前往吴国宣诏，赦免吴楚七王反叛之罪，令其罢兵。

这时刘濞已率叛军进至梁国，攻破了棘壁（今河南睢县东南）。爰盎、刘通赶到梁国，向刘濞宣诏。不料刘濞拒不受诏，回答说：“我现在已是东帝，究竟谁拜谁啊！”并要求爰盎留下参加叛军，爰盎拒绝留下，连夜逃跑，潜回长安。

仆射邓公从前线回到长安，汉景帝急着召见，问："闻晁错死，吴楚罢不？"

邓公说，吴王刘濞反叛之心已数十年，此次因削地发怒起兵，目标何在诛杀晁错？汉景帝恍然大悟，后悔不该错杀晁错，于是决心发兵讨伐。

他想起父皇临终遗嘱："即有缓急，周亚夫真可任将兵。"立即将周亚夫由中尉提升为太尉，统率三十六位将军，讨伐吴楚七国叛军。

周亚夫率军出发前，拟定了一个"牺牲局部，以谋全局"的战略方针，报奏景帝。他说，吴楚兵剽悍轻捷，难与争锋，请批准暂时放弃梁国，让叛军暂时占领，我方迂回到叛军侧后，断其粮道，然后才可将其战而胜之。景帝"允之"。从这个战略方针可以看出，周亚夫指挥作战也是大手笔：不惜小失，以谋全局之胜。

周亚夫乘坐六马快车驰出长安，准备疾驰荥阳与诸将会师。行至霸上，有位赵涉等待在路旁，他对周亚夫说，吴国素来很富，一直在搜罗一些亡命之徒，这次肯定会在函谷关以东的崤渑孔道布下密探伏兵，刺探汉军行动。太尉何不改道向右，走蓝田，出武关，抵洛阳，路程不过多走一两天而已，却可以出敌不意，如天兵天将从天而降。周亚夫采纳赵涉建议，改走武关，果然顺利到达荥阳，一路上未打一仗、未损一卒。周亚夫高兴地说，我已顺利抢占荥阳这个战略要点，"荥阳以东无足忧矣"！

周亚夫在荥阳与众将军会师后，将荥阳交给窦婴镇守，他亲率汉军主力继续东进。至淮阳，遇到父亲周勃的老部下邓都尉，他向邓都尉请教破敌之策，邓都尉的建议和他自己的想法完全一致。于是，周亚夫按原定计划，绕过正在猛攻梁国的吴楚七国叛军，亲率主力直插至东北方向的昌邑（今山东巨野县南六十里昌邑乡），深沟高垒，坚守不出。目的在于让出梁国，用梁国的力量去消耗、疲惫、拖住吴楚七国叛军。同时派弓高侯韩颓当率领一支轻骑精锐，直插至吴楚叛军背后的淮泗口（今江苏淮阴县泗水入淮处），截断吴楚叛军的运粮水道。韩颓当是韩王信的儿子，当年韩王信叛乱被打败，韩颓当逃往匈奴，后来归汉投诚，被封为弓高侯。他在匈奴练就精湛骑术，这次周亚夫正好利用其特长去执行快速穿插任务。

梁王刘武拼死抵抗吴楚七国叛军，双方形成胶着状态，这正是周亚夫所要见到的效果。梁王几次向周亚夫告急，周亚夫不予理睬。梁王刘武是汉景帝亲弟，同母所生。梁王刘武奏请景帝，景帝下诏周亚夫救梁，周亚夫仍按兵不动。因为他事先早已奏明皇上，此战必须“以梁委之”，方可战胜叛军；何况将在外君命有所不受。梁王刘武只得亲率梁兵死守梁都淮阳城，命令将军张羽在梁国东界顽强抵抗吴军。这时，周亚夫命令已经占领淮泗口的韩颓当继续插至下邑（今安徽砀山县），进一步切断吴楚叛军后路。

战事已经进行了两个来月，吴楚七国叛军军粮已尽，急疯了，寻找周亚夫挑战，周亚夫硬是不予理睬。《汉书·周亚夫传》中这一段写得很精彩：

> 吴楚兵乏粮，欲退，数挑战，终不出。夜，军中惊，内相攻击扰乱，至于帐下。亚夫坚卧不起。顷之，复定。吴楚既饿，乃引而去。亚夫出精兵追击，大破吴王濞。吴王濞弃其军，与壮士数千人亡走，保于江南丹徒（今江苏丹徒）。汉兵因乘胜，遂尽虏之，降其县，购吴王（头）千金。月余，越人斩吴王头以告。

至此，吴楚七国之乱被彻底平定，这场内战持续了三个月。战后，众将军一致认为周亚夫的作战谋划和指挥非常正确。

但是，梁王刘武却对周亚夫产生了怨恨。

平定七国之乱后，汉景帝刘启对周亚夫十分器重，不仅任他为太尉，而且让他当了丞相。但几年后，君臣之间在几件事情上产生了矛盾。一件事，汉景帝废太子刘栗，被周亚夫竭力阻挡，景帝开始疏远他。另一件事，梁王刘武每次来朝，都在母亲窦太后面前发泄对周亚夫的不满，窦太后就把这些话搬给汉景帝听。再一件事，过去一向低调谨慎的窦太后，可能经不住别人的求情，提出要给皇后之兄王信封侯。汉景帝开始没有同意，但难驳太后面子，后来同意了。周亚夫又竭力反对，并搬出高祖遗训说："高帝有约，非刘氏不得王，非有功不得侯"，王信"虽皇后兄，无功，侯之，非约也"。汉景帝听后"默然而沮"，心里想，你周亚夫也太狂妄了吧，皇上的面子你敢驳，皇太后的面子我都不敢驳，你也敢驳！

又发生了一件事，匈奴徐庐等五位头领来降，景帝想封他们为侯，今后可以拿来做劝降匈奴的例子。周亚夫不同意，他说：这些人背叛他们的主子来向陛下投降，陛下封他们为侯，陛下将来怎么要求自己的臣子守节呢？汉景帝一听就火了："你讲的都不对！"坚持封五人为侯。

当天，汉景帝刘启请周亚夫到宫中"赐食"，这本来是很高的礼遇，但这顿饭的"味道"却变了。案上放着整块的大肉，却没有切开，周亚夫的坐位面前也没有放筷子。周亚夫心里有东西往上直冒，向左右喊道："拿双筷子来！"汉景帝笑道："此不足君所乎？"意思很明白，我这里大鱼大肉有的是，不想给你吃了！

亚夫免冠谢上。

上曰："起。"

亚夫出。

上目送之，曰："此怏怏者，非少主臣也！"

汉景帝刘启最后对周亚夫得出的这个结论，同刘邦最后对周勃得出的结论，刚好翻了一个个儿。刘邦对吕后说，周勃厚重少文，安刘必勃，将来要把辅佐刘氏江山的重任托付于他。汉景帝这时却在自言自语地说，我算是看透了，将来太子继位，根本驾驭不了他。

周亚夫的仕途走到了尽头。

周亚夫闲居在家，他儿子孝顺，为他准备“寿事”，购买了一批工艺品性质的兵器，准备将来为父亲陪葬所用。大概没有及时付钱，店主不满，告发他儿子盗卖县里的官器，并购置兵器准备谋反。朝廷立案侦查，把周亚夫牵涉了进去。景帝派监察官下去审讯周亚夫，周亚夫一句话也不回答。

监察官一无所获，回去向汉景帝刘启复命。汉景帝对监察官大骂道：“吾不用也！”意思是说，我永远不会再起用他了，你还怕他做什么！

汉景帝改派廷尉下去，廷尉责问周亚夫：“你想谋反吗？”周亚夫回答说：“臣所买器，乃葬器也，何谓反乎？”廷尉怒责道：“你即使地上不敢反，买了这些兵器，岂不是到了地下也要反吗？”

周亚夫与廷尉愈争愈急，廷尉将他逮捕。周亚夫想用剑自杀，被夫人哭着扭住了手，周亚夫没有死成。廷尉把他抓走，投进监狱。周亚夫绝食五天，呕血而死。

周勃和周亚夫父子俩，西汉两代名将，两代军事首领，竟然都没有逃脱“自古名将少善终”这条魔咒，这不是他们个人的悲哀，这是封建时代的悲哀。

2008 年 7 月

卫青与霍去病

卫青与霍去病，是汉武帝打败匈奴的两员主将，功勋卓著，名垂千古。《史记》《汉书》中均有卫青、霍去病传。卫青官至大司马大将军，霍去病官至骠骑将军。我曾到陕西兴平县去看过汉武帝、霍去病、卫青三人的陵墓。汉武帝的茂陵，同卫青、霍去病墓咫尺相望，可见汉武帝对这两位爱将的信赖程度，他死后仍要随时传唤两位爱将前往相商军国大事焉。汉武帝的茂陵和卫青的大墓，只是两座光秃秃的高大土丘，给人以天老地荒名垂千古而不朽的风范；而霍去病墓却翠柏森森，修葺管理得极好，是英气勃发青春常驻永不老去的感觉。霍去病墓前的"马踏匈奴"等一组国宝级大型汉雕石刻，雄浑大气，一派大汉风范。

卫青

卫青是个私生子。卫青生父郑季，是位县一级的小官，在汉武帝姐姐平阳公主家当差。平阳公主原先称阳信长公主，嫁给曹参的后代曹寿为妻。曹寿是平阳侯，阳信长公主随夫改称平阳公主。卫青生母卫媪，《史记》中说她是“侯妾”，即平阳侯曹寿的小妾;《汉书》中说卫媪是“家僮”，后说为是。郑季与卫媪私通，生卫青。卫青幼时被送回郑季家抚养，郑季嫡妻和嫡子们都歧视卫青。卫青稍大，平阳公主很喜欢这孩子，又让他回到生母卫媪身边来，做平阳公主的侍从骑奴。卫媪生有一男三女，卫青有两个同母异父的姐姐，大姐叫少儿，二姐叫子夫。子夫能歌善舞，汉武帝有一次在姐姐平阳公主家看上了子夫，被选入宫中，很快得宠，子夫的弟弟卫青也被召入建章宫去当差。汉武帝的陈皇后无子，得悉子夫怀孕，心生嫉妒，拿卫青出气，编个理由将他下狱，准备杀死卫青。汉武帝的侍从公孙敖与卫青是一起练习骑射的骑友，约了几位壮士劫狱救出卫青。这件事被汉武帝知道，他不仅没有责备这几个年轻人，反而任命卫青为建章宫宫监，做自己的侍中。子夫生下儿子后，封为皇后，卫青升为太中大夫。卫青没有辜负汉武帝对他的呵护、关爱和栽培，初次领兵对匈奴出战就立下显赫战功，被封为关内侯。从此，卫青成为汉武帝手中的一张王牌，成了抗击匈奴的主将。

汉武帝登基之初，考虑的第一件大事就是“欲事灭胡”。他登基第一年，就派公孙弘出使匈奴刺探情况。第二年，又派张骞出使西域，准备联合大月氏共击匈奴，“以断匈奴右臂”。但是，当时朝政还受到汉武帝老祖母窦太后的制约，朝中老臣也都安于现状，主张继续对匈奴奉行“和亲加送礼”的政策，以换取边疆安宁。

汉武帝胸中自有打算，着手进行抗击匈奴的各项准备。他把长期在边境与匈奴作战的两位名将李广、程不识调入京内，分别担任未央宫和长乐宫卫尉，一方面通过他们了解匈奴情况，一方面向他们灌输抗击匈奴的意图，并亲自考察他们的忠诚度与军事才能。不久，汉武帝提拔李广为骁骑将军，派往云中，提拔程不识为车骑将军，派往雁门，两人都驻防抗击匈奴第一线。

汉武帝二十三岁那一年，策动了对匈奴的第一次交战，史称马邑伏击战。马邑是雁门关外一座边城（今山西朔州东北），城不大，但重要。原定作战计划是诱敌深入，引诱匈奴军前来攻击马邑，然后里应外合歼灭来敌。由于计划泄露，汉军设伏被匈奴识破，作战失利。由于匈奴各种生活物资对内地的依赖性很大，战争间隙，边市贸易仍在正常进行。

汉武帝二十七岁那一年春天，匈奴又入侵上谷郡掳掠杀人。入秋，汉武帝命令公孙贺、公孙敖、李广、卫青四将各率万骑左右兵力，乘边市赶集之日，兵分四路同时出击。但公孙贺出云中事前缺乏侦察，判断有误，未遇匈奴，空手而归。公孙敖出代郡，反被匈奴打败，损兵七千。名将李广出雁门，寡不敌众，全军覆没，本人负伤被俘。“飞将军”李广在匈奴名声很大，匈奴俘获李广后如获至宝，用布络将负伤的李广挂在两匹马中间驮着他走。李广斜眼瞄见近旁有位少年骑着一匹好马，他运足力气，翻身跃上少年马背，抱住少年飞奔，一路逃了回来。按西汉军律，吃了败仗的公孙敖和李广当斩，两人花钱赎为庶人。

这一仗，年轻将领卫青却一战成名。卫青出上谷，对匈奴勇猛直追，一举攻破了匈奴的龙城，歼敌七百，凯旋。龙城是匈奴单于大会属国诸王、祭祀天地祖先的圣地。卫青攻破匈奴龙城，对匈奴震动极大，而对汉武帝则是一次不小的鼓舞。此后，汉武帝开始策划对匈奴发动大规模战役。

对匈奴发动的第一次大战役是河套战役（史称“河南之战”），当年汉武帝二十八岁。万里黄河，唯富一套。黄河全长五千余公里，最为富庶的是河套地区。河套以南，史书上称“河南地”，水网密布，农牧皆宜，离长安又很近，成为汉匈争夺的核心地带。

河套战役的主将是卫青，战役持续时间长达两年，分前后两个阶段。第一阶段，汉武帝元朔元年（前 128 年）秋天，匈奴兵分三路扰边。左路两万余骑攻辽西郡，杀死辽西太守；中路攻入渔阳郡；右路攻入雁门郡。卫青率三万骑出雁门，李息率兵一部出代郡，将匈奴军击退。第二阶段，汉武帝元朔二年（前 127 年）春天，匈奴左贤王又大举进攻上谷郡、渔阳郡。汉军采取正面牵制、右翼远距离迂回包围战术，取得极大成功。正面由御史大夫韩安国率七百人迎击匈奴，韩安国负伤，退入营垒坚守不出，匈奴掠千余人及大批牲畜而去，继续向东侵扰。汉武帝命韩安国移师右北平坚守，阻击匈奴东进。汉军主力由卫青、李息二将率领，出云中，直插至高阙要塞，切断了盘踞在河套内的白羊、楼烦二王与匈奴腹地的联系。卫青从这里南渡黄河，返身对河套内的白羊、楼烦二王发起突然袭击。白羊、楼烦二王没有料到汉军会从背后袭来，仓促应战，溃不成军，率少数亲兵逃遁。汉军杀敌数千，俘敌三千，缴获牛羊百万余头，收复河套内全部失地。

河套战役，是西汉开国以来同匈奴作战取得的第一次重大胜利。河套战役获胜后，中大夫主父偃向汉武帝提了一条重要建议，他说，河套地区水丰地肥，蒙恬逐匈奴、筑长城，首先争夺的就是这片战略要地。河套地区被黄河环绕着，全国各地运输来的军需物资都可以通过这里转往边境前线。把河套地区建设好，这是灭胡根本大计。汉武帝采纳他的建议，在河套地区新置五原、朔方二郡。汉武帝把南方沟通西南夷的工程停下来，动用十多万人在此筑朔方城，并从内地招募十余万移民至朔方实边。这样，就把河套地区建设成了与匈奴作战的前进基地，从这里可以向北、东、西三个方向出击。夺取河套地区，是一个战略态势的重大转换。匈奴占据河套时，在西汉北方防线中央部位打开了一个大缺口，进攻矛头可以直指长安，西汉朝廷心里一直发虚。西汉夺取河套，并把它建设成为进攻匈奴的前进基地后，好比转过身去向匈奴伸出了一根坚挺的长矛，匈奴心里开始发虚。

三年后，元朔五年（前 124 年）春，汉武帝对匈奴发动了第二次大规模战役，即阴山战役（史称“漠南之战”），主将仍是卫青。阴山山脉东段称大青山，西段称狼山。阴山山脉是匈奴单于王庭所在地，是匈奴的心脏地带。面对匈奴的频繁进攻，汉武帝决定全力反击，将匈奴单于王庭逐出阴山山脉。阴山战役第一阶段，打击的主要目标锁定为西路的匈奴右贤王，先损其一翼。西路由卫青亲率主力出大青山与狼山之间通往漠北的隘口高阙，苏建为游击将军、李沮为强弩将军、公孙贺为骑将军、李蔡为轻车将军，七八万人“俱出朔方”。东路由李息、张次公二将“俱出右北平”，以牵制匈奴东部兵力，策应西路卫青以主力对匈奴右贤王的围歼。卫青挥师北出高阙，长驱直入六七百里，于夜间抵达右贤王王庭所在地，立即发起突然袭击。匈奴右贤王没有料到汉军能深入塞外这么远，当晚喝醉了酒。遭到突袭后仅带一名爱妾和数百亲兵，在夜幕掩护下仓惶北逃。卫青俘获右贤王以下俾小王十余人、部众一万五千人、牲畜“数十百万”。

卫青凯旋时，“至塞，天子使使者持大将军印，即军中拜车骑将军青为大将军，诸将皆以兵属大将军，大将军立号而归”。历史上，大将军这一职务是从卫青开始才有的，这是西汉最高军阶，高于太尉。这是一项殊荣，不是常设职务，因人因功而设。卫青回到长安，汉武帝又加封卫青六千户。

又过了五年，元狩四年（前 119 年）初夏，汉武帝发动漠北战役（史称“漠北之战”），命卫青、霍去病各率五万骑远征漠北。汉武帝调集了步兵数十万，民间私马四万匹，向前线运送军需辎重，沿途搞保障。按照预定计划，卫青为左路，率前将军李广、左将军公孙贺、右将军赵食其、中将军公孙敖、后将军曹襄，共五万骑出代郡，对匈奴左贤王实施歼灭性打击；骠骑将军霍去病为右路，率精骑五万出定襄，寻找伊稚斜单于主力决战。从这一战略部署可以看出，在汉武帝心目中，霍去病的统帅才能已在卫青之上。

霍去病出定襄不远，抓到一名匈奴骑哨，一审问，骑哨说单于主力已经东移。霍去病将这一情报速报汉武帝，汉武帝立即下令，卫青与霍去病交叉换位。卫青改从右路出定襄后，从抓获的匈奴俘虏口中得知，单于主力并未东移。他搞清单于主力所在位置后，命令前将军李广与右将军赵食其合兵一处，“出东道”，从右翼迂回，掩护主力侧翼，相机攻击左贤王。李广几次恳请卫青说，我一生与匈奴交战，这次好不容易遇上与匈奴单于主力交战的机会，请求充当大将军前卫去冲锋陷阵，“愿先死单于”，但卫青坚持令出不改。从兵法上讲，让李广和赵食其分兵迂回也符合战术要求，但其中却包含着复杂的感情因素。据《史记·李将军列传》记载，在这次出征之前，李广几次请战，汉武帝认为他老了，“弗许；良久乃许之”。但出发前，汉武帝又提醒卫青说，李广毕竟老了，几次出战都失利，这次不能派他与单于主力交战。另外，卫青的亲信、好友公孙敖对自己有过劫狱救命之恩，因在河西战役中迷路贻误战机当斩赎为庶人，急需再立战功，方可重新封侯。卫青以分兵为由，把李广派去执行迂回任务，让公孙敖随同自己一起作战，为他创造立功机会。

调遣毕，卫青亲率主力穿越浩瀚的沙漠戈壁，向北挺进千余里，直插漠北伊稚斜单于主力驻地，“见单于兵阵而待”。卫青见状，采用了构筑临时阵地与骑兵游动攻击相结合的全新战术。他下令将武刚车环成圆形，构筑成临时阵地；命令五千骑兵向匈奴军发起轮番冲击。伊稚斜单于以万骑迎战。激战一天，未分胜负。日落时，突然来了沙尘暴，“大风起，沙砾击面，两军不相见”。卫青指挥汉军在沙尘暴掩护下从两翼包抄合围匈奴军。在汉军包围圈即将合拢之际，伊稚斜单于率数百骑在夜幕下向北逃遁。战至深夜，双方均有较大伤亡，汉军左校清点战俘时发现伊稚斜单于已经逃脱。卫青立即派轻骑追击，自己率大军在后跟进。匈奴军的作战特点是“来如兽聚，去如鸟散”。伊稚斜单于既已逃脱，他的部众立即溃散。卫青率军北追二百余里，斩杀、俘获敌军一万九千余人，但没有追上伊稚斜单于。卫青率军挺进至寘颜山赵信城（今蒙古国中部哈努依河中游东岸），缴获匈奴囤积在此的大批粮食和军用物资。汉军在此驻留一日，饮马造饭，补充给养，装运物资。返回时，将运不走的匈奴粮食物资全部放火烧毁。

李广、赵食其在沙漠中迷失方向，未能到达漠北参战。卫青率军回到大漠以南，李广、赵食其才与大军会合。卫青派人去查问李广、赵食其迷路情况，难免带有责备之意。曾经威震匈奴的名将李广觉得颜面尽失，同时对卫青心存不满，心灰意冷，对部下说：“广结发与匈奴大小七十余战，今幸从大将军出接单于兵，而大将军徙广部行回远，又迷失道，岂非天哉！”说完拔剑自刎，“广军士大夫一军皆哭”（《史记·李将军列传》）。

李广是名将，但不是福将。他是将门之后，先祖是秦代名将李信，“世世受射”。李广不仅有深厚的将门背景，他本人的军事实践也很丰富。周亚夫平定吴楚七国之乱时，李广就是校骑都尉，“取旗，显功名昌邑下”。之后，他几十年在北方守边抗击匈奴，先后担任过上谷、上郡、陇西、北地、雁门、代郡、云中等七个边郡的太守，与匈奴交战七十余次，“飞将军李广”威震匈奴。李广质朴、口讷、爱兵。他带兵，“乏绝之处，见水，士卒不尽饮，广不近水，士卒不尽食，广不尝食”，对士卒“宽缓不苛”，得到士卒爱戴。司马迁评价李广的品行，引用了一句名言：“其身正，不令而行；其身不正，虽令不从。”李广射技精湛，力能“射石没羽”，但过分拘泥于命中率，战场上情况无论多么紧急，他非要靠近敌人几十步以内，“度不中不发，发即应弦而倒”。看来他缺少一点“寸有所长，尺有所短”的辩证思维。因此，他在作战中几次被敌围困，甚至被俘。他射猛兽，也几次被猛兽所伤。李广在汉武帝时期之所以负多胜少，一来是老了，也二来他注重射技有余，忽视战术创新。他几次在沙漠戈壁中行军迷失方向，也能看出他军事素质的局限性。他同新一代抗匈名将卫青、霍去病相比，军事谋略与战略战术显然是落后于时代了。因此，李广的悲剧结局，从本质上说，是时代前进的淘汰法则所造成的。

《汉书·卫青传》总结卫青一生战功与勋爵曰："最大将军凡七出击匈奴，斩捕首虏五万余级。一与单于战，收河南（河套南）地，置朔方郡。再益封，凡万六千三百户；封三子为侯，侯千三百户，并之二万二百户。"汉武帝姐姐平阳公主，其夫平阳侯曹寿因"有恶疾"，死了，平阳公主成了单身。有一次，平阳公主当着汉武帝的面问左右道："列侯谁贤者？"左右皆言："大将军！"汉武帝笑道："此出吾家，常骑从我，奈何？"左右曰："于今尊贵无比。"平阳公主这是为自己摆功，言下之意是说："如果不是我当年把卫青要到身边来，他能为皇上建立这么大功勋吗？卫青能有今天这般风光吗？"汉武帝明白了姐姐的心思，专门下了一道诏书，命卫青娶平阳公主。两人年龄相差较大，少夫老妇，婚姻时间也不太长。

汉武帝元封五年（前106年），卫青病逝，"谥曰烈侯。"平阳公主与卫青谁先去世，不详。卫青死后"与主（平阳公主）合葬，起冢象庐山云"。但据说平阳公主与卫青并未真的同穴而葬，两座坟墓相距一千多米。

霍去病

霍去病也是一名私生子。霍去病生父霍仲孺，是平阳县（今山西临汾）的一名衙役，与平阳公主府中的侍女卫少儿私通，生霍去病。平阳县是平阳公主丈夫平阳侯曹寿的封地，霍仲孺想必在侯府中当过差。卫少儿就是卫媪的大女儿，是卫青同母异父大姐。卫媪的小女儿、卫青同母异父二姐卫子夫，被汉武帝选入宫中成为宠妃，生子后即立为皇后。因此，霍去病的地位非常特殊，汉武帝是他姨夫，卫青是他舅舅。平阳公主府中侍从和女婢之间的男女关系也是够乱的。好在汉风宽厚包容，汉武帝一代雄主，不去计较这些。

有大作为者，必有大气魄。若论古人起用年轻人担当大任的魄力，请君只看汉武帝如何重用霍去病。霍去病第一次出征时十八岁，二十四岁去世以前曾六次统帅大军出陇西，跨祁连，越焉支，与他舅舅卫青一起，为击溃匈奴、平定西北边患、打开西域通道立下了殊功。

霍去病第一次出战，是跟随舅舅卫青参加阴山战役第二阶段作战。匈奴右贤王遭受沉重打击后，同年秋天又出万骑南下侵袭代郡，杀死代郡都尉，掳走边民千余人。为了进一步打击匈奴气焰，元朔六年（前123年）二月，汉武帝决定再次对匈奴反击。以大将军卫青为统帅，率领公孙敖、公孙贺、赵信、苏建、李广、李沮六将，以十万余骑出定襄，寻找匈奴主力决战。年仅十八岁的小将霍去病第一次跟随舅舅卫青上战场，卫青任命他为校尉。大军出定襄后，途中与匈奴骑兵打了一场猝不及防的遭遇战，汉军击退匈奴，斩首三千余级。由于目标已暴露，塞外早春，气候还十分寒冷，不宜北出更远。卫青决定将汉军后撤至定襄、云中、雁门一线休整待机。四月，气候渐暖，卫青再次出击，向北挺进数百里，遇匈奴伏兵。右将军苏建、前将军赵信率领的三千余骑全军覆没。苏建只身逃回卫青大本营；赵信原来就是匈奴俾小王，归汉后被封为翕侯，战败后带领八百骑重新投降了匈奴。卫青率领主力全力反击，歼敌一万九千余人，将匈奴击溃，反败为胜。初次参战的霍去病神勇无比，他见伊稚斜单于兵败逃窜，率领八百轻骑穷追数百里，歼敌两千余人，“斩单于大父行籍若侯产”（伊稚斜单于的伯祖父），俘获匈奴相国、当户和伊稚斜单于之叔罗姑比等，功居全军之冠。霍去病一战成名，凯旋后，汉武帝封霍去病为冠军侯。

霍去病立下奇功，是在河西战役（史称“河西之战”）。夺取河西走廊，沟通西域，联合大月氏共击匈奴，“以断匈奴右臂”，这是汉武帝登基之初就形成的战略构想。由于当时条件尚未成熟，一直未能付诸实施。经过十七年对匈奴的不断进攻，尤其是取得河套战役、阴山战役胜利之后，终于可以把这一战略构想付诸实施了。

汉军取得阴山战役胜利后，已将匈奴单于王庭逐至漠北。匈奴在漠南地区的残余势力，东北方向剩下左贤王；西北则有浑邪、休屠二王占据着河西走廊。东北方向的左贤王构不成主要威胁;河西走廊的浑邪、休屠二王则北连匈奴单于腹地，西控西域各国，南控西羌诸部并沟通青藏，对内地构成很大威胁。夺取河西走廊，已成为进一步打击匈奴势力的关键。于是，汉武帝把进攻匈奴的重点转向河西走廊。

打通河西走廊的大功臣是年轻将领霍去病。那一年的春、夏、秋三季，霍去病连续三次出击河西，先后发动了春季攻势、夏季攻势和秋季受降之战，把盘踞在河西走廊的休屠、浑邪二王扫荡一清。

当年春天，霍去病奉命“将万骑出陇西”，向河西走廊发动初次进攻。陇西，泛指甘肃陇山以西。陇山是六盘山南段的别称。霍去病出陇西，“逾乌盭，讨遬濮，涉狐奴”。这三句话比较费解，颜师古注：“乌盭，山名也。”盭，绿色的意思。“逾乌盭”，指翻越乌鞘岭（祁连山东段支脉）。“讨遬濮”，遬濮是匈奴所属的一个游牧部落小王国，被顺路征服之。“涉狐奴”，狐奴是石羊大河的古称，发源于祁连山，经武威地区向北流入腾格里沙漠后消失，上游滩宽水浅，故能涉水而过（《汉书·卫青霍去病传》）。霍去病在春季攻势中取得了重大胜得，班师后，汉武帝下诏嘉奖霍去病：“霍去病为票骑将军，将万骑出陇西，击匈奴，历五王国，转战六日，过焉支山千余里，杀折兰王，斩庐侯王，执浑邪王子及相国、都尉，获首虏八千九百余级，收休屠王祭天金人。”（《资治通鉴·汉纪十一》）霍去病取得春季大捷后，汉武帝受到极大鼓舞，决心对匈奴来一场规模更大的夏季攻势。

当年夏天，汉武帝决定东西两个方向同时出击。霍去病率主力以西路为主要进攻方向。东路由李广和张骞领兵出右北平，攻击匈奴左贤王，以掩护西部主力出击。霍去病命公孙敖领兵出陇西，从正面吸引和牵制敌人。他亲率精骑主力，采取远距离、大迂回的方式，从北地郡出塞，在灵武渡过黄河，翻越贺兰山，“涉钧耆（水名），济居延（居延海）”，从居延海折向南，沿弱水河进至祁连山与合黎山之间的黑水流域，出敌不意，插至匈奴侧后。公孙敖迷失方向，没有按时与霍去病会合。霍去病当机立断，从侧后向匈奴发起猛烈突袭。匈奴军猝不及防，大败，被歼三万余人。单桓、酋涂二王所属两千余人投降。共俘获单桓、酋涂、稽且、遬濮、呼子耆五王，以及诸王王子五十九人，另有相国、将军、当户、都尉六十三人。由于这些匈奴小王都是匈奴单于之子，所以被俘人员中有一位王母是单于阏氏。霍去病在夏季攻势中又获大捷。

东部的李广和张骞却打得很不顺利。李广与张骞在进军途中失去联系，李广率领的四千骑兵陷入左贤王四万骑的重围。面对十倍于己方的匈奴兵力，李广并不慌乱，令其子李敢率数十骑发起第一次冲锋，以鼓舞士气。他命令队伍列为圆阵，四面对外。匈奴骑兵连续发动冲击，矢如雨下。激战中，汉军杀伤匈奴数千人；汉军死伤过半，箭矢将尽。李广的箭法名震匈奴，他让士兵们拉满弓，引而不发，他自己用大黄连弩射死匈奴裨将数名，这时天也黑了下来，匈奴攻势减缓。第二天继续激战，张骞率万骑赶到，左贤王退兵，汉军失利而归。西部的公孙敖、东部的张骞，都在行军时迷失方向贻误战机，按西汉军律，当斩，花钱赎为庶人。

秋季受降之战的概况如下：伊稚斜单于对河西走廊春、夏两次惨败，极为恼怒。他认为主要责任在浑邪王，准备把他召到单于王庭以罪诛杀。浑邪王惊恐之下，与休屠王密谋降汉。他们先派使者去找驻守在朔方郡的汉将李息乞降，李息派驿道快马将此事火速报告汉武帝。汉武帝既高兴又担心，怕对方诈降袭击汉军，派霍去病带兵前去受降。霍去病已领兵出发，那边休屠王反悔，浑邪王怕坏事，把休屠王杀了，收编了他的部众。霍去病率军渡过黄河后，与浑邪王部众遥遥相望。这时浑邪王部众出现躁动，有的小王见汉军阵势强大，不想投降，开始逃跑。霍去病率精骑驰入匈奴阵中，将浑邪王监护起来，斩杀不愿投降逃跑者八千余人，这才将浑邪王部众震住。霍去病派人先将浑邪王护送去长安，自己带领部队监护四万多匈奴渡过黄河南返。朝廷发车二万辆迎接来降匈奴，最终将他们分别安置在陇西、北地、上郡、朔方、云中五郡的黄河以南地区，“赏赐数十巨万”，“因其故俗，为属国”。这一部分最早内迁的匈奴人，后来渐渐与汉族人融合。

秋季受降战后，河西走廊全为西汉占领，实现了“断匈奴右臂”的战略目标，在河西走廊以战争换得了和平。当年，汉武帝下诏将陇西郡、北地郡、上郡的戍卒减少一半，“以宽天下徭役”。并在河西走廊设置了四个郡，筑了三座城，加强了对河西走廊的有效管控。四个郡即武威、张掖、酒泉、敦煌。三座城即光禄城（今内蒙古乌特前旗东北）、居延城（今内蒙古额济纳旗东南）、令居城（今甘肃永登县附近）。为了填补驱走匈奴后的这片真空地带，又在居延绿洲驻军屯垦，移民实边。从此，从兰州以西的金城郡和整个祁连山脉一直到盐泽（罗布泊）“空无匈奴”。史书中记载了匈奴失去河西走廊的哀叹：“亡我祁连山，使我六畜不蕃息；失我焉支山，使我妇女无颜色”。

河西走廊的酒泉市，有一口酒泉井，相传是霍去病荡平河西走廊匈奴势力后，把汉武帝犒赏的庆功酒倒入这口泉眼中，与官兵共饮狂欢庆功之地。

不久，汉武帝又对匈奴势力发动了规模更大的漠北会战，霍去病再次大获全胜。实战过程中，卫青在右路，霍去病在左路。霍去病从代郡出塞后，由于从匈奴骑哨口中得到的情报有误，并未遇到伊稚斜单于主力。霍去病率骑兵轻装疾进，“取食于敌”，长驱北进两千余里，对左贤王发动了猛烈进攻。左贤王溃败而逃，霍去病一直追到狼居胥山（今蒙古国温都尔汗西北之肯特山），斩杀匈奴北车耆王，歼灭匈奴军七万余人，俘获屯头王、韩王等三人，相国、将军、当户都尉等八十三人。霍去病为了庆祝胜利，“封狼居胥山，禅于姑衍，临瀚海（贝加尔湖）”，祭告天地，而后凯旋。

霍去病屡战屡胜的奥秘何在？其一、他胸襟博大，以灭匈奴为己任。汉武帝为了奖励他，要为他盖宅第，他拒绝说：“匈奴不灭，无以为家。”其二、他平时沉默寡言，少年老成，善于思考，计谋深藏不露，“少言不泄”。其三、他本人的军事素质出众，作战骁勇无比，“善骑射”，“有气敢往”，经常率先疾驰迎敌。其四、他用兵善于从大处着眼，战术思想先进。汉武帝想教他学习吴起和孙子兵法，他回答说：“顾方略何如耳，不至学古兵法。”他作战尤其“敢深入”，长途奔袭，深远攻击，疾速取胜。他将“破釜沉舟”之法运用到沙漠作战中，弃粮疾进，“取食于敌，卓行殊远而粮食不绝”。其五、得益于他的精兵、良将和好马。霍去病的部将、士卒、军马，都是经过严格挑选的，曰“常选”，从普通中挑选出众者。他率领的是一支真正的精锐之师，攻无不克，战无不胜，所向披靡。霍去病作战最大特点是能够把他掌握的优势能量捏合成一股锐不可当的气势去冲击敌人，无坚不摧。建设精兵之重要，这是古代战争史上的一个经典例子。其六、他是汉武帝真正的心腹爱将，得到了汉武帝的莫大信任。到后来，这一条甚至超过了大将军卫青。他每次打了胜仗回来，汉武帝总是对他褒奖有加，封赏不绝，这使霍去病麾下的将士们都有一种莫大的光荣感，这种光荣感又会转化成必胜信念。一支打出了威名的部队，士兵们越打越有信心，敌人则闻风丧胆，往往能成为常胜之师。

最后要讲几件霍去病另外的事情。

第一件事，他射杀了飞将军李广之子李敢。漠北会战中，李广再三要求参与同匈奴单于主力决战，卫青均没有同意。其中原因，一是出发前汉武帝对卫青有授意，说李广毕竟老了，几次与匈奴交战均未取胜，这次不要让他参与同匈奴主力的交战；二是卫青也有他自己的盘算，他要为好友公孙敖创造立功赎罪的机会。李广被派去担任迂回任务，结果李广在沙漠中迷失了方向，错失了参战机会。回撤途中卫青派人前去查责，李广自感颜面全失，拔剑自刎。李广的悲剧结局，影响了这位名将世家几代人的命运。李广有三个儿子，长子李当户，次子李椒均早逝。三子李敢曾是霍去病手下的一员战将。在漠北会战中，李敢跟随霍去病“击胡左贤王，力战，夺左贤王鼓旗，斩首多，赐爵关内侯，食邑二百户，代广为郎中令”。李敢认为父亲之死是卫青欺逼所致，一直耿耿于怀，不能自控，以致将卫青击伤，卫青“匿讳之”，不敢说。这件事被霍去病知道了，卫青是霍去病的舅舅，他要为舅舅出气，报复李敢。有一次，李敢、霍去病等一起随汉武帝去甘泉宫狩猎，霍去病借机一箭射死了李敢。那时霍去病正是宠极之时，汉武帝对外说，李敢是被鹿角挑死的。皇上替霍去病遮掩了过去，别人还能说什么？李广的长子李当户有个遗腹子李陵，长大后拜为骑都尉，长期在河西走廊屯垦守边。后来跟随西汉另一名将领李广利出战匈奴右贤王，因寡不敌众，力战兵败，投降了匈奴。司马迁为李陵辩护，受到株连，被处以宫刑，这是后话。

第二件事，不爱惜士兵。班固在《汉书·霍去病传》中写道，霍去病“少而侍中，贵不省士”。他从小入宫过惯了皇家贵族生活，带兵不懂得爱兵，这是他与从底层成长起来的将领最大的不同处。他出征河西时，汉武帝让宫廷膳房为他准备了几十车食物，等到部队返回时，他把吃剩的“粱肉”全都丢弃了，但军中却有饥饿的士兵，他不管不问。出征漠北时，士兵缺粮，有的已饿得不能自振，“而去病尚穿域蹴鞠也”，在沙漠中踢“足球”玩得十分开心。霍去病这一点与卫青有差距，“青仁，喜士退让”。

第三件事，认生父，带领同父异母弟弟霍光入朝。霍去病是霍仲孺与卫少儿的私生子，但他小时候一直不知道自己的身世背景。直到他立下盖世奇功后，母亲卫少儿才把真相告诉他，使他知道生父原来是平阳县的一名衙役霍仲孺，官衔很低。这时反倒显示出霍去病的可贵品质来了，他一不埋怨生父从小对他弃之不顾，二不嫌弃生父官衔太低，反而觉得这么多年来自己对生父没有尽到一天做儿子的孝心。他主动前往平阳县去认父，以骠骑将军的身份，向生父跪下道：“为儿不知尊父，故不曾尽孝。”霍仲孺羞愧不敢应，讷讷道：“老臣得托将军，此天力也。”霍去病为生父和后母置办了田宅，并将后母生的一位同父异母弟弟霍光带走，向汉武帝引见。在霍去病的一手扶持下，霍光很快得到汉武帝青睐，后来成为汉武帝传位幼子刘弗陵（汉昭帝）的首辅大臣，权重汉武帝、汉昭帝、汉宣帝三朝。后来由于朝廷内部权力斗争矛盾激化，霍光被告“谋反”，霍光和霍去病后人惨遭“诛族”，大哀！

霍去病英年早逝，死时才二十四岁。他是中国古代战争史上从天际划过的一颗耀眼流星，光彩夺目，一闪而过。

2008 年 12 月

曹　操

三国战争中的主要人物，可以单独说说曹操。这里说的曹操，是历史上的曹操，不是小说和戏曲中的曹操。

曹操祖上不姓曹

曹操祖上不姓曹，复姓夏侯。曹操的父亲曹嵩，原是夏侯惇的亲叔父，从小过继给宦官、中常侍曹腾做养子，改姓曹。曹操的养祖父曹腾，在东汉宫中做宦官四十多年，从黄门小太监陪太子读书做起，先后“奉事四帝”（汉顺帝、汉冲帝、汉质帝、汉桓帝），汉顺帝时迁中常侍，汉桓帝时封费亭侯。他一生所得俸禄与赏赐无数，求他说情办事者送礼行贿无数，积聚的钱财多得惊人。他死后，其养子曹嵩袭费亭侯爵位，又以最高价从汉灵帝手中买到一个太尉官职。你看看，汉灵帝当了皇帝还标价卖官，这个朝代还有救吗？太尉是武官最高职务，位居“三公”之首，除“掌四方兵事”外，还与司徒、司空共行宰相之职。

由于曹操的养祖父曹腾是宦官、父亲曹嵩花大钱买高官，这两条经常遭人诟病。曹操与袁绍年轻时是朋友，但袁绍祖上是“四世三公”，门第显赫，他根本瞧不起曹操。后来两人争天下，袁绍在声讨曹操的檄文中痛骂曹腾是“妖孽”，曹嵩“因赃买位”，曹操是“赘阉遗丑”，“鹰犬之才，爪牙可任”（《后汉书·袁绍传》）。但是，论才能、论谋略，袁绍根本不是曹操的对手。

曹操从小酷爱兵法，可能与他父亲曹嵩当过太尉有关。曹操本人与战争相伴终生，对兵法有精深研究。《孙子兵法》得以传世，曹操功不可没。《孙子兵法》的原稿是写在竹简上的手抄本，从春秋末期开始流传，经过战国秦汉，到东汉末年已变得混乱不堪。《孙子兵法》最早的定本，就是经曹操之手“削其繁剩，笔其精粹”并加注释编定的。《孙子兵法》流传至今，享誉世界，古今中外没有哪一位军事家、历史学家认为曹操对《孙子兵法》编注得不好的。曹操还著有《孙子略解》《兵书接要》等兵法著作，可惜均已失传，只在《曹操集》中保留有这两本书的片言只语，都是从其他古籍中转录出来的。

曹操小名阿瞒，生母早逝，少年时无人管束，“飞鹰走狗，游荡无度”，但机敏过人。稍长，发愤好学，博览群书，却又不愿受儒家传统的束缚，“性不信天命之事”。曹操成年后能文能武，成为东汉末年乱世英雄中的翘楚。

曹操年轻时做官，就显示出魄力。他二十岁以孝廉被推举为郎官，踏入仕途。科举取士制度实行前，优秀青年被乡绅们评为“孝廉”，便可推举为郎官。郎官主要以作宫廷护卫、充当车骑驭手为主要职责，亦供朝廷随时差遣任用，充当地方行政官员。曹操被任命的第一个官职是洛阳北都尉。洛阳是皇城，划分为东南西北四个区。北都尉，相当于现代大都市中的北城区公安分局局长。皇城内权贵多，治安不好搞。曹操不管这一套，专门制作了执法用的“五色棒”，有犯禁者，不避豪强，“皆棒杀之”。有一次，宦官、中常侍蹇硕的叔父违禁夜行，照样被棒杀。蹇硕是汉灵帝的宠臣，以往蹇硕的叔父谁敢碰他一根毫毛？曹操不怕，认法不认人。从此，京师违禁者敛迹，“莫敢犯”（《三国志·武帝纪》）。

曹操敢于得罪权贵，这一点决定了他的仕途不会一帆风顺。以蹇硕为首的权贵们对曹操既怕又恨，但又不便公开杀他。于是想出一招，向汉灵帝推荐，说曹操很能干，应该提拔，放外任。曹操被挤出京都洛阳，到河南顿丘县去当县令。不久，他的堂妹夫宋奇被宦官找碴儿杀掉，曹操因亲戚关系受株连，被罢官。

由于曹操祖上有背景，学识才干又出众，这两条决定了朝廷不可能彻底抛弃他。时隔不久，因曹操“能明古学”，又被重新召为议郎。议郎的主要职责是“参与议政，指陈得失”。曹操恪尽职守，到职不久就上书汉灵帝，为十多年前在党锢事件中被宦官集团诬陷杀害的大将军窦武、太傅陈蕃鸣冤翻案。但汉灵帝未予理睬。

黄巾起义爆发，曹操拜骑都尉，踏入军界，跟随左中郎将皇甫嵩、右中郎将朱儁前往颍川镇压黄巾起义。初战失利，汉军转移到长社，顺风放火，发动火攻，反败为胜。

曹操后来升迁为济南相。济南是刘氏宗室的封国，按汉律，封国之君只能享受封国内的税赋收入，没有行政权力，封国的丞相就是最高行政长官。曹操到任后，发现所属十多个县的县吏全都“阿附权贵，脏污狼藉”。他一次就向朝廷奏免了其中八人，引起极大震动，“郡界肃然”。

曹操后来在一篇自述中回顾这段经历说，他深知人们对他的偏见甚多，“故在济南，始除残去秽，平心选举，违迕诸常侍，以为强豪所忿”（《曹操集·十二月亥令》）。这说明，他是有意“违迕诸常侍”，要以实际行动同宦党划清界限。他所说的“为强豪所忿”，也是言有所指。主要是指像袁绍这样“四世三公”出身的豪门子弟从来瞧不起他，他硬是要拿点胆量出来给他们看看。曹操做洛阳北都尉、做济南相，都是在为展示自己的才能、横扫瞧不起他的偏见而奋斗。

不久，朝廷要调任他去当东郡（郡治今河南濮阳）太守。曹操眼看“权臣专朝，贵戚横恣”，东汉朝政已日非一日。自己照这样干法，早晚要被权贵谋害，“恐致家祸”。他不愿干，“称疾归乡里”，“秋夏读书，冬春射猎”。他其实是在观察形势，等待时机。

曹操对军权特别感兴趣。河西金城郡的边章、韩遂杀死刺史、郡守，反叛朝廷，叛军发展到十多万人，天下骚动。汉灵帝为了加强京城洛阳的禁军力量，成立西园新军，任命中常侍、宦官蹇硕为上军校尉，统领西园新军。以中军校尉袁绍为副帅。征调曹操入京，任典军校尉。这一次，曹操欣然受命，进京赴任，这是他胸有抱负的一种流露：抓军权。从此，曹操成为“西园八校尉”之一，“与诸将士大夫共从戎事”（《三国志·武帝纪》）。

论学识胸襟，论才略计谋，论文采，乱世雄群中的董卓、袁绍，都无法与曹操相提并论。三国领袖中的刘备、孙权，也都比不上曹操。

许劭对曹操的评价是“治世之能臣，乱世之奸雄”。许劭是位守旧人物，他对曹操使用的这个“奸”字，带有很大偏见。其实，在乱世群雄中，对待许多问题的言行，正派的恰恰是曹操。有一件事很能说明问题，他拒绝出任东郡太守、赋闲在家时，冀州刺史王芬、南阳许攸、沛国周旌等地方豪强，密谋废黜汉灵帝，前来动员曹操参加。曹操说，汉灵帝虽然太昏庸、太贪婪，但身为臣子，密谋废黜皇上是叛逆行为，“非能为也”，他拒绝参加。

曹操成长的时代

曹操是东汉末年乱世英雄之一，先来看看东汉末年的朝政乱成了什么样子。可以概括为三句话：昏君治国，外戚干政，宦官乱政。社会矛盾愈积愈深，像火药桶似的随时要爆炸。

昏君治国，昏到什么程度？东汉中晚期，都是小皇帝当朝，他们不会治国，却都学会了作威作福。东汉共经历了十三朝天子，一岁至十五岁继位的有十位，二岁至三十六岁死去的也有十位。这些小皇帝“生于深宫之中，长于妇人之手”，从小混在宫女和太监堆里学会了纵欲、享受、钩心斗角，也学会了贪婪。第十朝汉桓帝和十一朝汉灵帝在位时，“后宫采女数千人，衣食之费，日数百金”，而老百姓灾民塞道，朝廷和官府却不管不问，“莫之恤”（《后汉书·吕强传》）。汉灵帝除了荒淫，还公开标价卖官，“聚钱以为私藏”。

外戚干政，是东汉朝政的一大特点。东汉的小皇帝都很短命，但东汉的皇后都长寿，而且大都出身名门，有文化，有见识，有才干。一朝又一朝的“儿童皇帝”继位后，都由皇太后临朝听政。皇太后则依靠娘家的父、兄、弟、侄等至亲来分掌朝政大权，形成强大的外戚势力。东汉第十朝汉桓帝，十五岁继位，梁太后临朝听政，其实汉桓帝也不是梁太后的亲生子。旧时皇后无子，往往把皇妃或宫女所生儿子抱来充当自己的儿子，以便扶持其继位掌权。梁太后之兄大将军梁冀把持朝政，梁家是东汉外戚势力的典型代表，一门出过七位侯、三位皇后、六位贵人、二位大将军，夫人、女儿赐邑称君者七人，娶公主的三人，卿、将、尹、校等五十七人，门生故吏遍天下（《后汉书·梁冀传》)。梁冀专权理朝二十年，先后主持冲、质、桓三帝继立。梁冀一手遮天，“凶态日积”，最后矛盾激化。汉桓帝成年后，依靠另一派宦官集团诛灭了梁家势力。梁冀被诛后，家产被变卖，所得价值相当于朝廷全年税赋收入的三分之一。

宦官乱政，是东汉朝政的另一大特点。外戚干政与宦官乱政两种情况交替出现，这是东汉朝政无比黑暗的突出标志。宦官集团与外戚势力争权，大致有两种情况。一种是，外戚势力与宦官集团的利益尖锐对立，宦官集团假借小皇帝的名义，策划阴谋，诛杀外戚，夺取权力。另一种是，小皇帝成年后，不甘心长期被外戚势力任意摆布，暗中与心腹太监密谋策划，击败母党，从外戚势力手中夺回朝政大权。东汉宦官乱政的乱象接连不断，触目惊心。

引爆三国战争的第一粒火星

以上这一切，最终都转化成了底层老百姓的深重灾难。政治黑暗，横征暴敛，连年灾荒，民不聊生。类似“冀州旱，人相食”的惨状连年发生。生活在社会最底层的广大农民，一旦被逼上绝路，只能揭竿而起，反对黑暗朝廷。汉灵帝中平元年（公元184年），终于爆发了黄巾大起义。黄巾大起义的第一个冲击波被镇压下去不久，汉灵帝驾崩。以何进为首的外戚势力，同以蹇硕为首的宦官集团立刻展开了一场宫廷血拼。

这场宫廷血拼，是引爆三国战争的第一粒火星。

汉灵帝死于中平六年（189年）四月，死时三十四岁，留下两位皇子，长子刘辩十四岁，何皇后所生；次子刘协九岁，王美人所生。由于汉灵帝的头几位皇子都没能养活，何皇后生下长子刘辩后，把刘辩寄养在一位道士家中。因为成长环境不同，从小又不在身边，感情隔膜，汉灵帝总觉得长子刘辩“轻佻无威仪”，缺少皇家气质。王美人“丰姿色，聪明有才敏，能书会计”。王美人生下刘协后，何皇后担心汉灵帝改立王美人为皇后，把王美人毒死。次子刘协由汉灵帝母亲董太后在宫中养大，聪明机灵，深得汉灵帝喜欢。汉灵帝生前对立谁为太子一直举棋不定，临终时，他向宦官、中常侍蹇硕交代，传位给次子刘协。

但长子刘辩有后台，他的舅舅、何皇后之兄何进是大将军，这一关不好过。蹇硕打算先捕杀何进，再扶立刘协。他派人去请何进前来，说是有大事要同他商量，准备等他一进门就把他擒杀。何进骑马前往。蹇硕手下有位司马潘隐，同何进有旧交，他迎门而出，用目光向何进示意大事不好，快走！何进大惊，驰马归营，立刻以大将军名义屯兵百郡邸（各地郡王在京城的住宅区），扶立外甥刘辩继位，是为汉少帝。何进的妹妹何皇后成了何太后，由她临朝听政。何进以大将军参录尚书事，控制了朝政。

蹇硕计划落空，“疑不自安”，十分紧张，连忙给宦官赵忠、宋典等人写信，要他们将何进“急捕诛之”。宦官中有位中常侍郭胜，与何进、何太后兄妹是同乡，来往密切。他拿了蹇硕写给赵忠的密信去向何进告密，何进抢先下手，先派黄门令把蹇硕擒获杀掉。

何进的依靠力量是太傅袁隗，以及袁隗的两位侄子袁绍、袁术。袁绍劝何进趁热打铁，“尽除宦官”。何进报奏妹妹何太后，可是何进的母亲舞阳君和弟弟何苗经常接受宦官们的贿赂，母子俩劝何太后说，“大将军专杀左右，擅权以弱社稷”（《资治通鉴·汉纪五十一》）。何太后听信了母亲和弟弟何苗的谗言，不同意哥哥何进诛杀宦官。其中还有一个重要因素，当年何太后下毒手鸩杀王美人，汉灵帝“大怒，欲废后，诸宦官固请得止”，何太后一直把宦官视同救命恩人。

何进是个糊涂虫，他对母亲、弟弟、妹妹的底数都没有摸透，碰了一鼻子灰。这时袁绍又给何进出了一个馊主意：请河西大军阀、并州牧董卓带兵进京，以逼宫形式逼迫何太后同意杀宦官，何进采纳了。何进写信召董卓带兵入京，这不是引狼入室吗！主簿陈琳、侍御史郑泰、尚书卢植等强烈反对，何进不听。董卓的军队开到渑池，快到洛阳了，何进又到长乐宫去向妹妹何太后报奏诛杀宦官之事，何太后还是不同意。这时，有两名宦官张让和段珪，已经提前埋伏在长乐宫门外，要杀何进，为蹇硕报仇。何进从何太后那里出来，被他们按倒在地，杀掉。何进的部将吴匡、张玮和袁绍、袁术等，听说何进被杀，带兵冲进宫去狂杀宦官，上至几十岁的老太监、下至十几岁的小太监，见一个杀一个，一概不留。有些不长胡须的官员，也被错当宦官死掉。一共杀掉了两千多人，血溅宫墙，尸首狼藉，马惊人号，惨不忍睹。宦官张让和段珪砍杀何进后，劫持少帝刘辩逃到小平津（今河南孟津县西北黄河渡口），准备北渡黄河。尚书卢植带兵追上，张让和段珪走投无路，跳黄河自杀。

经过这场血拼，外戚势力和宦官集团同归于尽。这样一来，却激活了各地豪强势力，他们纷纷割据称雄，混战四起，全国乱作一团。

三国战争，就在这样一幅背景下拉开了序幕。

曹操曾是讨伐董卓的急先锋

群雄讨伐董卓，是三国战争的起点。董卓是从东汉末年乱世乍起的混水中摸到大鱼的第一人。他带兵快到洛阳时，得知少帝刘辩已被人挟持逃到小平津，便在途中迎少帝于洛阳北面的北芒，然后“带兵挟帝进洛阳”。这时，大将军何进已被宦官杀掉，朝廷命官中袁绍就成为辅佐少帝的支柱。骑都尉鲍信提醒袁绍说，董卓“有异志”，应该乘他刚进洛阳，立足未稳，将他擒获除掉。袁绍胆小，觉得自己斗不过董卓，不敢下手。其实董卓刚进洛阳时只带了三千步骑兵，进京后，他乘乱迅速收编了何进、何苗的部队，又买通执金吾（京城警备司令）丁原的部属吕布，将丁原杀死，收编了丁原的京城警卫军，董卓的队伍迅速扩大，再想动手除掉他就难了。

董卓是陇西人，河西大军阀。年轻时结交西羌“豪帅”，驰马射箭能左右开弓，一身武夫匪气。后来靠镇压西羌等河西少数民族起家，黄巾起义前，已官至并州刺史、河东太守。董卓在镇压黄巾起义中吃了败仗。不久，河西军阀边章、韩遂反叛朝廷，董卓与皇甫嵩奉朝廷之命领兵前去镇压，将叛军击退，董卓这才“声名鹊起”。董卓在同西羌和韩遂、马腾的作战过程中，拉起了一支汉族和西北少数民族混编的凉州兵，很有战斗力。朝廷本来想通过提拔他的职务解除他的兵权，任命他为并州牧，让他把兵权交给左中郎将皇甫嵩。但董卓的政治嗅觉很灵，他知道乱世即将来临，抓住兵权决不放手，自己走到哪里就把队伍拉到哪里。

董卓果断、残忍，心狠手辣。他总觉得少帝刘辩是何进扶立起来的，终究不是亲手栽的瓜，吃起来“不甜”。他决心亲手另栽，种自己的瓜。他经过一番策划，于少帝光熹元年（189 年）九月废少帝刘辩为弘农王，改立汉灵帝与王美人生的刘协为汉献帝，自任相国。在废立仪式上，太傅袁隗走上前去把少帝刘辩身上的玺绶解下来，双手捧给刘协，然后把刘辩扶下皇帝宝座，凑在他耳边轻声说：听话，转过身去，跪下，向献帝叩拜！何太后站在一旁哭泣，却不敢哭出声来。转瞬之间，天塌了，地倾了，何家的命运跌进了万丈深渊。废立仪式完毕，董卓请何太后把一杯鸩酒喝了下去，一命呜呼。又派兵砍杀了何太后的母亲舞阳君，弃尸于林苑荆棘丛中，喂野狗。何苗已死，埋在地下，他也不放过，把何苗的棺材从地下挖出来，从棺材里倒出尸骨，“支解节断，弃于道边”（《资治通鉴·汉纪五十一》）。

董卓篡夺朝政大权，群雄都不服，但谁都害怕董卓。袁绍、袁术、曹操等人纷纷逃离洛阳，准备起兵共同讨伐董卓。曹操逃回东郡陈留，散家财，募义兵，决心同董卓斗争到底。在陈留人卫兹的帮助下，曹操在陈留募到五千兵员，这是他拉起的第一支队伍，称陈留兵。

可是，群雄怀里各揣一把小算盘，使这场虚张声势的“讨卓之战”，最终演变成了一场三国战争。汉献帝初平元年（190 年）正月，关东群雄起兵讨伐董卓，共推名气最大的袁绍为盟主，动静搞得很大。“名豪大侠，富室强族，飘扬云会，万里相赴”，把“并赴国难”“诛除国贼”的口号喊得震天响。参与“讨卓之战”的群雄军队集结情况如下：一、勃海太守袁绍、河内太守王匡，屯兵河内（太行山南麓、黄河北岸）；二、冀州牧韩馥在邺城留守，为袁绍供应军粮；三、豫州刺史孔伷，屯兵颍川；四、兖州刺史刘岱、陈留太守张邈、广陵太守张超、东郡太守桥瑁、山阳太守袁遗、济北相鲍信、典军校尉曹操等七位，均屯兵酸枣（今河南延津县北）；五、后将军袁术，屯兵鲁阳。总兵力达到十多万人，对洛阳构成了东、南、北三面包围态势。

董卓见群雄来势汹汹，他下令烧毁洛阳的宫殿、官府及大量民宅，没收洛阳富豪财物，并指使吕布盗掘洛阳帝王陵墓，搜寻珍宝，然后驱赶洛阳大批居民随汉献帝迁都长安。他自己坐镇洛阳，与群雄对阵。可是，群雄不“雄”。袁绍召集群雄商议，如何向董卓发起进攻？一个个都觉得董卓的凉州兵很厉害，不好打，没有谁敢奋勇当先去拼杀。董卓好比一只虎，群雄好比一群狼，这群狼拖着尾巴围着这只猛虎团团转、嗷嗷叫，谁都不敢上。身为“讨卓盟主”的袁绍，拿不出任何主张。其实，袁绍、袁术兄弟主要想争夺朝政控制权。其他人则各有各的打算，只图巩固或扩大一点自己的割据地盘，都想保存自己的实力。群雄“讨卓”，声势搞得很大，耗了两个月，仍不见动静。

曹操见群雄迟迟不向董卓发动进攻，心急如焚。他对各路豪强说：“董卓在洛阳烧毁宫室，盗掘帝墓，掳掠百姓，强迫天子和洛阳百姓西迁长安，搞得天怨人怒，正是讨伐他的最好时机，你们还在犹豫什么呀！”但这时的曹操，兵少言轻，群雄只听袁绍的，没有人理他。曹操于是孤军奋战，率先向董卓发起进攻，但毕竟兵力太少，大败而归。曹操又带兵从陈留前去攻打成皋，想为群雄联军打开进攻洛阳的通路。陈留太守张邈派卫兹领兵协助，其他人谁也不动。曹操进兵至荥阳西南的汴水，遭到董卓部将徐荣迎击。曹操寡不敌众，战斗中为流矢所中，坐骑被砍伤，他从马背上一头栽了下来。他的堂弟曹洪把自己的坐骑让给了他，他才“得夜遁去”。曹操兵败回到酸枣，但他没有输掉信心。他见刘岱等人天天置酒高会，不思进攻，他义正词严地痛斥他们：“正义在我们一方，你们迟疑不进，失天下之望，我为你们感到羞耻！”陈留太守张邈悄悄对曹操说：“袁绍只知道利用盟主身份发展自己的势力，他想做第二个董卓。但袁绍根本不是干大事的材料，虽强必毙。”并鼓励曹操说：“能拨乱反正者，君也！”（《资治通鉴·汉纪五十一》）。群雄耗了四个月，军粮吃尽，各自回撤，一事无成。

曹操觉得再也不能同这些人合作下去了，必须另谋出路。于是带着夏侯惇东下扬州，再去募兵。在扬州募得四千兵员，返回路上逃亡过半，沿途只收拢了一千多兵。他把新招的扬州兵和第一次攻打董卓剩下的陈留兵合到一起，带往河内，投奔袁绍，寄人篱下，实属无奈。在河内，曹操和袁绍有过一次交谈。袁绍问曹操：“如果我们这次讨伐董卓不成功，你看应该往什么方向发展？”曹操反问袁绍：“你有什么打算？”袁绍说：“我南面占领到黄河，北面占据燕代，联络乌桓，然后向南争夺天下。”袁绍以为自己的计划十分周密，大有成功的把握。

曹操却回答说："仅凭山川之险，占地为王，那是很不够的。如果你要问我有什么打算，我将任用天下人才，顺应时势，因势利导，去开创大业。"两人的胸襟、眼界、见识、志向，高下立判。

在中原打出一片根据地

汉献帝初平二年（191 年），山东青州黄巾军和河北黑山军又像野火燎原般复燃起来。袁绍以讨伐董卓盟主的身份，命令曹操领兵前往东郡镇压黑山军。曹操在河南濮阳击败黑山军一部，得到一块地盘。袁绍送了个顺水人情，任命曹操为东郡太守。过去朝廷曾经任命曹操去当东郡太守，他没有接受。这次袁绍任命他当东郡太守，他接受了。因为曹操心中有了目标，他要在中原打出一片自己的立足之地。

这时，谋士荀彧前来投奔曹操。荀彧出身名门，父亲荀绲曾任济南相，叔父荀爽官至司空。他本人曾任亢父县（今山东济宁市南）县令，董卓之乱起，他弃官回乡。袁绍曾把荀彧召至帐下，厚待之。荀彧通过一段时间接触和观察，断定袁绍成不了大事，转投曹操。曹操见荀彧来投，大悦，把荀彧比作张良："吾子房也！"那一年荀彧二十九岁，风华正茂。

初平三年（192 年）黄巾军进攻兖州，兖州牧刘岱战死，兖州一时无主。东郡隶属兖州。东郡人陈宫前往兖州，去对兖州官员和地方大族说，曹操才干出众，如果能把曹操请来做兖州牧，一定能打败黄巾军，保住兖州一方平安。曹操的好友骑都尉鲍信这时也在兖州，一起出面游说。兖州官吏和地方大族被说服，派万潜为代表，跟随鲍信一起来到东郡，把三十八岁的曹操接去当了兖州牧。但曹操当的这个兖州牧，既不是朝廷正式任命，也不是民间选举，等于是兖州地方势力“聘任”了他。

曹操上任伊始，就与鲍信领兵去进攻寿张的黄巾军，鲍信战死。曹操十分痛惜，悬赏购回鲍信尸体安葬而不得，只能刻一个木头人，面目有点像鲍信，权当鲍信尸体安葬，曹操“祭而哭焉”。曹操及时总结教训，明设赏罚，艰苦战斗。青州黄巾军向济北败退，曹操乘胜追击，以武力进攻与劝降、诱降相结合，三十多万青州黄巾军向曹操投降，跟随的眷属百姓上百万。曹操从中挑选出约两万人，成立了一支青州兵。

随后的日子里，曹操为巩固兖州这片立足之地，进行了艰苦卓绝的斗争。

南阳军阀袁术（袁绍之弟），鼓动黑山军残部和南匈奴于夫罗从北面向兖州进攻；袁术从南面向兖州进逼，企图南北夹击，夺取兖州。曹操首先把北面的黑山军残部和南匈奴于夫罗势力击退，然后集中主力，向驻扎在封丘的袁术发起反击。曹操先打驻扎在匡亭的袁术部将刘详，引诱袁术前来救援，在半路布下伏兵，一举将袁术击溃。袁术望风而逃，曹操乘胜追击，袁术一直逃到江西九江。从此，南阳方向的威胁大为减轻。

徐州牧陶谦，也与曹操为敌，不断蚕食兖州。灵帝死后，曹操父亲曹嵩“去官后还谯，董卓之乱，避难琅邪”。初平四年（193 年）夏天，曹操派人到琅邪去接父亲曹嵩及弟弟曹德来兖州。曹嵩父子西行至山东黄县，被陶谦部将张闿袭杀，一百多车财物被抢劫一空。曹操无法容忍陶谦杀父杀弟、劫掠财物之仇，同年秋天，亲率大军东征徐州。曹操怀着强烈的复仇心理，一路攻掠，屠城而进，“凡杀男女数十万人”。这件事曹操过于冲动，失去了政治理智，残杀百姓，不得人心，它成为曹操一生中的政治污点之一。不久，曹操军队由于军粮吃尽，只得退兵。

第二年四月，曹操再次东征陶谦，大军进入徐州境内，连下五城。正在这时，兖州后院起火，张邈和陈宫在兖州反叛曹操。陈宫曾是促成曹操去当兖州牧的说客，后来在曹操手下为将。由于兖州名士边让“讥议”曹操，被曹操杀掉，引起兖州士人恐慌，陈宫觉得无法向兖州地方势力交代。这时他去鼓动陈留太守张邈，乘曹操东征，内部空虚，反叛曹操。张邈本来是曹操的好友，当初曹操是位“政治流浪汉”，没有自己的立足之地，却为讨伐董卓东奔西走，张邈同情曹操，当面斥责“盟主”袁绍只为自己打算。袁绍愤恨张邈，让曹操杀掉张邈。曹操没有理睬，张邈感激曹操。但自从曹操当上了兖州牧，成了张邈的顶头上司，张邈感到与曹操相处时间一长，产生政见分歧是不可避免的。又想起袁绍曾要曹操杀掉自己，曹操当时没有杀，今后会不会杀他？陈宫跑来一鼓动，张邈就同意反叛曹操。

这时又插进来一个吕布。吕布曾在董卓鼓动下去了长安，在长安却被李傕等击败，出关东来，投奔袁术，袁术不留。又北投袁绍，与袁绍一起在常山郡击败了一支黑山军。但吕布的军队军纪极差，抢掠不已。袁绍觉得吕布迟早要成祸害，准备除掉他。吕布察觉，南下投奔河内张扬。陈宫与张邈觉得自己力量不够，派人到河内去请吕布来当兖州牧，顶替曹操。于是，陈宫、张邈、吕布三人合谋，以吕布为将，起兵夺取兖州。陈宫和张邈在当地长期为官，有人望，他们打出反曹旗帜，“郡县皆应”，倒向吕布。兖州郡治在鄄城，荀彧在鄄城留守，鄄城形势危急，他火速把驻守东郡的大将夏侯惇调回鄄城，先把城内响应张邈、陈宫反叛的一些人杀掉，稳住了鄄城局面。程昱是东阿人，荀彧急派程昱回东阿和范县去做工作，说服那里的官吏和守军绝不能向吕布军投降。吕布攻打鄄城、范县、东阿，均未攻下。吕布军西撤至濮阳，屯兵休整，准备再战。

曹操从徐州赶回鄄城，讥笑吕布不会用兵。他说，如果吕布到东面去占领东平，再守住亢父等泰山险要隘口，阻止他西返，他就完了。他屯兵濮阳，说明他不可能有大作为。随后，曹操展开了夺回兖州所失地盘的战斗。兴平元年（194 年）夏，曹操抢收麦子，储备军粮。八月，联络濮阳大姓田氏做内应，从东门攻进濮阳，进城后火烧东门，以示有进无退。吕布的骑兵很厉害，冲击曹操的步兵，曹军大乱，曹操差一点被吕布抓住。曹操冒火冲出东门，收拢部队，赶制攻城器械，再次发动攻城，未攻下。双方对峙了一百多天，由于发生严重蝗灾，老百姓无粮，人吃人。曹操和吕布双方都因没有军粮而罢兵。九月，吕布为找军粮，移师河南山阳。

曹操由于兖州大部分地盘丢失，军队又断粮，几乎无法坚持下去，陷入了严重困难。这时袁绍向他抛出橄榄枝，让他把家眷搬到邺城去。袁绍的用意是以曹操家眷为人质，逼迫曹操为他所用。程昱立即劝阻曹操说，袁绍野心太大，智谋太差，他成不了大事。将军你眼下虽然兖州残缺，但你手里还有三座城池一万兵。你有智谋、有才略，还有我和荀彧帮助你。只要咬牙渡过眼前的难关，你就大业可成！曹操听罢，精神一振。他对程昱说，你说得对，我同吕布打得不可开交时，袁绍在一旁观战，毫无表示。现在他乘人之危，想骗我上当。曹操谢绝了袁绍的“好意”，忍痛遣散了新招募来的兵员和力役，到东阿一带去筹粮。经过半年休整，曹操军队基本恢复了元气。

兴平二年（195 年）正月，曹操为收复兖州所失地盘再度发动攻势。首先袭击兖州重镇定陶，吕布前来救援，被击退。闰四月，又在巨野大败吕布，斩杀吕布手下两员大将薛兰和李封。曹操领兵进驻济阴乘氏县（今山东巨野西南），进行休整。这时传来消息，徐州牧陶谦去世。曹操本想乘机夺取徐州，再回过头来解决吕布。他这个危险的想法一冒头，马上被荀彧劝住。荀彧说，兖州是你安身立命谋天下的根基所在，你在陈留起兵，又在兖州得到发展，兖州是你自己打出来的一片立足之地。想当年，刘邦定关中而得全国，刘秀定河北而得全国。你现在兖州尚未完全恢复和巩固，就想冒险东征徐州，如果吕布乘虚攻占兖州，你回哪里去？兖州地处中原，天下中枢，南北要冲，靠近故都洛阳，这是一块宝地，万不可失。艰难曲折并不可怕，怕就怕东奔西突，没有一块地方扎根。曹操耐心听罢，东望徐州，一声长叹，多好的机会啊！但荀彧言之有理，先守住兖州，缓攻徐州。

刘备乘机捡了个便宜，填补了陶谦死后的真空，当上了徐州牧。

曹操这个人，与刘邦又同又不同。相同之处在于两人都善纳忠言。不同之处在于，刘邦本人的谋略水平并不十分高明，全靠张良、陈平、萧何等人给他出点子。在关键时刻、关键问题上，他都能听得进劝，压得住火，按照谋士们的意见去办。曹操不同，曹操本人的才智谋略高于一般人。但人都是感情动物，一个人无论才智多高，也会有感情失控、失去理智的时候。曹操经常有耐不住性子、压不住火气的时候，曾因此做出过不少莽撞举动，付出过很大代价。例如，杀掉兖州名士边让，东征徐州时为了替被杀的父亲和弟弟报仇，屠杀了几十万无辜的老百姓，这两件事名声损失太大。但曹操很善于及时总结经验教训，毛玠、荀彧等谋士在关键时刻、关键问题上也敢于向他进言。只要曹操觉得谋士的分析见解高于自己，他就能忍痛割舍自己的意见，按谋士的意见办。

吕布、陈宫再次向曹操发动进攻，曹操组织军队外出抢收麦子，留守兵员不到一千人。吕布见曹军后方林木幽深，疑有伏兵，撤退而去。第二天又来进攻，曹操这一天真的在大堤内布置了伏兵，留一半兵员在堤外。双方交火，曹操伏兵尽出，吕布大败。曹操一举攻克定陶，并乘胜收复了兖州各县。

曹操左劈右挡，艰难地巩固住了兖州这块根据地。从此以后，他结束了东奔西突、寄人篱下的生活。兴平二年（195 年）冬十月，“天子拜太祖兖州牧”，（《三国志·武帝纪》）这等于朝廷为曹操正式补办了兖州牧的任命手续。事情似乎历来如此，你只要把仗打胜了，迟早会有你的地位。曹操又乘胜攻占了豫州的大部分地盘，并把本部迁到许县（今河南许昌），在中原占据了更加有利的位置。

挟天子以令诸侯

献帝初平三年（192 年）四月，司徒王允密谋策划，利用吕布在长安刺杀了董卓，除掉了一大祸害，却也引发了长安大乱。董承、张杨、杨奉等人掩护汉献帝逃出长安。一路上历尽艰险曲折，千辛万苦，七月回到了东都洛阳。洛阳宫殿全部毁于兵火，破残得无处安身，献帝被安顿在已故中常侍赵忠的家宅内，“百官披荆棘，依墙壁间”，其他官员只能在外露宿。也找不到吃的，“群僚饥乏”，尚书郎以下自己去挖野菜吃。有的官员“饥死墙壁间，或为士兵所杀”（《资治通鉴·汉纪五十四》）。

各方割据势力早已不把东汉王室当回事了，曹操却不同，他很注意吸取历史经验。他刚到兖州时，谋士毛玠就向他建议“奉天子以令不臣”（《三国志·毛玠传》），曹操一直记在心里。现在荀彧又对他说，“求诸侯莫如勤王”，并且举出历史上一正一反两个例子。一是晋文公救驾周襄王而威望大增，成就了霸业。二是项羽派人杀义帝（楚怀王），刘邦为义帝披麻戴孝搞祭奠，得人心，得天下。荀彧说，当前普天之下“义士有存本之思，百姓感旧而增哀”，你如果现在能把落难中的汉献帝迎来许昌，“奉主上而从民望，大顺也”（《三国志·荀彧传》）。

曹操立刻把迎献帝这件大事提上了日程。护送献帝从长安回洛阳的主要人物有张杨、杨奉、董承、韩暹、董昭等，他们表面上共奉献帝，暗地里钩心斗角。杨奉带兵驻扎在洛阳外围梁县；韩暹、董承领兵在京师洛阳宿卫；董昭是议郎，侍奉献帝；张杨为大司马，杨奉为车骑将军，韩暹为大将军、领司隶校尉。曹操通过老朋友董昭，先给梁县的杨奉写信，表示愿意和他“有无相通，长短相济”，共辅王室。杨奉正为眼前的重重困难发愁，忽然接到曹操来信，觉得曹操近在许县，有粮有兵，是个依靠。杨奉立即与诸将联名表奏献帝拜曹操为镇东将军、袭其父爵费亭侯。宿卫京师的韩暹、董承两人产生了矛盾。韩暹认为自己护送献帝功大，居功专横；董承内心不满，暗中派人请曹操领兵进京。

八月，曹操领兵开进洛阳，朝见汉献帝。献帝拜曹操为司隶校尉（拱卫京师的警备司令），录尚书事，执掌朝政。曹操既然已经来到朝廷，岂能有权不用？他上奏献帝，列数韩暹、张杨之罪，他们没有把天子侍候好啊！韩暹“惧诛”，自料敌不过曹操，单骑逃出洛阳，投奔杨奉。献帝下诏，韩暹、张杨有“翼车护驾”之功，“一切勿问”，曹操不便再作追究。但挤跑了韩暹，也就笼住了董承。曹操利用手中权力，拜董承为卫将军，并封董承等十三人为列侯。

曹操把这几件事办完之后，又把董昭拉到身边并排坐下，问他：“我下一步该怎么办？”董昭回答说：“最好的办法是把天子迎到许县去。但朝廷在动乱中几度迁徙，现在刚刚回到故都洛阳，又要搬家，恐怕会引起波澜。怎样实施，你自己必须想好对策。”曹操最担心的是屯兵在梁县的杨奉。董昭说：“杨奉其实对你不错，表奏献帝拜你为镇东将军、袭爵费亭侯，都是他的主意，你应该以重礼答谢他，把他稳住。杨奉有勇少谋，不难对付。”曹操照办，派人去答谢杨奉，然后对杨奉说，为了解决朝廷的粮食供应问题，暂时把献帝迎往鲁阳（今河南鲁山县），那里靠许县近，输送粮食方便。杨奉信了，未加阻拦。建安元年（196 年）八月，曹操迎汉献帝从洛阳起驾，到了鲁阳却没有停留，继续往前走，进了许县曹操的兵营。曹操奉汉献帝定都许县，改名许都，“始立宗庙社稷于许”，恢复了朝廷礼仪制度，汉献帝也结束了颠沛流离的生活。汉献帝拜曹操为大将军，封武平侯，总揽朝政。

袁绍见汉献帝落入曹操之手，开始忌妒、后悔，他要求曹操把汉献帝迁往鄄城。曹操哪里会上袁绍的当？曹操以汉献帝的口气下诏，斥责袁绍不兴勤王之师，只知擅相讨伐，先批了他一通；然后诏令他为太尉，以示安抚。袁绍见诏大怒，我的位置怎能摆在他曹阿瞒之下？天大的耻辱！“表辞不受”。东汉官制，太尉是武官最高职务，是朝廷“三公”（太尉、司徒、司空）之首。但大将军总揽朝政，权力高于太尉。大将军一职，始于西汉卫青。但它不是常设职务，因时而异，因人而设。东汉时，窦宪、梁冀等外戚，都被窦太后、梁太后委以大将军之职，总揽朝政，辅佐“儿童皇帝”。在东汉人心目中，大将军才是朝廷第一要职。曹操显出气量，不与袁绍争一时之高低，自动让出大将军一职给袁绍，自己“甘居袁下”，改任司空，行使车骑将军的职权。其实，朝廷的人事大权都在曹操手里。曹操把自己的组织系统安排得滴水不漏，朝政要务全在他掌控之中。袁绍要到了一个“大将军”的空名，大笨蛋一个。

黄巾起义爆发，喊出了“苍天已死，黄天当立”的口号，同东汉朝廷势不两立。同黄巾起义军争夺天下的是地主豪强势力，他们与东汉朝廷联手镇压了黄巾起义。然后，地主豪强势力内部再展开争夺，群雄割据，一片混战。曹操“迎献帝以令诸侯”，刘备、袁绍等各派势力都骂曹操“窃国”“汉贼”，其实他们也都打出了“匡扶汉室”的幌子，邀买人心而已。尤其是刘备，此人最假。

搞屯田以积军粮

连年战乱和灾荒，生灵涂炭，饿殍遍野，各路豪强均发生了粮荒。曹军在粮荒最严重时，下发的军粮中竟掺杂有人肉干。为了渡过粮荒，曹操忍痛遣散了新招募的士兵和力役，甚至一度曾动念想投靠袁绍。在荀彧等人的鼓励下，他把这些困难硬顶了过去。

曹操深知，身处乱世，无兵不成事；有兵无粮，同样成不了事。在中国古代，粮食就是争夺天下的基本战略资源。拥兵无粮，没有分量；拥兵有粮，才有重量。曹操一直记着毛玠“修耕植，畜军资”的重要建议。曹操把汉献帝迎到许县定都后，立即着手在许下开始屯田种粮。这是曹操重视吸取历史经验的又一个例子。他在《置屯田令》中说，“夫定国之术，在于强兵足食。秦人以急农兼天下，孝武（汉武帝）以屯田定西域，此先代之良式也”（《曹操集》）。曹操在兵荒马乱的形势下搞屯田，其功有二：一是以屯田解决军粮，减轻了农民负担；二是利用屯田安置了上百万流民。

他任命枣祗为屯田都尉，任峻为典农中郎将，负责屯田事宜。曹操在青州收编投降的黄巾农民起义军时，相随的官兵眷属和流民有百万之众。许多农民赶着耕牛、扛着犁耙一起跟随曹操军队迁往河南，他们成为第一批“屯田客”。同时还招募各地流民，采用军事化管理方式，每五六十人编为一“屯”，每“屯”设一名屯田司马。“屯田客”不归属郡县，自成系统，直接归典农中郎将（相当于郡太守）和典农校尉（相当于县令）管辖。收获的粮食按比例分成，使用公家耕牛的上缴六成，田户得四成；用自家耕牛的，田户与公家对半分成。屯田户可免服兵役徭役。

许下屯田，第一年就获得了大丰收，“得谷百万斛”（《三国志·武帝纪》），大大缓解了军粮供应的严重困难。随着曹操统治区不断向外扩大，屯田制不断向外推广。曹操搞屯田制，不仅对“强兵足食”、战胜袁绍发挥了重大作用，也使许多流民重新回到了土地上，在兵荒马乱中解决了生计问题。

官渡之战前的三年准备

曹操在官渡之战中打败实力雄厚的袁绍，这是他统一北方的关键之战。官渡之战前，袁、曹的兵力对比是十比一，袁绍根本不把曹操放在眼里：“你那几个兵，不够老子打！”

曹操为发动官渡之战准备了三年，重在战略谋势，主要包括三个方面：

第一，先攻南方，以消除来自背后的直接威胁。官渡之战前，曹操集中力量打击南方的袁术、吕布、张绣三股割据势力，以加大后方战略纵深。袁术是袁绍弟弟，如果不先把袁术打垮，官渡之战要打袁绍，袁术肯定从背后捣乱，这是曹操的心腹之患。袁术好大喜功，于建安二年（197 年）春天在寿春（今安徽寿县）称帝。他称帝后，为了拉拢徐州的吕布，同吕布结为儿女亲家。这时，曹操以献帝的名义给吕布下了一道诏书，任命他为左将军。左将军原来是袁术的头衔，曹操把这顶帽子从袁术头上摘下来，给吕布戴上。吕布这位流寇式的人物，得到朝廷的正式任命，自然高兴。袁术派了大队人马到吕布家中去为儿子娶亲时，吕布翻脸不认账。袁术大怒，派七路大军来攻吕布。

吕布买通了袁术手下的韩暹、杨奉二人做内应，大败袁术军，袁术从此一蹶不振。曹操乘机东征，再攻袁术，袁术率军南逃至江西九江，余部被曹操全歼。这时，南方又发生严重灾荒，袁术大量士兵冻饿而死，袁术大势已去，再难复起。吕布一身武功，人格上却是一位反复无常的小人。不久，他又同袁术勾结，攻击驻扎在小沛的刘备。刘备丢了家小，只身前来投奔曹操。曹操采纳荀彧、郭嘉、荀攸等人的建议，决定“先击吕布，后攻袁绍”。曹操亲自东征，在半路上遇到前来投奔的刘备，曹操让他一起去打吕布。曹操得到广陵太守陈登的支援，攻下彭城，围吕布于下邳。连续围攻三个月，终于攻破下邳，将吕布围在白门楼上。曹操一举擒杀吕布，夺回徐州，解除了一大心腹之患。张绣在南阳，离许都近在咫尺，曹操如芒刺背。但张绣的凉州兵很难打，曹操三征张绣，第一次吃了败仗，第二、第三次也没有拿下。荀攸献计说，张绣的凉州兵是为找粮才东下中原，现在靠荆州刘表供应军粮。对张绣硬打不是办法，不如缓一缓，刘表肯定不可能长期为张绣供应军粮。待张绣与刘表之间因军粮供应产生矛盾，就可以为我利用。曹操采纳其计，对张绣变“攻”为“和”，将他拉拢稳住。

第二，争取江东孙策、荆州刘表中立。首先搞定了江东孙策。建安二年（197 年）夏天，曹操以汉献帝名义拜孙策为骑都尉，领会稽太守，并与孙策结为儿女亲家。荆州刘表，握有十万大军，袁绍也在加紧拉拢他，但刘表不为所动。曹操派南阳韩嵩、零陵刘先二人前去劝降刘表。对他说，“两雄相持，天下之重在将军”，劝他“择所宜从”，以附曹操。刘表“狐疑不断”。韩嵩“盛称操之德，劝表遣子入侍”。刘表大怒，要杀韩嵩，被刘表的妻子蔡氏劝住。她说:“韩嵩，楚国之望也，且其言直，诛之无辞。”刘表虽然没有归附曹操，但他表示袁绍与曹操相斗，他“以观其衅”，保持中立，这对曹操已是幸事。

第三，稳定左右两翼。左翼关中，右翼徐州，这是曹操极为担心的两个部位。左翼关中，弄不好会成为袁绍的一个突破口。他最初同荀彧、郭嘉分析敌我形势时就提出："吾所惑者，又恐绍侵扰关中，西乱羌胡，南诱蜀汉，是我独以兖豫抗天下六分之五也，为将奈何？"荀彧分析认为，关中的各股割据势力各自为政，最强的两股是韩遂与马腾。他们看到关东相争，重在自保，只要施恩抚慰，足以将他们稳住不动。司隶校尉钟繇足智多谋，派他到关中去主政，稳住韩、马，监视益州刘璋，他完全可以胜任。曹操采纳了荀彧的建议，把钟繇派往关中。钟繇出色地完成了这一任务，不仅说服韩遂、马腾遣子入朝为质，而且在官渡之战进行到紧要关头时，从关中送两千匹战马到官渡前线，曹操感动不已。

右翼徐州，是构连南北的战略要地，一旦有失，将成为曹操战略全局中的软肋。曹操消灭吕布后，并没有把刘备留在徐州（刘备此前曾割据过徐州），而是把刘备带回许都，留在身边，任命他为左将军、豫州牧，让他当了一名挂名大员。刘备当然很不甘心，与董承等密谋行刺曹操。但刘备还没有来得及出手，建安四年（199 年）四月，袁术在南方山穷水尽，准备北上把帝号送给他兄长袁绍。曹操派刘备领兵前往徐州阻击袁术，坚决阻止二袁合流。袁术被迫退回寿春，刘备重新占领徐州。这时的刘备，已如出笼之虎，入水之鱼。他知道曹操正在紧锣密鼓地准备官渡之战，无暇东顾，于是突然亮出旗帜，反叛曹操。曹操派刘岱、王忠东征刘备，毫无进展。这时，董承与刘备密谋行刺曹操事泄，董承被夷三族。曹操决心亲自东征，平定刘备。众将顾虑重重，担心袁绍乘机偷袭许都。曹操则认为，第一，刘备不除，徐州不重新夺回，同袁绍的对决就会埋下莫大隐患；第二，袁绍多疑，见事迟，行动慢，请大家只管放心。建安五年（200 年）正月，曹操东征，大大出乎刘备意料。刘备毫无准备，被曹操打了个猝不及防，部队溃散，妻、子、关羽被俘，张飞落草，刘备只身投奔青州袁绍儿子袁谭，再转投袁绍。曹操平定了刘备反叛，收复了徐州，火速回军，急派振威将军程昱前往鄄城驻守，以加强右翼防线。他自己则把全部精力投入到准备发动官渡之战上来。

这时的曹操，已将劣势一步步转化成同袁绍的均势，可以同袁绍正面对抗了。下一步，他的目标是要把战场上的均势转化成胜势，对袁绍战而胜之。

官渡之战

官渡之战的古战场在哪里？西汉文帝时，黄河在河南开封西北的延津决口改道，往东北方向流去。袁绍在黄河以北，曹操在黄河以南，隔河成斜向对峙。官渡（今河南中牟县东北），因官渡水得名。官渡水是黄河的一条支流，东西流向。官渡是官渡水上的一个主要渡口，官渡正北就是黄河延津渡口。官渡水与黄河形成的夹角地带，水道交叉，沼泽密布。从官渡到延津渡口，是一条沙丘连绵的通道，因而官渡成为军事要地。延津渡口下游约四十里是白马津（今河南滑县东北），白马津下游约二十里是黎阳津，北岸有座黎阳城（今河南浚县），由袁绍军控制。

官渡之战，实际上是袁绍先动手打曹操。发动战争，舆论先行，自古如此。建安四年（199 年）秋天，袁绍请陈琳写了一篇很长的《讨曹操檄》，布告天下，揭开了官渡之战的序幕。陈琳在檄文中把曹操祖孙三代骂得狗血淋头，悬重赏取曹操首级。曹操耸起肩膀一笑，那就战场上见吧。

官渡之战不是一次战斗，是由一系列战斗组成的一次大规模战役。

先说白马城之战。建安五年（200年）正月，袁绍大军全线出动，先锋开赴黎阳，攻击目标直指对岸的白马城。二月，袁绍命令颜良率领一万二千余人渡河首攻白马城，夺占渡河要点，然后大军从这里渡河，向曹操防御纵深发动进攻。沮授劝阻袁绍说，“颜良性促狭，虽骁勇不可独任”，建议改派其他将领担任先锋。袁绍不听，命令颜良按照原定计划渡河进攻白马城，官渡之战的前哨战正式打响。曹军驻守白马的刘延兵少，坚持到四月，已经支撑不住。曹操准备亲自领兵前往白马城救援刘延。荀攸献计说，我们兵少，不可与袁绍军正面硬拼。不如佯攻左翼的延津渡口，制造北渡黄河袭击袁绍侧后的假象。袁绍担心侧后遭袭，肯定会分兵至延津，白马城的压力马上可以减轻。这时，我方可迅速挥师向东，直扑白马城，“颜良可擒也”。曹操从其计，亲率大军开赴延津渡口。袁绍果然中计，急派骑将军文丑赶往延津阻击曹军。曹操立刻下令，张辽、关羽二员大将急速掉头向东，直扑白马城。关羽在徐州之战中被俘后，曹操把他留在曹营，厚待有加，想竭力拉拢他归顺。关羽的想法是，我为你曹操立一次功，还你的人情，然后再离开。你有情，我有义，谁也不欠谁。所以这次攻打白马城，袭击颜良，关羽冲锋在前。曹军突然出现，颜良猝不及防，仓促应战。关羽“望见颜良麾盖”，拍马突入颜良军中，斩颜良于万军丛中，提了颜良的首级拍马而归，来去如入无人之境。曹军大胜，袁军大败，白马之围解除。

再说延津之战。曹操将白马城内的老百姓全部迁出，沿着黄河南岸向西南方向行进。老百姓扶老携幼，络绎不绝，行进速度很慢。袁绍决定派兵渡河追击，沮授又劝阻道，忿而追击，求敌决战，兵家大忌，怕有不测。袁绍不听，命令文丑、刘备（刘备徐州兵败后投奔了袁绍）率军急速渡河，追击曹军。文丑率领王摩等从延津率先渡河，向南急追曹军及随军百姓，眼看就要被追上。曹操到达酸枣（今河南延津县）以北的南坂，突然“勒马驻营”，停了下来。他派兵登高瞭望，随时报告袁军到达人数。同时下令骑兵解鞍，将辎重都放在路上。文丑率领的袁军追兵越来越多，争抢辎重。曹操一声令下，突然出击，一举击败袁绍追兵，文丑被斩于阵前。曹操下令回追袁军三十里，歼敌数千，缴获战马几千匹，所失辎重均收回。曹操初战得胜，返回官渡。关羽乘机脱身，离开曹营，追随刘备而去，曹操为之叹息。

白马、延津两场前哨息战，曹军打得很漂亮，连斩颜良、文丑两员大将，大获全胜。

再说后方反骚扰战。袁绍在白马、延津攻曹失利，当然不会甘心。他派人策动汝南原黄巾军将领刘辟、龚都等背叛曹操，在曹军背后发动骚扰战。袁绍又派刘备领一小支部队迂回到曹军身后去配合刘辟、龚都，进攻许昌，好几个县起兵响应。曹操深感忧虑，曹仁分析说，刘备所领之军是袁绍临时调拨给他的，军心未合，只要采取速战速决的办法，不难将他打败。曹操采纳曹仁建议，派曹仁领兵回军南线，迅速平定了汝南叛乱，击败了刘备。刘备被曹军打败后退回河北，一心想脱离袁绍，遭到袁绍斥责，命他再次领兵渡河南下，到许昌以南去向曹军发动进攻。曹操派蔡杨回军南线抗击刘备，蔡杨被刘备打败阵亡。刘备虽然这一仗取得了胜利，但在南线没有掀起大浪。这与曹操在官渡之战前先把作战主要方向放在南线，击败了袁术、消灭了吕布、厚络稳住了张绣、争取孙策和刘表保持中立有着极大关系。否则，上述几股力量乘机联合行动，曹操将很难对付。这就可以看出曹操战略谋势的成功。

官渡阵地战，是官渡之战的核心战斗。曹军依托沙丘筑垒坚守，转入阵地防御。八月，袁绍大军渡过黄河，“依沙堆为屯，东西数十里，连营而前”，推进至官渡一线，与曹军近距离对垒。曹操“分营抗敌”，要点式抗击袁军进攻。同时，急调于禁从原武南渡黄河，回防官渡，以加强防御。九月初一，曹操出击不利，退回营垒坚守。袁绍命军中起土山筑“高橹”（碉楼状无顶工事），居高临下，万箭俯射曹军。曹操营垒中的官兵只能以盾牌举在头上行动，陷入被动。这时袁绍信心大增，认为曹营必破，给士兵每人发了一根三尺长的绳子，下令谁抓到曹操就将他捆住。曹操命令于禁也在营中堆起土山，并造出一种霹雳车，“以机发石，声如霹雳”，袁绍军构筑的“高橹”全被击毁。袁绍又下令挖地道袭击曹营，曹操命令在营中挖掘长壕，随时发现袁军所挖地道，烟灌火烧，进行封堵。

袁、曹两军在官渡对峙了一百多天，未分胜负。这时，袁绍部将张辽对袁绍说，这样长期僵持下去不是办法，建议迂回到南路，从背后偷袭曹操。袁绍不听，仰仗兵力强大，坚持要从正面突破曹营。曹操军粮即将吃完，深感防御越来越艰难，打算退守许都，写信同留守许都的荀彧商量。荀彧立即回信，鼓励曹操说，袁绍集中全部兵力在官渡，要与你决一死战，你以他十分之一的兵力，已经顶住了他半年，现在把他阻击在官渡一线，他不能前进半步，这已经是很大的胜利。你目前虽然面临严重困难，但比当年刘邦与项羽在荥阳、成皋对峙的困难小多了。当时刘、项谁都十分困难，但谁都不肯先退，谁先退谁就失败。你现在无论多么困难都要坚决顶住，一旦退却，等于主动把缺口打开，敌人会像决堤之水一样汹涌而入，根本无法阻挡。你只要硬着头皮再顶他一阵子，袁绍阵营内部肯定会出乱子，到那时，你的机会就来了。曹操又同前线的军师荀攸、参军贾诩一起商量，荀攸、贾诩也持同样看法。于是，曹操重新振作起来，决心对袁军发动反攻。信心一来，办法也来了。

当天夜里，曹操派兵挖渠，引莨荡水灌袁绍军，袁军被迫后撤三十里，曹军压力骤减。这时，曹军抓获一名袁军的仓储官吏，连夜审讯，得到口供，袁军有一批运粮车即将到来。曹操命令徐晃、史涣二将前往必经之路上袭击袁绍的运粮车队，烧毁了袁绍一千多辆运粮车，致使袁绍军中断粮。曹军水灌袁军、袭击袁军运粮车队，这两次反击行动取得成功，信心大增，士气大振。但是，这时曹军的军粮供应也极端困难，曹操兵力少，不可能将大批兵力用于运粮，只能靠少量士兵运粮，他们来回奔命，艰苦异常。曹操安慰他们说："我半个月之内为你们打败袁绍，再不用你们辛苦了！"

乌巢烧粮战。十月，袁绍下令用大批兵员车辆往前线运粮，并派淳于琼率一万多兵力北上迎接运粮车队。监军沮授向袁绍建议说，上次运粮车队就遭到曹军袭击，这次运粮车队目标更大，为了以防万一，应当再派一支队伍到翼侧监视曹军，袁绍不屑一听。参谋许攸向袁绍提了另一条建议，他说，曹操全部兵力都在官渡，许都防守空虚，这时可以组织一支轻骑突袭许都，迎献帝，令诸侯，一定可以活捉曹操。即使活捉不了他，也必定会迫使他来回奔波，首尾不相顾，必败无疑，袁绍也没有采纳。

这时恰恰出了一件事，许攸的家人在后方犯法，被邺城留守审配捉拿归案。许攸得到消息，一怒之下，离开袁绍，投奔曹操。曹操听说许攸来投，喜出望外，鞋子都来不及穿，赤着脚拍手大笑而出："子卿远来，吾事济矣！"子卿是许攸的字，曹操知道通过许攸可以把袁绍的底细弄个明白，这是战胜袁绍的重要条件。许攸问曹操，袁绍的军势很盛，你同他长期相持，你的军粮还能坚持多少日子？一句话点中曹操软肋，曹操虚言以答："还能坚持一年。"许攸说："你说实话！"曹操改口答："还能坚持半年。"许攸抓住不放，盯住他说："你为什么到这个时候还不对我讲实话？"曹操回答说："顶多还能坚持一个月，怎么办？"许攸说："你孤军独守，外无救援，军粮将尽，此危急之日也！"他接着告诉曹操一个重要情报：袁绍有一万多辆运粮车扎营在乌巢，袁绍虽然派了淳于琼带一万多兵员前去接应，但戒备不严，你立即派一支奇兵去袭击，烧毁袁绍粮车，不出三天，袁绍必败！

曹操大喜，依计行事。他留下曹洪、荀攸守营，立即挑选步骑精锐五千人，都用袁绍的军旗和暗号，马缚口，人衔枚，手持柴薪火种，亲自率领，连夜出发，奔袭乌巢。半路遇到袁军哨卡盘问，回答道：“袁公担心曹操抄袭运粮车队，派我们前去防备。”袁军哨卡信以为真，一路通行无阻，顺利到达乌巢。乌巢是个大泽，淳于琼的接应部队和运粮车队都旁泽扎营，曹军迅速包围袁军营屯，四处放火。淳于琼营中顿时大乱，曹操急攻。战至天明，淳于琼发现曹军人数并不多，出阵迎战。曹操猛烈反击，淳于琼又被迫退回去保营屯。曹操追击至营前，将淳于琼逼在里面，既救不了火，更退不了敌，急死也无用了。

这时，袁绍吩咐长子袁谭说，乘曹操去进攻淳于琼，我去进攻他的官渡大本营，看阿瞒从乌巢回来他往哪儿去！命张郃、高览再筑“高橹”，向官渡曹营发动攻击；只命轻骑司马赵睿带一支小部队去救乌巢。曹操正在向陷于绝境的淳于琼发起猛攻，来救乌巢的赵睿援兵也已赶到。左右慌忙向曹操报告说：“袁绍的援兵快到了，赶快分出一部分兵力去阻击！”曹操大怒道：“急什么，敌人到了我背后再向我报告！”在交战的紧急关头，曹操的指挥水平高在哪里？高在敢于把全部力量在一瞬间集中到一点，先打败一个敌人，再转身集中全力去对付另一个敌人。这是曹操从小钻研兵法得到的体会，现在已变成了他的实战经验。主帅如此勇不可当，曹军上下殊死战斗。激战中，曹军斩杀了袁绍军中的步兵校尉睦无进、屯骑校尉韩莒、韩莒儿子韩威璜，活捉了淳于琼，歼灭袁军千余人。曹操下令将这些战死的袁军士兵鼻子都割下来，将袁军运粮车队牛马的舌头、嘴唇也割下来，带回去有用。然后一齐放火，把尚未烧完的袁军军粮彻底烧光。这时，曹操才拨马转身，迎战前来救援淳于琼的赵睿，轻而易举，将他斩于阵前。曹操下令集合部队，急回官渡。

前去攻打官渡的张郃，赶到曹营前，天色已经破晓，曹营防守严密，急攻不下。战至中午，曹操已经赶回官渡，张郃知道自己不是曹操对手，向后退却。督军郭图为了推卸自己献计进攻曹营失误的责任，骂张郃对失败不感到痛心，反而感到高兴。张郃一听，大惧，回去袁绍足以要他的性命。顿时横下一条心，当场烧掉进攻的战具，投降了曹操。曹操马上接见张郃，把他比作“韩信归汉”，拜他为偏将军。

这时，袁绍军中开始乱套。都传说，乌巢的军粮已经全被烧光，淳于琼等都已战死，张郃、高览等去进攻官渡曹营，“铁甲万领”，已经全部向曹操投降。所谓兵败如水，这些坏消息就像一股决堤洪水，把袁军的军心一下子冲散了。正当袁军军营内纷纷攘攘之时，曹操派人把在乌巢割下的一堆人鼻、牛舌、马唇倾倒在袁军阵前，又引起袁军一阵惊恐骚动。曹军乘乱向袁军发动猛攻。自古乱军不御敌，袁军不战自垮，大势说去就去。袁绍和长子袁谭，率八百骑败走北去。袁军群龙无首，乱作一团。曹操下令全线追击，追到延津渡口，俘虏袁军十余万，缴获袁军物资“累值巨亿”。

这时发生了一件事：在袁绍遗弃的文书档案中，发现了不少许都官员和曹操军中人物写给袁绍的信件，这是通敌证据，足以杀头。左右谋臣主张把这些信件拣出来，依信查人，追究这些人的通敌之罪。曹操却说，当时袁绍这么强大，连我自己都觉得难以自保，何况众人？他命令将这些书信统统烧掉，不得留下任何痕迹。曹操的这一举动，稳住了许多人的心。曹操的智谋在一般人之上，这是一个突出例证。

曹操俘虏的十多万袁绍士兵，听说袁绍已在黎阳停下，又见曹操军中伙食极差，都在暗中商量准备逃跑。曹操一时弄不到粮食来养这么多兵，便以“伪降”“叛变”为由，坑杀了八万多袁军降卒。曹操大量杀俘，也在战争史上留下了不光彩的一笔。

官渡之战，曹操以一比十的兵力打败了强大的袁绍，成为中国古代战争史上以弱胜强的经典战例。

曹操统一了北方

建安六年（201 年）夏四月，袁绍再次指挥他的军队在黎阳集结，准备进攻曹操。曹操在官渡集结兵力，组织一支轻骑兵诱敌深入至仓亭，大破袁绍军。建安七年（202 年）五月，袁绍吐血而死。袁绍长子袁谭、少子袁尚争立，兄弟失和，但却一致抗曹。曹操攻克黎阳，袁谭退回邺城，袁尚领兵前来接应，也被曹操打败。曹操追击到邺城下，袁谭与袁尚两股力量成犄角之势，一时难以攻下。谋士郭嘉向曹操献计说，袁绍生前喜欢这两个儿子，在传位问题上举棋不定，现在出现二虎相争局面，两人各有党羽。如果急攻，他们会被迫联合自保。倒不如先放一放，他们内部必起争执，到时候一举可定。曹操采纳郭嘉建议，命令贾诩留守黎阳。此时正是麦熟季节，曹操指挥大军抢收冀州麦子，然后回撤。

这时袁谭对袁尚说，乘曹操回撤之机，我们迅速出击，必可大胜。袁尚怀疑袁谭居心叵测，没有表态。袁谭大怒，于是兄弟开战。袁谭败走平原。建安八年（203 年）秋八月，袁尚出兵攻平原，围袁谭。袁谭危急关头派使者向曹操求救，请曹操派兵攻邺城，逼迫袁尚退兵救邺城。曹操帮是帮了袁谭一把，但没有按他的建议去攻邺城，而是出兵黎阳，造成威胁邺城之势。袁尚得到曹操出兵的消息，立即从平原撤围，回军邺城。

建安九年（204 年）正月，曹操从朝歌向邺城开凿沟渠，准备引淇水入白沟，作为运粮渠道，为攻打邺城作准备。袁尚不以为意，觉得从朝歌到邺城相距一百多里，没有一两年时间沟渠不可能挖通。他再次向平原袁谭发动进攻，让审配留守邺城。可是到了四月，曹操命人以巨木为桩，一排排打下去，逼迫淇水改道流入白沟，运粮船可以通了。曹军很快从水道向邺城发动进攻。七月，袁尚从平原回救邺城，在离邺城还有十七里的地方被曹军打败，向幽州败逃而去。曹操一举攻克邺城，自任冀州牧，把他的大本营从许昌搬到了邺城。

曹操召袁谭归降，袁谭不从。曹操又发兵东征平原，攻打袁谭。建安十年（205 年）正月，曹操在南皮攻杀袁谭。曹操尽得袁氏北方冀、幽、青、并四州之地。这时，曹操感到袁绍还有两个儿子袁尚、袁熙逃亡在北方，如不乘胜消灭，必将勾结乌桓作乱，这个问题必须解决。建安十二年（207 年）秋七月，曹操领兵北征乌桓。辽宁白狼山一战，曹操斩乌桓首领蹋顿，俘获胡汉二十余万人。袁尚、袁熙逃往辽东。辽东公孙康将二袁兄弟俩诱擒杀掉，将他们两颗人头送交曹操。至此，曹操统一北方大功告成。三国战争中，曹操统一北方，是他的一大历史功绩。

赤壁之战前，曹操的一系列战略失误

赤壁之战，是曹操一生的分水岭。他一生打了无数次仗，最大的战役有两次：一次是官渡之战，大胜；一次是赤壁之战，大败。由于曹操统一北方后滋生了严重的轻敌思想，导致他在南征军事行动的谋划阶段、初战阶段，出现了一系战略性失误，最终铸成赤壁惨败，从而使他统一中国的战略愿望彻底破灭。

失误之一：南征军事行动操之过急。建安十三年（208 年）正月，曹操从北征乌桓的前线辽宁柳城回到河北邺城，紧锣密鼓地为南征作准备。刚开春，他就组织人力疏浚玄武池训练水军。六月，他撤销“三公”，自任丞相，集军政大权于一身，以适应集中统一指挥的需要，减少掣肘。七月，他就在许都集结重兵，开始向荆州刘表发动进攻。从这个时间表可以看出，曹操太性急了。曹军经过长年累月的连续征战，还没有得到必要的休整，马上转入南征军事行动，明显准备不足。这只能说明，曹操统一中国的战略愿望非常强烈，但是他对如何去实现统一中国这个比统一北方更为宏大的战略目标，战略思考尚不充分，思路尚不清晰，一系列问题都还模模糊糊。他在这种情况下急于南征，注定将付出沉重代价。

失误之二：南征军事行动的首攻目标没有选准。曹操的南征军事行动可以区分为两个阶段：第一阶段是发动荆州战役，攻刘表，取荆州；第二阶段是顺江东下，直取东吴，这就是赤壁之战。曹操南征的第一阶段，他翘首南望，长江中游是荆州刘表，长江下游是江东孙权，长江上游是益州刘璋。他决定从中间突破，先攻刘表，夺取荆州。荆州最早是西汉设立的“十三刺史部”之一，它的辖区包括今湖北、湖南二省全境，以及河南、贵州、两广的部分地区。东汉末年刘表领荆州牧时，荆州治所在襄阳。曹操决定从荆州中间突破，这个战略突破方向并没有选错。但是，在这个战略突破方向上，首攻目标应该锁定在哪里？不明确。曹操的战略思维本来一向是比较开阔的，开始南征前，他对远在关中的马腾都考虑到了，担心马腾乘他南征之际偷袭许都，逼迫马腾举家迁来许都，调虎离山，让他做了一名空头“京官”，只让他把儿子马超留在关中代管他的部众。其实，最早动念要偷袭许都的不是马腾，是刘备。曹操北征乌桓时，刘备就竭力鼓动刘表乘许都空虚，偷袭许都。刘表胆小，当时没有采纳，后来十分后悔。曹操在谋划南征军事行动时，偏偏把驻在新野的刘备疏忽了。曹操要攻刘表、取荆州，南阳郡是荆州的北方门户，刘备正驻扎在南阳郡的新野，替刘表把守着北大门。曹操却把战略目光从刘备身上跳了过去，直接瞄向了荆州府治襄阳城里的刘表。这是曹操战前谋划中的一个大漏洞。许都、南阳、新野、襄阳，处在一条由北向南的轴线上。从新野到襄阳，中间还相隔一百多里的"间隙"。曹操如果把首攻目标锁定在新野，锁定在刘备身上，凭曹操当时已经具备的强大军事实力，完全可以组织精骑，利用新野到襄阳之间的"间隙"，迂回穿插，把刘备兜住、吃掉，然后再攻襄阳，那么，后来的战局发展将可能全部改观。但曹操这次竟没有把刘备当回事，这个"疏忽"太大、太关键了！

失误之三：荆州战役中，对刘备的追击战又半途而废。曹操的大军向南阳开进，刘表立刻收缩防守。他决定放弃南阳郡，以荆州治所襄阳为防御核心，以江陵为后方基地，储备大量军用物资，凭借汉水这条天然防线，作坚守江汉平原的长期打算。刘表命令刘备从新野后撤至汉水北岸的樊城，掩护汉水南岸的襄阳城。正当紧张备战之际，刘表于八月病死。刘表死后，大敌当前，刘琦、刘琮二子相争。次子刘琮是刘表后妻蔡氏所生，在舅舅蔡瑁支持下继任荆州牧；长子刘琦（江夏太守）不服，企图利用赴襄阳吊孝的机会发难。但曹操已大兵压境，外部矛盾上升，内部相斗被压下了。刘琮名义上继承了荆州牧，但威望不能服众，下属各郡不愿抵抗曹操，主降派多，主战派少。九月，曹军进至新野，刘琮暗中派人向曹操投降。刘备觉察苗头不对，派人前去质问刘琮。刘琮只得派宋忠正式通知刘备说，荆州全境已经归降曹操。刘备大怒，举着大刀向宋忠吼道，你们怎么能这样办事，连招呼都不打一个，现在曹操大军说到就到，我逃跑也来不及了啊！刘备到刘表坟上去大哭"告别"，然后率众从小路向江陵撤退。他命令关羽率领水军（几百艘战船）从汉水南下，到江陵会合。刘备这时的目标是"欲据南郡而居之"（南郡是荆州所属七郡之一，南郡治所在江陵）。

撤退途中，一路上不断有不愿降曹的军民加入，到达湖北当阳时，跟随者已多达十万人，队伍前进十分缓慢。曹操占领襄阳后，得知刘备已率众南逃，亲率精骑五千追击刘备，一天一夜强行军三百里。前锋曹纯和文聘在当阳追上了刘备的队伍，这支民多兵少的队伍不堪一击，全部溃散。刘备责令张飞率二十余骑断后，张飞在长坂坡毁桥凭水，阻吓曹军追兵，曹纯和文聘竟被吓住。曹军忙于缴获刘备丢弃的马匹物资，没有迅速强渡或者迂回过河继续追击刘备。就这样，曹操对刘备的长途追击行百步而半九十，前功尽弃。东吴使者鲁肃恰好在当阳遇上刘备，劝他与孙权联合起来抗击曹操，这给陷入绝境的刘备及时送来了一线光明。刘备乘曹军一时松懈，丢下妻、子，率诸葛亮、赵云等数十骑败逃南走。他放弃前去江陵的想法，斜走汉津，恰好遇到关羽率领的水军船队，上船东下。从汉水进入长江后，遇到刘表长子江夏太守刘琦率领的一万余人舟师部队，一起到了夏口（今汉口），又继续东下到了樊口（今湖北鄂州）。

失误之四：对孙、刘结盟抗曹出现战略判断上的严重失误。曹操逼降荆州，击垮刘备，四方惊动。益州的刘璋立即派使者向曹操表示，愿意执行他关于征调兵役、力役的命令。刘璋的表态令曹操满意，但江东的孙权尚无反应。曹操从江陵致书孙权，对他进行军事恫吓说，"今治水军八十万众，方与将军会猎于吴"（《资治通鉴·汉纪五十七》）。曹操断定：第一，孙权一定会屈服于他的强大军事压力。第二，刘备失败后没有别的去处，一定会投奔孙权。第三，孙权迫于曹军的强大军事压力，一定会把刘备杀掉，不愿得罪曹操。多数人附和曹操的看法。唯独程昱另有一番见解，他认为，第一，孙权一定不会屈服；第二，孙权一定会联合刘备一起抵抗曹军；第三，孙、刘一旦联合，就很难将他们一举消灭。根据程昱的这一分析，太中大夫贾诩建议曹操"养威持重，缓图东吴"。但曹操不同意程昱的分析判断，更听不进贾诩的缓兵建议。他的战略决策是：立即对东吴发起强大军事攻势，迫使孙权杀掉刘备。孙权必将成为刘琮第二，归降于我。可见，曹操对孙、刘结盟抗曹，完全没有思想准备。曹操在战略判断上的这一严重失误，由此带来的严重后果只能由他自己去承担了。

失误之五：北方士兵不适应南方水战，曹操没有找到解决办法。曹操逼降荆州后，立即顺江东下，准备一口吃掉东吴。虽然他在南征之前也为南下水战进行了一些准备，但他在邺城的玄武池里训练水军，一个小池子能够训练出什么大名堂来？结果，曹军的舟船一进入长江，大风大浪一颠簸，曹军士兵全都“晕”了。为了减少颠簸，曹军竟笨拙地用铁链将舟船首尾相连，以致遭到孙、刘联军火攻时难以分散撤退。“锁船”看来只是一个小小的战术细节，却成为曹军赤壁惨败的重要原因之一。

赤壁之败

孙、刘结盟抗曹，是曹操赤壁之败的根本原因。曹操南征之前，东吴孙权一直在与刘表争夺荆州。鲁肃曾对孙权说，荆州江山险固，沃野万里，士民殷富，若据而有之，此帝王之资也。在曹操发动南征前，东吴已三次进攻荆州的江夏郡。就在赤壁之战前夕，即建安十三年（208年）春天，孙权采纳甘宁的建议，派吕蒙、凌统、董袭诸将第三次进攻江夏，攻破夏口，斩杀江夏太守黄祖，“虏其男女数万口”（《三国志·吴主传》）。曹操南征，直指荆州，孙权顿感紧张。鲁肃及时向孙权建议，应该立即调整策略，停止争夺荆州，同荆州联合起来抵抗曹操。鲁肃对孙权说，现在刘表已死，荆州内部情况复杂，刘表二子不和，刘备寄寓荆州，曹操虎视眈眈，形势变幻莫测。我请求你批准我到荆州去走一趟，名义上为刘表吊孝，实际上去摸清情况。如果刘备和刘表二子能够在大敌当前的形势下和衷共济，我就以安抚之辞“与结盟好”；如果他们互不相容，我就说服刘备把刘表的军队抓到手里，与我们结盟抗曹。孙权采纳鲁肃建议。鲁肃说：“你既然同意，我得马上就走，否则要被曹操抢先拿下荆州了。”孙权同意他马上就出发，并授权他到了荆州可见机行事。

刘备在当阳被曹军打败，落荒而逃。穷途末路之际，经鲁肃游说，刘备投奔孙权而去。

鲁肃刚到夏口，就得到消息，曹操已向荆州发起进攻。鲁肃昼夜兼程，赶到南郡，又得到消息，刘琮已向曹操投降，刘备正在南逃路上。鲁肃折向刘备逃亡的方向，在当阳追上了刘备。鲁肃问刘备：“刘豫州准备投奔哪里去？”刘备告诉他，准备投奔旧日友人苍梧太守吴巨。鲁肃对刘备说：“吴巨是无能之辈，孙权乃当世英雄，投奔吴巨毫无出路，应该和孙权联合起来共击曹操。”刘备被鲁肃说动，和鲁肃一起从当阳斜走汉津，上了关羽的船队，顺江而下逃到夏口，又继续东下逃到樊口，停下。刘备在此喘息，等待命运之神的眷顾。

曹操拿下了荆州，打跑了刘备，立即将战报“传檄远近”，惊动了四方。益州刘璋立即派出使者到江陵向曹操致贺，接着又派张松送兵贡粮于曹操。东吴的孙权仍无反应，他们正在紧急磋商。孙权将曹操从江陵派人送来的书信“以示臣下”，曹操在信上说他如今拥有八十万水军，要与孙权“会猎于吴”。东吴臣子看了一片惊慌，“莫不响震失色”。以老臣张昭为代表的主降派认为，曹操必将统一中国，东吴不是他对手，力主归降曹操。鲁肃站在一旁没有说话。孙权一时难以表态，起身去上厕所。鲁肃追到屋檐下，对孙权耳语道，将军如果归降曹操，将来恐怕连安身立命之地都没有！孙权叹息：“众人之议，甚失孤望。”鲁肃建议他立即召回周瑜，共商大计。周瑜是东吴前部大都督，掌握军事大权，当时正在番阳（今江西鄱阳），应召赶回柴桑（今江西九江）。

周瑜是主战派代表，他力排众议，主张坚决抵抗曹操。周瑜年轻气盛，说曹操“虽托名汉相，其实汉贼也”。他认为曹操南征有四大不利因素，用不着怕他。第一，曹操劳师南征，关中的马超、韩遂是他的心腹之患，他尚有后顾之忧；第二，曹操舍其鞍马、与我斗舟楫，以其之短，击我之长，他不可能占到便宜；第三，季节将入严冬，曹军人马粮秣均将发生困难；第四，北方士兵远涉南方江湖之间，水土不服，疾病流行，战斗力将大大降低。“此数四者，用兵之患也，而操皆冒行之”。他对孙权说：“将军擒操，宜在今日。”并请命说，“瑜请得精兵三万人，进住夏口，为保将军破之”（《三国志·周瑜传》）。经周瑜这么一分析，孙权心中热血上涌，抵抗曹操的决心已定，拔出大刀砍下桌子一角，吼道：“谁再敢说归降曹操的话，同这桌子一样！”

周瑜深夜又去单独求见孙权，他说，曹操信上说他拥有八十万水军，大家都被他吓住了。我回到住处经过核实，曹操的全部兵力不过十五六万，而且已是疲惫之师。再加上归降他的荆州刘表七八万部队，加到一起至多也只有二十多万，“众数虽多，甚不足畏”。同时，周瑜白天向孙权开口要精兵三万，现在觉得少了，希望增加到五万，以保证战胜曹操。孙权动情地对周瑜说，老臣们只顾考虑自己的妻子儿女，以家私之见来讨论东吴的存亡大事，使我大失所望。只有你公瑾和子敬（鲁肃）二人，才是真正与我同心同德地考虑问题。可是，你要五万精兵难以凑齐，三万精兵我已经为你选好，船粮战具都已准备齐全。鲁肃、程普为你当助手，我亲自充当你的后援。你在前方，一切由你临机决断。万一出战不利，立即向我靠拢，我将亲自上前与曹操决战！

这时曹操的大军已经占领江陵，即将顺江东下。诸葛亮对刘备说：

“事急矣，请奉命求救于孙将军。”诸葛亮与鲁肃一起前往柴桑会见孙权，经过一番唇枪舌战，终于商定了结盟抗曹大计。孙、刘结盟抗曹，大大出乎曹操的意料。

刘备手下大约有一万人，驻扎在樊口。刘表的长子刘琦手中大约也有一万人，驻扎在夏口，随同刘备参加联军作战。这样，孙、刘联军总兵力约五万人，与曹操的兵力对比大约为一比五。但赤壁之战的结果，孙、刘联军却以少胜多，打败了曹操的二十万大军。

火烧赤壁，其实烧的不是赤壁，烧的是赤壁对岸乌林的曹军水陆连营。赤壁是长江南岸的一座小山，位于今湖北蒲圻（现已改名为赤壁市）西北四十里。赤壁山不高，但长江南岸这一带只有这么一座小山，它的军事意义就显得非常重要了。赤壁山东侧是陆口（陆水汇入长江的河口，河口有个陆溪镇），“陆口为江东锁钥，陆口倘失，孙权必危”。如果曹操的水军从长江经陆口进入陆水登陆上岸，可以直插东吴腹地。因此，陆口一直是东吴必须死守的军事重镇。赤壁山西侧是太平口，从长江经太平口可进入赤壁山后的太平湖（现称黄盖湖），当年黄盖率领的东吴水军就在太平湖内集结待命，只等一声号令，便可驶入长江投入战斗。

赤壁山对岸，是江北一个江边水埠乌林。长江在赤壁山下斜斜地向东北方向拐了一道弯，这就是赤壁江段。周瑜对江南地形了然于胸，他深知赤壁江段是防御曹军顺江东下的关键所在。只要能守住赤壁江段，就能封堵住赤壁山东侧的陆口，阻止曹军进入陆水登陆上岸进入东吴腹地；并能利用赤壁山后的太平湖秘密集结东吴水军，从太平口突发而出，截击顺江东下的曹军。

周瑜率三万精兵从柴桑溯江西上，前去抢占赤壁江段的赤壁山、陆口、太平湖等防御要点。

刘备收拢了一些逃散的残兵败将，驻扎在赤壁山下游的樊口。曹操大军随时可能顺江东下，刘备心里像被掏空了一般，无着无落，盼望东吴大军能早点溯江而上，来到他面前。刘备派出的探哨在江边瞭望，远远望见周瑜船上的旗号，立即飞奔回来报告：“来了！来了！”

周瑜的舟师船队到达樊口，刘备派人前往江上慰劳吴军，并邀请周瑜到刘备处议事。刘备在周瑜眼里算个什么人物，周瑜回答说：“本人军务在身，怎能离开帅位？如果他不怕屈尊，就请他到我船上来吧！”刘备碰了一鼻子灰，只能“乘单舸往见瑜”。刘备登上周瑜的指挥大船，对周瑜说：“今拒曹公，深为得计。”周瑜淡与寒暄。刘备又问周瑜：“战卒有几？”周瑜答：“三万人。”刘备说：“恨少。”周瑜回答说：“此自足用，豫州但观瑜破之。”刘备觉得与周瑜话不投机，想叫鲁肃出来说话。周瑜道，军务在身，不得妄自串门约谈，欲见子敬，可另找日子。刘备一听，话中有刺，只得作罢。

周瑜骄傲，刘备狡猾。刘备不太相信周瑜能以三万人抵挡住曹操的几十万大军，所以只带了两千来人，跟在周瑜的舟船大队后面虚以应付，随时准备撤出战斗，逃为上策。建安十三年（208年）十二月某日[①]，曹操与周瑜两军在赤壁江段相遇，立即交火，打了一场水上遭遇战。这次水上遭遇战，战斗规模并不大，持续时间也不长，各种史料记载都很简单，分别摘录如下：《三国志·武帝纪》：“公（曹操）至赤壁，与（刘）备战，不利。”《三国志·吴主传》：“（孙权任命）瑜、普为左右督，各领万人，与（刘）备俱进，遇于赤壁，大破曹公军。”《三国志·周瑜传》：“（吴军与曹军）遇于赤壁。时曹公军众已有疾病，初一交战，公军败退，引次江北。”《资治通鉴·汉纪五十七》：“（周瑜）

① 赤壁江面遭遇战的具体时间：《三国志·武帝纪》及《资治通鉴·汉纪五十七》均记载为建安十三年十二月，没有记载具体日期。《中国历代战争史》记述为“建安十三年十月十日中午”，但未注明出处；《中国古代战争通览》引用此说。

进，与操军遇于赤壁。时操军众，已有疾疫。初一交战，操军不利，引次江北。”《三国志·先主传》：“（刘备）与曹公战于赤壁，大破之。”这条记载有些言过其实，赤壁之战的主力是吴军，主角是周瑜，刘备只是个配角。

曹操退兵至江北乌林扎营，与孙、刘联军隔江对峙。曹操鉴于曹军不适应水战，疾疫流行，决定在乌林过冬，进行休整训练，来年开春再战。为了减轻颠簸，曹军舟船都用铁链首尾相连。船队围成大圈，扎成水寨。水寨内用竹筏篾排架成相通道路，士兵们在竹排上训练水战技能。曹操的步骑陆军也到达乌林扎营，与水寨连为一体。

周瑜几次去江北曹营挑战，曹军都闭营不出。周瑜部将黄盖向周瑜献火攻之计。他说，敌众我寡，长期对峙下去对我方不利，必须速决。曹军舟船首尾相接，冬季气候干燥，用火攻之法定可大破曹营。周瑜觉得可行，于是开始周密布置实施。为了骗取曹操信任，使火攻船只得以靠近曹营，黄盖提前给曹操送去一封诈降密信。曹操将信将疑，把送信的人秘密叫去问话：“但恐汝诈尔？”送信人当然不会把实话告诉曹操。曹操对送信人说，回去告诉黄将军，如果他是真降，吾定将重赏。黄盖选了十艘轻便快捷的艨艟斗舰，里面装满芦苇枯柴，浇上油，再用篷布蒙上，又插上旌帜龙幡。每艘艨艟斗舰后面都拴了一艘走舸，供船上人员点火后脱身之用。火攻船队向北驶至离曹营二里处，船上人员高喊：“投降来了！”曹营内官兵都出营“延颈观望，指言盖降”。黄盖一声令下，各船同时点火，人员跳上走舸。火烈风猛，十艘火攻船一齐冲向曹营，曹营舟船同时起火，火势很快蔓延到岸上的营落，一时间火光烛天，烟灰飞空，爆裂声、喊叫声响成一片，曹营大乱。周瑜率领大船队在后跟进，鼓声大作，冲杀声声。曹军溃不成军，“人马烧溺死者甚众”，乌林水陆连营顿时化为一片灰烬。这一仗，曹操真是败惨了。

火烧赤壁，是中国古代战争史上的重要历史瞬间：交战双方的胜负就决定在这一瞬间，曹操统一中国的战略愿望就破灭在这一瞬间，三国的基本格局也就奠定在这一瞬间。

曹操赤壁惨败的原因，除了前面所列的五大失误，另外还有一个谜团，就是史书上一再讲到当时曹操军队中已有疾疫流行，部队战斗力大为降低。《三国志·武帝纪》的记载是：“于是大疫，吏士多死者，乃引军还。”看来曹军中发生的这场流行病造成的后果极为严重。赤壁之战时，曹操军中究竟流行何种疾病，不得而知。据今人分析，有三种可能：一为鼠疫，二为伤寒，三为血吸虫病。第三种可能可以排除，当时是冬季，不是血吸虫病流行季节。

曹军赤壁惨败后，立即组织从水陆两路向西撤退。曹操亲率陆上主力从华容道败逃。曹军正从长江开往乌林前线的粮秣辎重船队就地向西返航，乌林水营中没有烧掉的部分船只，也从长江水道迅速往西撤退。孙、刘联军分水陆两路追击曹军。刘备在江北从陆路向西追击，周瑜从长江水路向西追击。

曹操败走华容道，十分狼狈。湖北省地名有多处华容，曹操败走华容道的华容，各种军事书籍上说法不一。经专家考证，曹操败走华容道的华容，在今湖北潜江县西南四十里处，这比较可信。因为曹操是从乌林往西，沿着云梦沼泽湿地的北缘向江陵方向败逃，逃跑距离约三百里。这三百里的路况分为三段，东段乌林路段的六十里和西段江陵路段的一百六十里高爽好走，中间华容路段的八十里泥泞难行。这八十里华容道的泥泞难行状况，《三国志·武帝纪》注中有如下描述：

曹操“引军从华容道归，遇泥泞，道不通，天又大风，悉使羸兵（病号）负草填之，骑乃得过。羸兵为人马所蹈藉，陷泥中，死者甚众。”

途中经过一片松林，上游山洪暴发，道路被淹，人马不得过。适逢张辽、许褚等率骑兵前来接应，曹操换骑驰过，在张辽等掩护下且战且走，冲出松林。曹操这个人有诗人气质，赢得起，也输得起，又极喜自嘲。他冲出松林，仰天大笑道，刘备与我为仇，可惜他得计总是稍迟片刻，如果他提前在这片松林里放一把大火，我今天真是死路一条了，天不亡我也！曹操前脚刚过，刘备军后脚赶到，果真火烧松林。但曹操已往郝穴（今湖北江陵郝穴镇）方向奔逃而去了。

华容道追击战，关羽并没有参加。这是正史《三国志》与小说《三国演义》关羽事迹的最大不同点之一。据《三国志·关羽传》记载，曹操逼降荆州刘琮后，刘备从樊城南逃时走的是陆路，他让关羽率领水军船队从汉水南下，双方相约到江陵会合。刘备在当阳长坂被曹军追上，只得斜走汉津，恰好与关羽船队相遇。刘备上船，与关羽“共至夏口”。刘备继续东下至樊口，赤壁之战爆发。刘备命关羽率领水军回防夏口，负责封锁汉水，防止襄阳方向的曹军从汉水东下进入长江。后来，襄阳方向的曹军并未东下，使关羽失去了参战机会。这里面也不排除另一种可能：刘备有意不让关羽参加赤壁之战。因为关羽曾被曹操俘虏过，曹操厚待他，拜他为偏将军。官渡之战中，关羽为了报答曹操，冲入万人阵中直取袁绍大将颜良首级，曹操又封他为汉寿亭侯。对此，刘备可能对关羽多了个心眼，怕关羽在关键时刻再次投降曹操，所以把他留在大后方夏口。罗贯中极有可能揣摩到刘备对关羽的这份疑心，所以在《三国演义》中虚构出关羽在华容道上放走曹操这一重要情节。

曹军乌林水陆连营被烧后，周瑜率领东吴水军溯江西上，追击曹操西逃水军。曹军在败退中，由于疾疫流行加剧，军粮不继，病饿交加，士兵死亡大半。曹操退到江陵后，深感已无力进攻，放弃了灭吴计划，就地转为防御。他命乐进守襄阳，曹仁、徐晃守江陵，自己退回许都去了。十二月，孙、刘联军围困江陵。江陵城内拥有原刘表囤积的大量粮食物资，曹仁在江陵进行顽强坚守，孙、刘联军一时难以攻克。

这期间，刘备耍了个花招，他对周瑜说，我让张飞领一千兵归你指挥，跟你在这里围攻江陵；你派两千兵归我指挥，我去袭取江陵上游的夷陵（今湖北宜昌），以牵制困守江陵的曹仁。周瑜觉得控制夷陵很有必要，于是同意派甘宁领两千人随刘备西上，去夺取夷陵。刘备上奏朝廷以刘表长子刘琦为荆州刺史，负责略定荆州江北诸郡；自己却从夷陵渡江南下，去袭取荆州江南四郡（武陵、长沙、桂阳、零陵），把夺取夷陵的任务丢给了甘宁。江南四郡太守一个个闻风丧胆，都向刘备投降。刘备命诸葛亮为军师中郎将，征收江南四郡税赋，充实军队。也就是说，赤壁之战虽然尚未结束，但赤壁之战的胜利果实已有一大半提前落入了刘备囊中，他先抢占了大片地盘。

周瑜、程普率领东吴军主力屯兵于长江南岸，与长江北岸的江陵隔江对峙。甘宁很快夺取了夷陵，从上游封锁了长江江面，切断了曹军后方增援。曹操部将曹仁率六千人前往夷陵对甘宁实施反包围，甘宁向周瑜告急。周瑜留下一半兵力交给凌统率领，继续围困江陵；他自己与程普、吕蒙诸将率领另一半兵力前往夷陵，将曹仁军一举打退。周瑜得胜回师，继续围攻江陵。

为了策应周瑜夺取江陵，孙权在淮南开辟了第二战场，以牵制和分散曹操兵力。孙权亲率部分兵力进攻合肥，命张昭进攻安徽当涂。张昭失利退兵，孙权对合肥久攻不下。建安十四年（209年）三月，曹操命张喜率领千骑前往合肥支援守军，以解合肥之围。合肥城中守将久等张喜援军不来，别驾蒋济献了一计，假造张喜来信，称已率骑兵四万抵达雩娄（今河南商城东北）要求派主簿迎接。并将假信分成三部分，由三人假扮信使，各持信函的三分之一，派一人入城，另两人有意让孙权俘获。孙权根据所缴获的三分之二信函，基本掌握了书信内容，信以为真，认为张喜的四万骑兵很快就会来到，立即烧围撤退。合肥就此解围，曹操在淮南无忧。

江陵被周瑜、刘备军包围了整整一年，曹仁坚守得十分顽强，但伤亡很大，难以再作长久坚守。建安十四年十二月，曹操下令放弃江陵，命令乐进、李通南下接应曹仁撤出江陵。李通与插到江陵北部外围的关羽激战，李通勇猛异常，下马拔掉鹿角（战场障碍物）冲入关羽阵中，且战且进，救出弃城而出的曹仁。周瑜乘虚而入，占领了江陵。至此，赤壁之战宣告结束。

曹操余话

从东汉末年群雄纷争的全过程来看，曹操这位乱世英雄只下了半局好棋。他第一个挺身而出发兵讨伐董卓；他在中原艰难奋战打出了一片立足之地，迎献帝，定许都，“挟天子以令诸侯”；他以弱胜强，消灭了不可一世的北方大军阀袁绍；他征服乌桓，统一了北方。这前半局棋，他每一步都下得很精彩。但长江成了横在曹操面前的一条“汉界楚河”，他雄心勃勃，想一步跨过江去，席卷江南，统一中国。但他刚刚挺卒过河，就碰了一个大钉子。赤壁惨败，狼狈不堪，后半局棋输得一塌糊涂。虽然他的棋子没有被对方吃光，但他深知自己已经不可能把对方将死，只能以守和告终了。

赤壁之战后，荆州被肢解成三部分：曹操占有北部一个半郡（南阳郡及南郡的北半部），以襄阳为治所；东吴占有中部一个半郡（南郡的南半部及江夏郡），南郡以江陵为治所，周瑜为太守，江夏郡治所在沙羡（今湖北武昌金口镇），程普为太守；刘备却独占了荆州江南四郡。

谋取荆州，是刘备实现“鼎足而立”战略目标的关键所在。他早已定下的计谋就是要先吃掉荆州刘表，然后再设法去吞并益州刘璋。现在，他已经得到了荆州江南四郡，但不满足，他看上的是江陵这个战略要点。江陵好比整个荆州的心脏，只要江陵控制在东吴手里，他虽然握有荆州江南四郡，向外发展仍受限制。只有把江陵弄到手，他才能真正立足荆州，在长江中游的互相争夺中发挥出战略优势。

建安十五年（210 年），刘备亲赴东吴都城京口（今江苏镇江），向孙权开口“借荆州”。刘备提出的理由是，赤壁之战后，周瑜只分给他南郡的一部分地盘，太小，不足以容纳他的部众，要求东吴将整个南郡地盘全都“借”给他。但刘备实际要“借”的是江陵这个战略要点。南郡是荆州七郡之一，郡治在江陵；江陵同时也是荆州治所。刘备若能“借”得江陵，便可控制整个荆州。对此，东吴内部意见不一。周瑜坚决反对，他认为刘备早晚是个祸害，力主孙权将刘备扣留、除掉。

只有鲁肃力劝孙权把江陵“借”给刘备。他的理由是：赤壁之战后，荆州地区的战略态势，曹操在北，刘备在南，东吴夹在中间。这样，东吴直接承受着曹操的全部军事压力，等于为刘备当屏障。如果把江陵借给刘备，就等于把刘备推到了对抗曹操的第一线，成为东吴的一道屏障，可以大大减轻东吴的军事压力。孙权也感到，曹操虽然在赤壁之战中惨败，但军事实力毕竟还是他最强。曹操已把东吴看成他争夺天下的主要对手，东吴承受曹操的军事压力太大。他内心同意鲁肃的主张，利用刘备，为东吴增加一道防御曹操的屏障。

正在这时，周瑜卒然去世。南郡太守之职由江夏太守程普兼任。周瑜去世，刘备“借荆州”就少了一道最顽固的障碍。不久，东吴正式把江陵“借”给了刘备，这等于把整个荆州都“借”给了刘备。

东吴通过赤壁之战打下了荆州，最后自己只保留了江夏、汉昌两郡。汉昌郡是从长沙郡分出一部分来新设立的一个小郡。程普仍为江夏太守，驻武昌；鲁肃为汉昌太守，驻陆口。

赤壁之战，失败者只有一位——曹操；胜利者有两位——孙权和刘备。孙、刘联盟，盟主是孙权，但最大的胜利者却是刘备。刘备在赤壁之战中借鸡生蛋，实现了利益最大化。

曹操此人，狡黠多计而又豁达开明，能文能武，敢闯敢干，赢得起，输得起，在他身上充满了乱世英雄的各种要素，他是特定时代的综合性人物典型。后世对他充满争议，但最终谁都无法否定他的历史功绩和历史地位。

曹操迎汉献帝定都许县，“挟天子以令诸侯”，这件事并没有给他带来好名声，各地割据军阀都骂他是“国贼”。曹操身上有知识分子气，很要面子，他不愿戴上“窃国”的帽子，所以直到去世，他一直没有称帝。他在一篇自述中百般表白，他没有野心，他从来不想“窃国”。他的最高理想是“欲封侯作征西将军”，死后能在墓碑上镌刻“汉故征西将军曹侯之墓”几个字，心愿足矣。他说，他现在“身为宰相，人臣之贵已极，意望已过矣”。他甚至说，他经常对他的妻妾们讲这些心里话，希望等他死后，她们都改嫁，“欲令传道我心，使他人皆知之”(《三国志·武帝纪》注引曹操《己亥令》)。他并不想成为一名推翻东汉王朝的革命者，而想当一名东汉没落王朝的卫道者——他至少要表现得像一位东汉王朝的忠诚卫道者。其实，东汉王朝已经腐败透顶，不可救药。正如东吴鲁肃得出的结论，“汉室不可复兴”。这个历史趋势已经不可逆转，非改朝换代不可了。刘备之流口口声声“匡扶汉室”，全是骗人的鬼话。

建安二十一年（216年），曹操被汉献帝封为魏王，定都河北邺城，成为魏国的奠基者。

曹操的诗文质朴无华却又文采斐然，玄奥何在？他始终有一颗雄心在搏动，有一个浪漫的灵魂在歌唱。不妨摘录几句：

——“天地间，人为贵。”（诗《度关山》）

——“对酒当歌，人生几何。譬如朝露，去日苦多。慨当以慷，忧思难忘。何以解忧，唯有杜康。”（诗《短歌行》）人们往往只记住他“对酒当歌，人生几何”这两句，曹操岂不成了颓废派？其实这首诗的核心部分在后面几句，他是在感叹人生苦短，壮志难酬。

——“神龟虽寿，犹有竟时；腾蛇乘雾，终为土灰。老骥伏枥，志在千里；烈士暮年，壮心不已。”（诗《步出夏门行》）这首诗的诗意与前面一首完全一致。

再看一篇他册立卞王后的册文，可以了解一下他的基本道德观，了解一下他的独特文风。全文如下：“夫人卞氏，抚养诸子，有母仪之德。今进位王后，太子诸侯陪位群卿上寿，减国内死罪一等。”（以上均引自《曹操集》）

建安二十五年（220年），曹操去世，享年六十五岁（155—220年）。

2009年5月

严嵩倒台

明朝出了个大奸臣严嵩，对明朝的战争破坏之大，史所罕见。军事是直接受政治支配的。朝政清明，出名将，打胜仗；朝政腐败黑暗，任庸将，打败仗，这是一般规律。严嵩奸党，对明朝抗击北方俺答入侵、抗击东南沿海倭寇入侵这两场战争，造成了巨大破坏。一方面，他对主战派肆意诬陷弹劾，枉杀忠臣名将；另一方面，他大肆纳贿鬻爵，遍植奸党，操纵战事，颠倒功过，邀赏讨封，祸国殃民。

严嵩父子

严嵩，江西分宜人。明弘治年间考取进士，授编修。他对这一官职不太满意，借口“有病”，辞官回家，又在钤山（今江西分宜秀江南岸）读书十年，以文辞见称。从钤山还朝，先后任侍讲、南京翰林院事、国子祭酒。嘉靖七年（1528 年）任南京礼部右侍郎时，奉嘉靖帝之命“祭告显陵”。事毕，他向嘉靖帝朱厚熜上了一道复命奏折，用了一堆形容词，“帝大悦”，“迁吏部左侍郎，进南京礼部尚书，改吏部”。由于明初朱元璋废三省，政归六部（吏、户、礼、兵、刑、工），各部主官称尚书，副职称侍郎，六部尚书相当于国务大臣。严嵩升到尚书，可谓“位高权重”了。明嘉靖十五年（1536 年），严嵩在“贺万寿节至京师（北京）”，当时朝廷正在讨论修改《宋史》之事，“辅臣请留嵩以礼部尚书兼翰林学士董其事”。这样，严嵩就从陪都南京到了首都北京，成为北京礼部尚书兼翰林学士，主管修改《宋史》事。明嘉靖二十一年（1542 年），升武英殿大学士，“入直文渊阁”，参预机务，仍兼礼部尚书。“时嵩六十余矣，精爽益发，不异少壮”，但他“朝夕直西苑板房，未尝一归洗沐，帝益谓嵩勤”。其实“嵩无他才略，惟一意媚上，窃权罔利”（《明史·严嵩传》）。严嵩极善伪装，以事勤、擅写青词、阿谀奉承、低媚迎合，博得嘉靖帝欢心。所谓青词，是指道教斋醮道场所用赞词，内容无非是祈求消灾避难、长生不老之类。嘉靖帝沉迷道教，严嵩擅写青词，成为他的邀宠手段。严嵩入阁二十年，两度担任首辅。第一次是嘉靖二十四年（1545 年）；第二次从嘉靖二十八（1549 年）至四十一年（1562 年），前后共十五年。他一旦大权在握，便结党营私，构陷忠良，擅权纳贿，心狠手毒，遗害天下。

严世蕃，严嵩独子，号东楼。“短项肥体，眇一目”，相貌丑陋。他没有经过科举考试，严嵩把他带往国子监读书，然后利用手中权力直接任用入仕。先任尚宝司少卿，后来以监筑京师外城有功为名，“由太常卿进工部左侍郎，仍掌尚宝司事”。严世蕃“剽悍阴贼”，贪得无厌；同时又狡黠机敏，“颇通国典，晓畅时务”，一时被称为“天下才”。他依仗父亲权势，广揽亲信耳目，深宫秘闻，市井杂事，无所不知。严世蕃凭这些能耐，成为父亲严嵩的得力帮手。严嵩专心在西苑值班伺候皇上，内阁各司有事请示，他一概回答："以质东楼。"严嵩进入老年后，凡御札下问，辞旨深奥，"嵩耄而智昏，多瞠目不能解"。他就得急忙找儿子，"世蕃一见跃然，揣摩曲中，据之奏答，悉当上意"。因此，"上不能一日亡嵩，嵩又不能亡其子也"。后来严嵩将"朝事一委世蕃，九卿以下浃日不得见"。大臣们不仅见不到皇上，连首辅严嵩也难得一见了。京师称严氏父子为"大丞相、小丞相"。严世蕃更加嚣张，"士大夫侧目屏息，不肖者奔走其门，筐篚相望于道"。他熟知朝廷和外地官员贫富顺逆，"责贿多寡，毫发不能匿"。他在京师的私第"连三四坊"，拥有妻妾二十七人，夜夜纵娼作乐，甚至在母亲治丧期间也如此（《明史·严世蕃传》）。

严嵩是嘉靖皇帝袒护下的"不倒翁"

严嵩的发迹史，也是各级官员对他的弹劾史。在嘉靖帝朱厚熜的袒护下，年年有人告严嵩，越告严嵩越得宠，谁告严嵩谁倒霉，谁告得最凶谁就掉脑袋。在中国历史上，嘉靖皇帝与严嵩的关系，是昏君护贪官的典型例子。下面罗列的这些事例让你一路看下来，始则看得你目瞪口呆，继而看得你切齿发指！

一、桑乔、胡汝霖告严嵩——嘉靖十五年（1536 年）十二月，严嵩刚从南京来到北京任礼部尚书兼翰林学士，正赶上礼部"选译字诸生"，严嵩上任伊始就开口索贿。御史桑乔"列其状，请罢黜之"。严嵩"疏辨求免"，嘉靖帝抚慰挽留。给事中胡汝霖复劾严嵩"秽行既彰"，"饰辞自明"。嘉靖帝乃令"以后大臣被劾，宜自省修，勿得疏辨"。严嵩一时惧怕，从此更加"恭谨以媚上"。十七年五月，通州致仕同知丰坊上言:“请复古礼。尊皇考献皇帝庙号称宗，以配上帝。”嘉靖帝让礼部“集议”。严嵩揣摩嘉靖帝心态，拍了皇上一个大马屁，上奏建议:“尊文皇帝称祖，献皇帝称宗。”奥妙何在?按通例，开国之君称“祖”，以后嗣位之君称“帝”或“宗”。明朝开国之君朱元璋称“祖”，嫡传建文帝朱允炆是太子朱标之后。后来的嗣君，都是朱棣之后。朱棣是朱元璋第四子，历来有“篡夺”之说。严嵩建议称朱棣为“祖”，重新起一个头，以后的嗣君都称“宗”，这样“正宗传承”的伦序就“顺”了。嘉靖帝大悦，从之。朱棣明成祖的帝号由此而来。

二、谢瑜告严嵩——嘉靖十八年，“帝南幸，严嵩从”，为诸臣所嫉。十九年，巡按云南御史谢瑜上疏:严嵩被桑乔弹劾以来，不但不自咎责，而且陪伴皇上南巡回来后索贿更甚，痛斥他“奸邪无赖”。内阁知道严嵩已深得皇上欢心，压下不报。

三、叶经告严嵩——嘉靖二十年，“交城王绝”(大概是去世后无嗣)，辅国将军表柙想谋取交城郡王封号，派人向严嵩行贿黄白金三千两，又贿赂了其他一批人。东厂破获此案，“受贿者皆戍边，嵩无恙”。同年，永寿共和王庶子惟熜与嫡孙怀墡争立，也向严嵩行贿白金三千两。永寿庄僖王妃派人击鼓上诉，御史叶经上奏弹劾严嵩。“嵩急归诚于帝，帝悯之”，将他保护过关。严嵩对叶经怀恨在心，伺机报复。两年后，叶经监督山东乡试，严嵩从山东考生试卷中断章取义摘录出一些“讽上语，激帝怒”。叶经被押解京师，连监狱都没有进，当场“杖阙下死”。受牵连的“布政使陈儒以下皆远谪”,从此朝野“益侧目畏嵩矣”。

四、夏言告严嵩——嘉靖二十一年，严嵩想入阁，被首辅夏言阻挡(没有挡住)，两人从此产生矛盾。夏言有一次“失旨”，当罢，想找严嵩去商量，请他帮助挽回(两人是江西同乡)。但严嵩已乘机面见皇上，诋毁夏言。夏言知道后对严嵩十分恼怒，发动关系密切者收集证据弹劾严嵩。这时嘉靖帝“已心爱嵩”，告他的人越多，嘉靖帝对严嵩“益怜之”。你们告吧，有皇上袒护，严嵩不怕。嘉靖帝住在西苑，允许内阁大学士骑马前往入直，唯独夏言坐小腰舆让人抬着去，嘉靖帝嘴上不说，心中不悦。嘉靖帝不喜欢戴“翼善冠”，用“香叶巾”裹头，并“制沉水香为五冠”，赐给夏言、严嵩等阁员。夏言说此冠“非人臣法服，不敢当”，嘉靖帝大怒。轮到严嵩召对日，他特意戴了“香叶冠”前往，嘉靖帝一见很高兴。严嵩乘机哭诉夏言如何欺凌他，嘉靖帝怒，立即下旨，罢免夏言，“降调夺秩者七十三人”。夏言没有扳倒严嵩，反被严嵩扳倒。

五、沈良才等人告严嵩——同年八月，严嵩升武英殿大学士，参预机务，仍掌礼部。都给事中沈良才、御史童汉臣等上奏，说严嵩奸诈贪污，“不当乘君子之器”。南京给事中王晔、御史陈绍等也上奏，告发严嵩父子“同恶相济”，贪污索贿“动以千百计”。嘉靖帝以前曾针对严嵩上疏自辨说过，“以后大臣被劾，宜自省修，勿得疏辨”。这次严嵩又“疏辨乞休”，嘉靖帝却忘了自己说过的话，对严嵩“优诏百余言慰留之”。

六、周怡告严嵩——嘉靖二十二年四月，由于严嵩入阁后“窃弄威柄”，各部有事要上奏皇上，都得先告诉他，然后才能上奏；索贿受贿更加肆无忌惮，“副封苞苴，辐辏其户外”。大学士翟銮，资历比严嵩老，却常遭严嵩挤对。给事中周怡为翟銮打抱不平，上疏论之，“语多侵嵩，疏入，下狱”。没几天，严嵩指使人揭露大学士翟銮“二子倖第”（考试作弊），翟銮被“削籍去”。

七、许赞告严嵩——嘉靖二十三年八月，吏部尚书许赞兼文渊阁大学士、礼部尚书张璧兼东阁大学士。严嵩“事取独断”，不同他们商量。许赞“论之”，要说道说道。十一月，“许赞削籍去”。

八、夏言再斗严嵩，反被严嵩诬告处死——嘉靖二十四年，夏言与严嵩的斗争进入第二回合。正月，严嵩成为首辅。“自严嵩入相，同事者多罢去，嵩独相”；太庙建成，严嵩又“加太子太师”。由于严嵩得意得太早，“帝微闻其横，厌之”。同年十二月，嘉靖帝重新起用夏言为首辅，严嵩退为次辅。夏言复相后，太过跋扈，独断专行，不理严嵩。有人向夏言反映，严嵩儿子严世蕃不仅索贿受贿，还贪污各地上交户部的钱粮，夏言准备奏报皇上。严嵩耳目多，得到消息，紧张万分，带着儿子上门去哀求夏言高抬贵手。夏言称病不见，父子俩买通夏言家的看门人，闯进夏言卧室，父子俩跪在夏言床前，严世蕃长哭哀求，夏言才答应不报。父子俩一出门，对夏言恨得咬牙切齿，发誓报复。夏言复相后把严嵩的同党都排挤出朝廷，有些人并不是严党，也受排斥，得罪人太多。有些官员去见夏言，他眼皮都不抬，不理人家。结果，把许多人都赶到了严嵩那边去了，往严嵩家走动的人越来越多。严嵩表面上对夏言唯唯诺诺，暗地里正在加紧策划毒招对付夏言。凡是去见严嵩的人，他“必执手延坐，持黄金置其袖中”。于是这些人都争着为严嵩说好话，到处散布对夏言的不满。这时夏言“已老倦”，请人代为起草皇上批答，他又不亲自过目审阅，结果起草人抄袭以前的一些旧稿送进去，皇上每次看后都气得往地上一摔。对于这一切，夏言浑然不知，灭顶之灾正在向他悄悄逼近。严嵩勾结了一个关键人物锦衣卫都督陆炳，一起构陷夏言。嘉靖二十七年正月，都御史曾铣提议收复河套地区，夏言支持。严嵩极力反对，话中带刺，指责夏言。嘉靖帝把严嵩单独找去，询问收复河套之事。严嵩乘机诋毁夏言“擅权自用”。接着又上疏称曾铣“开边启衅”，“雷同误国”。严嵩知道皇上已离不开自己，便使出“欲留言去”之计，说是同夏言无法共事，要求罢免离开，以此挑起皇上心火。嘉靖帝“温旨留嵩，而切责（夏）言”。皇上的态度一亮明，早被严嵩收买拉拢的一伙人马上对夏言群起而攻之。嘉靖帝于是下诏：逮捕提议收复河套地区的都御史曾铣；剥夺夏言太师太傅荣誉头衔，以尚书致仕。曾铣押解到京，严嵩令同党仇鸾“讦之”。锦衣卫都督陆炳根据严嵩的旨意，“谓铣行贿夏言，论斩，弃西市”。夏言致仕回乡，坐船行至江苏丹阳，被逮捕回京。夏言“上疏极陈为严嵩所陷，帝不听”。刑部尚书喻茂坚等为夏言辩护，“帝怒，责茂坚等阿附（夏）言”。这时俺答入侵，鞑靼兵已到边境，居庸关报警。严嵩以此作为夏言“开启边衅”的有力证据，弹劾夏言，给夏言以致命一击。老臣夏言“竟坐与曾铣交通律，弃西市”，可见严嵩狠毒到何等地步！

九、厉汝进告严嵩——嘉靖二十七年十二月，给事中厉汝进弹劾严世蕃奸恶，却反被降为典史，继而借大计（考核官员）之机削籍。

十、徐学诗告严嵩——嘉靖二十八年，严嵩重新成为首辅。这年年底，嘉靖帝“以俺答故，诏群臣令人人尽言”。刑部郎中徐学诗上疏揭露说，边患之成，与严嵩直接有关。严嵩“位极人臣，贪渎无厌”。他通过儿子严世蕃收受李凤鸣贿赂，提拔李为蓟州总兵。又接受郭琮贿赂，任用他为漕运使，然后通过他假漕运之名往南方私运贪污赃物，“辎车数十乘，骈车四十乘，潞河楼船十余艘，贮载而归，悉假别署封识”。严嵩内结勋贵，外赂群小，“辅政十年，日甚一日。酿成敌患，其来有渐”。并指出，“今士大夫语嵩父子，无不叹愤，而莫有一人敢牴牾者”，究其原因，皆因严嵩奸党“内外盘结，上下比周，积久而势成也”。今天下之人对严嵩父子“痛心疾首，敢怒而不敢言”。最后要求“亟罢嵩父子，以清本源”。疏入，嘉靖帝却说徐学诗是“乘间报复”，命镇抚司把他抓起来“拷讯”，将他削职为民。嘉靖帝这种“引蛇出洞”、出尔反尔的做法，要想廓清朝政，毫无希望。

十一、沈炼告严嵩——嘉靖二十九年，俺答入侵时，锦衣卫经历（官名）沈炼提了不少退敌建议，均不报。沈炼还了解严嵩奸党收受边将贿赂、延误战事、颠倒功过等种种劣迹，于是上疏弹劾严嵩：“嵩受国重任，贪婪愚鄙”，“不思治国安边，惟与子世蕃为全家保妻子计”，

“因列数其十大罪，请戮之，以谢天下”。三十年正月，嘉靖帝见疏，下诏，称沈炼“诋毁大臣，廷杖之，谪佃保安”。三十六年十月，严世蕃指使其亲信杨顺、路楷了结沈炼。杨、路将沈炼扣上“白莲教通叛者”罪名，逮捕下狱。严嵩让兵部论其罪，兵部尚书许论知道沈炼有冤，不予审理。严嵩直接下令将沈炼“杀之，籍其家”。严世蕃仍不解恨，又指使路楷“取炼二子杖杀之”。

十二、王宗茂告严嵩——嘉靖三十一年十月，御史王宗茂疏论严嵩负国八大罪行。“帝谓其狂率，谪平阳县丞”。

十三、杨继盛告严嵩——嘉靖三十二年正月，兵部员外郎杨继盛“上疏论严嵩十大罪、五奸”。他这篇疏文广为流传，深得人心。事情的起因是：俺答入侵，兵部深知严嵩父子收受大同总兵仇鸾贿赂；仇鸾通敌，暗示俺答入侵北京，然后假勤王之名前往北京“抗敌”等一系列罪恶勾当。杨继盛对严嵩奸党深恶痛绝，他在疏中称：如今外贼为俺答，内贼为严嵩，“未有内贼不去而外贼可除者，故臣请诛贼嵩，当在剿绝俺答之先”。杨继盛在疏末对皇上说：“陛下何不割一贼臣，顾忍百万苍生之涂炭乎？”后面有一句“或召二王，令其面陈嵩恶”。“二王”是指嘉靖帝三子朱载垕、四子朱载圳，两人同日封为裕王、景王。嘉靖帝此前立过两位太子都早夭，他再不立太子。他听信方士之言，“二王皆不得见”，导致父子隔绝。由于载垕、载圳一起出入，穿一样的衣服，不分彼此，渐渐出现风言风语，说四子有取代三子争立之势。嘉靖帝耳闻，信以为真。当他在杨继盛的奏疏中读到“二王”二字，立刻怀疑是否有四子载圳的背景，因而大怒，下令将杨继盛“系锦衣狱，诘讯主使者”。杨继盛回答说：“尽忠在己，岂必人主使乎！”又问，为何引用二王？杨继盛答道，奸臣误国，除了两位亲王，谁不怕严嵩父子报复？谁敢讲真话？锦衣卫问不出结果，“狱具，杖百，送刑部”。刑部尚书何鳌想判杨继盛“诈传亲王令旨”罪，郎中史朝宾表示反对，他说：疏中仅仅提到二王亦知严嵩恶，并没有说受二王指使，“三尽法岂可诬也”！严嵩怒，降史朝宾为高邮判官。侍郎王学益赞同史朝宾的意见，也被捕入狱。杨继盛疏中提到严世蕃通过亲信为自己的儿子、家奴冒功提官。严世蕃亲自写好辨疏草稿，交给兵部武选司郎中周冕，让周冕按此草稿向上写回复。周冕对严氏父子十分厌恶，把严世蕃作弊行为写得一清二楚，然后把严世蕃写好的辨疏草稿附上，一起呈上。嘉靖帝见疏，认为“冕为挟私，逮系诏狱，削籍”。杨继盛在狱中关了三年，嘉靖帝并不想杀他。前一年，大将军仇鸾污行暴露，被削职夺印后忧病而死，死后又被“追戮其尸，传首九边”。嘉靖帝想起杨继盛奏疏中对仇鸾的揭露，谁是谁非世人洞明，于是决定重新起用杨继盛，“改兵部武选司员外”。杨继盛感激思报，他妻子张氏对他说，你算了吧，你怎能斗得过严嵩父子，快老回家去吧！但杨继盛不听，又上疏告严嵩父子。上怒，又被抓进去。杨继盛每次戴枷前去受审，“内臣士庶夹道拥视”，都称他为“天下义士”。人言籍籍，严嵩让其子严世蕃同一伙亲信密商，都认为留着杨继盛是“养虎遗患”，必须除掉他。怎么除？当年秋天行大辟，要处死上百人，其中九人是高官，须皇上御批斩决。严嵩将处斩杨继盛的奏章附在处斩原兵部尚书张经、原浙江巡抚李天宠等高官的奏章后面，大约是选了一个皇上潜心斋醮的日子，呈了上去。早已怠于政事的嘉靖帝也没有细看，拿起案上的朱笔一勾，杨继盛就死定了。杨继盛妻子张氏得到丈夫被判死刑的消息，立即上疏，奏明皇上丈夫蒙冤，要求自己顶替丈夫去死。但她哪有回天之力？她的泣血疏状呈上去，被严嵩一把捏在手心里，“奏入，为嵩所抑，不得达”，皇上看不到。杨继盛被冤杀，震动朝野，“杀谏臣自此始，由是天下益恶嵩父子矣”。杨继盛最终被严嵩以阴谋手法报奏处斩弃市，丢了性命，成为弹劾严嵩奸党史上最大的一桩冤案。

十四、吴时来告严嵩——嘉靖三十七年三月，给事中吴时来上弹劾严嵩“辅政十二年，引用匪人，边事日坏。令其子世蕃入直，干预国政……愿皇上察之”；主事张翀、董传策亦交章论之，结果“俱下狱，廷杖，谪戍岭南”。

严嵩失宠

嘉靖四十年（1561年），严嵩老妻欧阳氏卒。按封建礼仪，其子严世蕃必须奉母亲灵柩回故里丁忧三年。但严嵩却向嘉靖帝上奏说，“臣老无他子，乞留侍”，把儿子留下侍候自己，由孙子严鹄奉祖母灵柩返乡，嘉靖帝准奏。严世蕃守丧期间不回乡，但不能进入直房代议，严嵩应付皇上咨询、票拟批答失去了臂膀。递进皇上御室的票拟草章往往“故步皆失”。嘉靖帝知道问题出在哪里，他让人打听严世蕃在干什么，“颇闻世蕃淫纵，心恶之”。

嘉靖帝沉迷道教，求长生不老之术，有位方士蓝道行很得宠，嘉靖帝视他为“神”。一日，嘉靖帝问蓝道行：“辅臣贤否？”蓝道行干这一行，专靠揣摩对方心理吃饭。他先得把对方的心理揣摩透，然后以“仙人”的口气讲人间之事，把话说到对方心里。他对朝野痛恨严氏父子的情况一清二楚，是惩是纵，此刻皇上内心正在斗争。蓝道行以道教“箕仙”的口气“具言嵩父子弄权状”。皇上问：“果尔，上玄何不殛之？”蓝道行借“箕仙”之口说：“留待皇帝正法。”嘉靖帝听后“默然”。接着，西苑万寿宫失火，皇上的“乘舆服御皆毁”，嘉靖帝只得搬往玉熙宫去住。廷臣请皇上搬还大内，皇上不答。他在大内险遭宫婢谋弑，搬到西苑来的目的就是避灾，再搬回去是不可能了。可是西苑这场火灾，烧得他“邑邑不乐”。严嵩一向善于揣透皇上心思，现在他真是老糊涂了，在皇上面前哪壶不开提哪壶，他请皇上搬往南内。南内是英宗幽禁之所，嘉靖帝听了“大不乐”，对严嵩又增添了一分厌恶感。次辅徐阶与工部尚书雷礼上疏：建议重建万寿新宫，“上喜”。从此，嘉靖帝对军国大事悉咨徐阶。偶尔找一下严嵩，只是一些斋醮符箓之类的事。

嘉靖四十一年，严嵩父子的灭顶之灾来临了。严嵩入阁二十年来，从得宠到倒台，经历了三个阶段：第一阶段，自从他“眷遇日隆，人言不复入”；第二阶段，自从徐学诗等一大批大臣因弹劾严嵩父子获罪，或杀或流放，“搢绅侧目不敢言”；第三阶段，自从万寿宫失火以来，“徐阶日亲用事，廷臣都知之未发”。大家都看出了变化的迹象，但都在看，都在等，蓄势待发。

十五、御史邹应龙挺身而出告严嵩——由于前面因弹劾严嵩父子反遭杀身、流放之祸的人太多了，邹应龙心里既激愤难抑，又有些紧张。夜里做了一个梦，出猎郊外，对面有座山，东面有座楼，刚要拉弓射箭，醒了，“此小儿东楼之兆也”。邹应龙醒来一想，严嵩之子严世蕃字东楼，这是“神示”啊！这一说法带点迷信色彩。其实邹应龙是在精神高度紧张的状态下周密思考：这次进攻究竟把突破口选在哪里？思考的结果，决定采取“扳倒儿子，牵倒老子”的策略，把突破口选在严世蕃身上，“上疏劾世蕃”。他在疏中“数其通贿赂行诸不法状，乞置于理”；接着笔锋一转，指陈严嵩“植党蔽贤，溺爱恶子”，理顺而章成。他在疏文最后正气凛然地说：“如臣言不实，愿斩臣之首悬之高竿，以谢世蕃父子。”

这一次，嘉靖帝的态度变了，“帝览之心动”，下诏：（一）逮严世蕃下狱；（二）严嵩罢职，仍给岁禄；（三）擢邹应龙，“嘉其敢言”。诏下，满朝文武，京师百姓，额手相庆。徐阶成为首辅。严嵩终于倒台，朝野人心大快。

严嵩父子反扑

大家不要高兴得太早，这里面仍有两个因素还在起作用。其一，严嵩父子经营了二十年的奸党能量。其二，嘉靖帝抛弃严氏父子，一方面是严嵩已经老迈智昏，再适应不了他的要求；另一方面是严氏父子恶名昭彰，毕竟防口甚于防川。他的弃严之举，实属无奈。故诏书刚下，他就后悔了："嵩既去，上追思嵩赞玄功（写青词、做斋醮），意忽忽不乐。"嘉靖帝身边的近侍，严嵩父子早已对他们一个个下足了本钱。严世蕃被捕后，立刻通过关节送黄金给内侍，对他们说，邹应龙敢于上疏，完全是被方士蓝道行散布的流言煽动起来的。内侍把严世蕃的话传给皇上，嘉靖帝一听大怒，下令把蓝道行逮捕入狱。这可以看出嘉靖帝的后悔情绪有多那强烈，他沉迷道教二十年，这时连"神仙"都不信了，抓起来！严党爪牙刑部侍郎鄢懋卿、大理卿万寀，到狱中去找蓝道行，要他把责任推到大学士徐阶身上，说是这些话都是徐阶让他讲的，这样他就没有事了，并答应他出狱后可以给他一批黄金。但这时的蓝道行已脱去"仙气"，换了人气，大声说："除贪官，自是皇上本意，纠贪罪，自是卿史本职，何与徐阁老事！"鄢懋卿、万寀碰了一鼻子灰，眼看唆使蓝道行"反咬一口"的阴谋无法得逞，只能示意法司对严世蕃从轻发落。法司根据授意，作出如下判决：（一）没收严世蕃赃银八百两（象征性地表示一下）；（二）流放严世蕃雷州卫（今广东雷州半岛）；（三）严世蕃儿子严鹄、严鸿和爪牙罗龙文等流放边远之地；（四）严嵩家仆严年入狱追赃（只拿一个家仆当替罪羊）。

嘉靖帝还是顾念严嵩老迈，赦其孙严鸿削职为民，侍候严嵩。严嵩“知上意已动”，又贿赂嘉靖帝近侍，向皇上诋毁方士蓝道行，结果蓝道行“亦下狱论死”。触到嘉靖帝痛处，他连“神仙”也杀。装“神”的和求“神”的，最后都露出了本来面目。

嘉靖四十二年四月，严嵩上疏：“臣年八十四，惟一子世蕃及孙鹄，俱赴戍千里之外。臣一旦先狗马填沟壑，谁可托以后事？惟陛下哀其无告，特赐放归，终臣余年。”疏入，嘉靖帝曰：“嵩有孙鸿侍养，已恩逮矣。”不赦。但严世蕃并没有到达雷州，走到南雄（今广东南雄）就逃回江西。爪牙罗龙文也在半路潜逃，躲进安徽歙县山中，纠集亡命刺客。一日酒后放言：要取邹应龙和首辅徐阶的脑袋解恨。消息传到京师，徐阶“严为备”。严嵩得到消息，大惊曰：“儿误我多矣！”他认为严世蕃去雷州半岛并不可怕，他正在活动，皇上总有一天会恩准放回。如果去刺杀徐阶，只能制造又一个武元衡事件，招致横尸都门、全族遭殃的恶果。

徐阶是深藏不露之人。他以礼部尚书兼东阁大学士入阁，与严嵩共事十年，忍气吞声，“颇自恭谨”。但严世蕃对他“多行无礼”，徐阶“曲忍”之，也从未在严嵩面前提起过。邹应龙上疏，严嵩案发，徐阶登门安慰严嵩，严嵩“顿首谢”，以身家性命相托。徐阶回到家里，儿子对他说：“大人受侮已极，此其时也。”要父亲乘机报复，徐阶大声骂儿子道：“我没有严嵩哪来今天，人不能没有良心！”徐阶身边布满严嵩亲信死党，他们探听到这一情况，立即回去报告严嵩，严嵩对徐阶放松了警惕。

徐阶也知道皇上内心对严嵩仍有眷恋，严嵩虽然已被罢免，但皇上对他“书问不绝”。所以，徐阶正在慢慢等待，一定要到时机成熟时再出手。不久，严世蕃也放松了警惕，对人说：“徐老不我毒。”于是，他开始放肆起来，在家乡“大治馆舍”，并招降纳叛，“阴贼弥甚”。严嵩“谬示恭谨，而不能禁世蕃，世蕃势益横”。

十六、林润告严嵩——嘉靖四十三年，江西袁州推官郭谏臣，因公事路过严嵩故里，发现严家有一千多工匠在建亭园，严嵩的家仆在监工。这位监工的严家仆人见官员来，箕踞不起，有些工匠用瓦砾掷郭谏臣，他也不制止。有的甚至挑衅说：“京堂科道官候主人们，叱嗟谁敢动此何为者？”气焰嚣张。郭谏臣回到官衙，把所见所遇，都以书信告诉了江西监察御史林润。林润过去曾因弹劾严嵩死党鄢懋卿被罢过官，仇在必报。林润上疏，揭露在逃犯严世蕃与罗龙文等人的种种不法行为。疏入，诏“以世蕃、龙文即付润，逮捕至京”。林润命郭谏臣捕严世蕃，徽州府推官栗祁捕罗龙文，“自驻九江，勒兵以待”。

十七、林润再次告严嵩——嘉靖四十四年，林润奉命逮捕了严世蕃、罗龙文，他又让袁州府“详具严氏诸暴横状”。林润以此为据再次上疏：严世蕃逃回江西后以谋客彭孔为主谋，罗龙文为羽翼，恶子严鹄、严珍为爪牙，继续横行不法。他们强占会城廒仓，侵吞宗藩府第，抢夺平民房屋，改釐祝之宫以为家祠，在袁州城中开凿穿城之池，建造严氏五府，严嵩、严世蕃、严世蕃三子各占一府，“巍然庙堂之规模”。严世蕃招纳四方亡命之徒为护卫壮丁，俨然分封仪度。所贪财富“已逾天府，诸子各冠东南”；粉黛之女，列屋骈居，朝歌夜弦，宣淫无度，自夸朝廷无如我富，朝廷无如我乐。他蓄养的厮徒叛卒击鼓而聚、鸣金而散，昏夜杀人，夺人子女，抢人钱财，半年之内，作案二十七起。而且包藏祸心，勾结典楧、宸濠，聚众以通倭，策划谋反。严嵩知其子未赴戍而逃回，怂恿包庇，不能无罪。

徐阶断案

林润疏入，“帝怒，诏下法司讯状”。严世蕃依然嚣张，狂妄地说：

“任他燎原火，自有倒海水。”他聚集死党窃议说，“贿”字恐怕是掩盖不住了，但这一条并不是皇上所深恶；唯“聚众以通倭”之说厉害，需买通言官删去，改填杨继盛、沈炼下狱处死事，以激怒皇上，“上怒，乃可脱也”。谋阴既定，动员其死党四处活动。刑部尚书黄光升、左都御史张永明、大理寺卿张守直“依其言具稿诣徐阶议之”。徐阶已预先知道严世蕃的活动情况，要看稿子，“吏出怀中以进”。徐阶阅毕，当众说：“法家断案良佳。”他这句话是麻痹严世蕃同党耳目的。

徐阶取了稿子入内庭，屏退闲杂，问左右：“诸君子谓严公子当死乎？生乎？”都说：“死不足赎。”徐阶又问，用现在这疏稿呈皇上：“此案将杀之乎？生之乎？”都说：“用杨、沈正欲抵死。”徐阶说，不对！杨、沈冤案，固然天下人都为之鸣不平，但杨继盛在上疏时提及二王，触怒了皇上；沈炼为抗御俺答入侵事上疏，他的建议违背了皇上“不启边衅”的圣意。这两个案件都是皇上亲自定的，皇上岂肯自引为过？如果把杨、沈写进疏稿呈上去，皇上肯定会怀疑法司是想借严案归过于他，必震怒，我们这些人谁都逃不掉，“严公子骑款段出都门矣”。众愕然，请重议。徐阶说，且慢，严党耳目太多，议不可泄。先以原稿为主，抓住“聚众本谋”一事奏之，“以试上意”。徐阶说这一稿须大司寇执笔，大司寇“谢不敢当”，大家一致请徐相亲笔。徐阶从袖子内抽出一份底稿请大家过目，说：“拟议久矣，诸公以为如何？”大家都没有提不同意见。徐阶问：“前嘱携印及写本吏同至，宁忘之乎？”回答说：“已到。”马上把写本吏叫进来，关上门，命写本吏疾书抄写，当即“用印封识”。

由于徐阶精心操作，避过了严党耳目。严世蕃的刁钻阴险世上少有，他知道人们都在为杨、沈二案鸣不平，他更知道皇上忌讳提及杨、沈二案，他暗通同党在疏文中写进杨、沈二案，这是十分阴毒的计谋。幸亏徐阶也在揣摩皇上内心好恶，被他识破，没有上当。严世蕃自以为得计，对罗龙文说，你放心地吃饭睡觉，不出十天，我们肯定出去。出去第一个取徐阶脑袋！

严世蕃不知道徐阶已经将疏稿改过，内容集中，简明扼要，直指严世蕃死穴：（一）逆贼汪直（通倭海盗头目“老船主”）徽州人，与罗龙文姻旧，汪直贿赂十万金于严世蕃，拟为授官；（二）凶藩典楧，阴冀非常，严世蕃纳其贿，护持之；（三）严世蕃辄自逃归，罗龙文招集汪直余党，谋与严世蕃外投日本；（四）严世蕃班头牛信，从山海关逃往北边，拟诱至北寇，相为响应。

嘉靖帝看过奏疏，道：“此逆情非常，尔等第述润疏一过，何以示天下？其会都察院、大理寺、锦衣卫鞫讯，具实以闻。”徐阶尊皇命，袖着手闲逛似的从皇上身边出来，进了法司，法司官已俱集。徐阶“略问数语，速至私第，具疏以闻”，严世蕃“虽善探，亦不得知也”。真正是一场斗智斗勇的较量。

徐阶上疏回复皇上：“事已勘实。其交通倭寇，潜谋叛逆，具有显证。请亟典刑，以泄神人之愤。”皇上“从之，命斩世蕃、龙文于市。二人闻，相抱哭”。严世蕃家人请他写遗书以谢其父，他竟连一个字也写不成，瘫了。严嵩倒台，严世蕃被处决，京师轰动，人心大快，“各相约持酒至西市看行刑”。

北京这座城市，自从元朝起成为中国都城以来，已经有过几次这样的经历：奸党作恶，横行天下，世人侧目，人心怒而无以泄；一旦奸党被除，人们额手相庆，喝酒畅叙，吃螃蟹，放鞭炮，大笑，落泪。曰：天地良心，规则永恒。

有人赞誉徐阶能除大奸，徐阶蹙额曰：“彼杀桂洲（夏言），我又杀其子，人必有不谅者，知我者天也。”徐阶这句话是皱起眉头说的，他知道得罪的严党不在少数，以后对他攻讦的人也少不了。但历史永远记住了徐阶的名字，就凭他以非凡机智粉碎严嵩奸党这件事，已足以列入名相之列。

严世蕃被处死后，抄没严嵩家产，“得银二百五万五千余两（原文如此）。其珍奇充斥，逾于天府”。奸臣严嵩的晚景是凄凉的，八十多岁，风烛残年，无家可归，“寄食故旧以死”。有的书上说他“寄食墓舍，老病死”。他恶贯满盈，千夫所指，罪有应得。

上述记载，均见《明史纪事本末》卷五十四《严嵩用事》及《明史》相关人物传。本文不厌其烦地罗列这些历史记录，想以“摆事实，讲史事”之法，说明三个问题：第一，奸臣当道，奸党布满朝野，朝政将会腐败黑暗到什么程度，于国于民将会带来多么大的灾难。第二，奸臣一旦蒙蔽了皇上，要想除掉奸党，是多么困难。第三，奸臣插手和控制军队，鬻爵卖官，把一些心术不正之徒任用为重要将领（如仇鸾、赵文华），他们卖国通敌、操纵战事、颠倒功过、诛杀忠良、迫害功臣，导致军队贿赂成风，这支军队将被腐蚀成什么样子。

2010 年 10 月

韩信背水一战

一

提起韩信这个悲剧人物，不由得你不为他发出深长感慨：他的战绩何其辉煌，他的命运何其多舛，他的结局何其惨烈！上苍以强烈的色彩反差，为韩信绘就了一张悲愤脸谱，让他横刀立马长天一呼，然后永远背水而立，面对每一位来者发问：“你们从背水之战中看懂了什么？”

韩信创造的不朽战例背水之战，作为历史故事，我是在小学课堂上就已听过的。“背水之战”作为一句成语，后来在各类政治的、历史的、军事的、文学的书籍中屡屡见到，但往往只注意它所表达的特定含义，再不去过问它发生的具体地点。这几年，断断续续地听说，背水之战的古战场遗址，就在离我现在居住的这座城市西去不远的那片山里，而且正在成为一处旅游景观，但我一直没有时间去看。最近，我领着两个女儿去看了一次背水之战古战场，那是因为大女儿面临高考，小女儿要考高中，压力山大。我只能以军人独有的方式，激励她们“背水一战”！

背水一战，自古以来就是一道军事学命题，但它何尝不是一道人生命题？

二

背水之战的古战场遗址，湮没在太行山东麓井陉县境内那片苍茫的荒山野岭之间。井陉为“太行八陉”之一，“陉”即山间通道，井陉是古代秦晋与燕赵间的咽喉要道。秦始皇所修的驰道中，通向燕赵之地的一条就从井陉隘口通过。

井陉古关，地处要冲，为历代兵家必争之地。除了韩信在此创造过背水之战的辉煌战役外，唐朝的郭子仪、李克用，北宋爱国将领种师闵，北魏将军于栗磾，明朝开国大将徐达，明末农民起义领袖李自成等等，都在这里打过仗。值得一提的是，一九〇〇年八国联军侵华时，京津陷落，慈禧、光绪西亡西安，保定、正定相继失守，获鹿驻军退守井陉，晋东防务吃紧。清末将领刘光才正在前去大同就任总督的途中，于河北栾城接上司来电，命其驻守井陉督防。他在井陉就地组织防御，顽强阻击法寇于关前，坚决制止联军西进，史称“庚子之役”，这是清末抗击外侮的少数几次胜仗之一。当时的石垒防御工事尚存，称“庚子长墙”。

井陉关终于成为一种象征。清末壮士谭嗣同，曾写过一首寄托情怀的《井陉关》：

平生慷慨悲歌士，
今日驱车燕赵间。

无限苍茫怀古意，
题诗独上井陉关。

从韩信到刘光才，茫茫两千余年间，有多少将领士卒，为社稷，为朝廷，为民族，在井陉关慷慨拼杀，血写春秋。雄哉井陉关，壮哉井陉关！

自从清末修筑了正太铁路，以后又修通了公路，铁路公路都绕关西去，沟通了冀晋交通，繁忙了两千多年的井陉古关狭窄孔道终于沉寂荒废，渐渐被荒草掩没，断了人迹。唯其荒废得杳无人迹，这些沧桑陈迹才得以残存至今。

井陉县是河北省贫困山区之一。井陉人千百年来安贫说古，祖祖辈辈守着这座古战场，给孩子们讲述悠悠往事，说古国之兴衰存亡，讲古人之得失成败。改革开放以来，被搞活经济的大潮所推动，井陉人一夜间有了“背水一战”的紧迫感。他们深知韩信背水之战的历史知名度，决定将此古战场作为旅游资源加以开发。从此，沉寂已久的井陉古道上重新有了人迹。人们踏着陈迹斑驳的石板路拾级而上，登临远眺，凭吊往事，感悟人生。

三

背水之战古战场的中心位置，名叫白石岭。白石岭两峰夹峙，鞍部即为古代井陉隘口孔道，现存城堡式关门一座，为清代重造，称“东天门”，真乃“一夫当关，万夫莫开”。登岭西望，居高临下，白石岭西山坡谷底是一条狭长的带状盆地，韩信背水为阵的绵水河自南向北流过。绵水西岸，便是太行山主脉，崇山峻岭。当年，韩信的军队就从太行山以西一路向东征战过来。他从陕西夏阳强渡黄河，安邑一仗平定了魏国，阏与一仗又平定了代国。现在，他要越过太行山，前来平定赵国了。但是，这时他的精锐主力已被刘邦调往荥阳前线去抗击项羽，只让他带领号称“数万”，实际仅有几千人能作战的杂牌部队前来击赵，而赵王歇和辅佐他的安成君陈余，急调二十万兵力扼守井陉关隘口，以白石岭为主阵地，凭险向西组织防御，迎击韩信。韩信一路疲惫征战，精锐已被抽走，横在他面前的关隘却是那么险要，双方兵力又是那么悬殊，此仗还能否打胜？不必为古人担忧，韩信恰恰要在这里展现他的非凡军事才能，创造出中国古代战争史上的辉煌战例。

汉楚相争之时，双方为了争夺地盘，每打下一地就封一个诸侯王，然后继续进军。地方势力却往往见风使舵，反复无常，今天刘邦占上风就倒向刘邦，明天项羽占上风就倒向项羽。有的干脆在混乱之际自立为王。故，刘、项在分兵合进击败秦军之后，双方都陷入了两面作战的困难境地：一方面双方要在正面战场展开决战；另一方面又要各自回马扫平地方叛乱势力，巩固各自的战略后方。双方你争我夺，此起彼伏，刘邦几至绝境。而韩信，这位善于指挥大兵团连续作战的天才军事家，在刘、项之间何去何从，具有非同寻常的决定性意义。虽然韩信本人曾从超军事角度对刘邦阐述过他的精辟见解：得人心者得天下。韩信所说的“人心”，包括民心、将心两个方面，刘邦听后大加赞赏。但是，在这风起云涌的军争之际，决定谁胜谁负的最高手段却是军事斗争。就这一点而言，刘、项双方却是“得韩信者得天下”。

最早能以远见卓识看透这一点的，是刘邦的谋臣萧何。起初，韩信是项羽帐下的一名侍卫，为项羽执戟站岗，常好在项羽面前发表一点军事见解。项羽此人刚愎自用，不屑一听，免不了还要呵斥他几句。韩信不得见用，转而投奔刘邦。但刘邦也只让他当了一名粮秣管理员，怀才不遇的韩信再一次愤而离去，于是有了“萧何月下追韩信”，于是有了刘邦破格拜韩信为大将之举，并积极采纳了韩信的战略性建议：挥师东征。

刘、项相争之初，刘邦采纳韩信的计谋，乘项羽忙于镇压关东诸侯叛乱之际，明修栈道，暗度陈仓，迅速打出汉中，出兵关中，击败雍王章邯，降伏塞王司马欣、翟王董翳，一举平定了三秦。接着，刘邦集中五六十万大军直取长江下游之彭城，欲端项羽老巢，企图一举夺取天下。项羽从齐国地面疾速回师，亲率三万精兵直击灵璧，睢水大战，汉军死伤之多竟使睢水为之不流。刘邦惨败，逃回荥阳。彭城失利后，刘邦改变策略，兵分两路：南路由他自己率军继续在正面战场与项羽周旋；北路任命韩信为左丞相，前去平定关中以北、以东的诸侯各国，巩固和扩大自己的战略后方。韩信不辱使命，强渡黄河，连克魏、代，势如破竹，连战皆捷。

现在，韩信来到井陉关前，他又将如何运筹？韩信不急。他命令队伍在井陉关三十里外停下，亲自抵近前沿勘察地形，侦察敌情。知己知彼、深思熟虑之后，他一反作战常规，连夜派出二千轻骑先头出发，直插赵军侧后，每人带小旗一面，准备偷袭赵营。他自己率领正面部队背水列阵，身先士卒，冲锋陷阵，命人摇旗擂鼓，诱敌出阵。赵军讥笑韩信不懂兵法，犯了背水列阵之兵家大忌，必败无疑，遂倾巢而出。韩信佯败，退回水上；忽地回马力战，勇不可当，与先头派出的二千轻骑前后夹击，一举攻陷井陉险关，射杀赵军主帅陈余，生擒赵王歇，赵地又告克复。背水之战终成韩信杰作，传颂千古。

韩信破赵后，又采纳李左车建议，挟余威“不战而屈人之兵”，威服了燕国。然后继续挥师东向，攻陷齐国。韩信挥师东征三年，连克魏、代、赵、燕、齐五国诸侯，横扫千军如卷席，气吞山河，威震天下。一连串的大战役，一连串的大胜利。战略进攻的大箭头，从今陕西中部呈弧形直插今山东腹地至胶东半岛，伟乎壮哉！而这时刘邦自己在正面战场上却屡屡受挫，毫无起色。但韩信已为刘邦的汉家王朝廓清了地基，摆好了柱础，只待泗水亭长为营造大汉宫殿选定吉日了。

当巍峨高山的一面阳光耀眼时，它的另一面却在漫起浓重阴影。正如老子所言：“祸兮福所倚，福兮祸所伏。”恰恰是韩信为刘邦建立的盖世奇功，成了他同刘邦恩怨的缘起。

四

我在这片古战场上踏看寻觅，力图找到某些同韩信直接有关的历史陈迹。最后只在白石岭西山坡上找到一块断碑，刻有六字：淮阴侯谈兵处。碑为明末崇祯年间范志完所题，断裂处的款识已很难辨认。此碑“文革”中被毁，断成两截，被当地农民埋入土中，后挖出，用水泥拼接重立。

我如慰抚韩信般抚摩着这块灰黑的断碑。伟哉韩大将军，你应该站在这里，这里是你的一块福地。当你摆出背水之阵时，连那些跟随你南征北战多年的老部下，都不信这一仗能打胜，埋怨你今天摆的是什么鬼阵？你却对大家说：“打败赵国，傍晚会餐！”他们到底服了你的神算，战斗竟进展得那么神速，胜利来得那么不可思议！战斗结束后，你就坐在这片山坡上同大家一起会餐。在一片欢庆声中，部将们才敢把刚才的担心和埋怨向你倾吐出来，你批评他们没有读懂“陷之死地而后生，置之亡地而后存”的兵法要义。你说完放声大笑，你的笑声震响了四围群山，在绵水河上久久回荡……

哦，韩大将军！他们在这块碑上却不应该将你刻成淮阴侯，那时刘邦还没有封你为淮阴侯；你后来也不应该去做什么齐王、楚王、淮阴侯，命运注定你只有在驰骋拼杀的疆场上，才能放射出夺目的光彩。你一旦离开疆场，走到哪里都像鱼儿离了水一样，蹦跳无济，不得要领……

整个古战场上，同韩信直接有关的遗物，只有这么一块断碑。它孤零零地立在衰草凄凄的荒山坡上，那么凄凉，那么孤独。

不无讽刺意味的是，白石岭的东山坡上却有一座“白面将军祠”。“白面将军”即陈余，他是被韩信在背水之战中射杀于阵前的手下败将。此次战役，他作为赵军主帅，指挥无方，不堪一击，关隘失守，赵王被擒，赵国沦陷，何来为他建祠纪念之理？自古世事胜败论英雄，但中国传统文化中偏偏又有“不以胜败论英雄”一说，故历朝历代均有不重功臣重败将之怪现象。我进祠去看了一下修祠年代和纪念陈余的理由，令我又大长见识。据介绍称，该祠初建于宋，后几经重修，断断续续，香火未绝。纪念陈余的理由是“感念”他在背水之战中“乱箭射身而躯体不倒”，“其志难夺，其节可嘉”。这里又涉及到中国传统文化中同一个问题的另一个层面：重“气节”而不重其行为效果。

更让人感慨莫名的是，曾在“庚子之役”中击退了法寇西进企图的清将刘光才，战斗胜利后，特意为这位葬身白石岭上的陈余之墓立了一块“忠碣碑”，由其副将李永钦撰写的碑文竟称：他们之所以能在“敌炮累累”的井陉保卫战中击退法寇，全赖陈余将军“神灵保佑”之故！打了胜仗的将领，居然不敢相信自己能打胜仗，而相信两千年前一位丧国败将的亡灵在冥冥中“保佑”了他们。这反映了什么呢？它充分反映出晚清这个没落朝廷已完全丧失了自信力，手中那支军队已完全丧失了自信力。刘光才他们虽能偶获小胜，但从根本上说，已于江山无补，朝廷最终还得在《辛丑条约》上签字画押。这样的朝廷，这样的军队，竭力推崇所谓的“气节”，恰恰反映了这个朝廷气数已尽，亡相毕露；这支军队也已毫无“元气”可言。这同韩信靠弱兵之旅、背水为阵，一举攻陷以十倍于己兵力把守的井陉险关所表现出的强大自信力，形成了多么鲜明的对照！但胜利者韩信在这里所得到的，仅仅是西山坡上那块孤独凄凉的断碑而已；失败者陈余却在东山坡上拥有一座避风雨、享香火的祠堂，这又是另一种多么鲜明的对照？中国的许多事情，历来就这么怪！

五

在白石岭新设的一间简陋无比的展览室里，墙上抄录有刘禹锡感怀韩信的一首短诗：

将略兵机命世雄，
苍黄钟室叹良弓。
遂令后代登坛者，
每一寻思怕立功。

一个人的某种天赋、才能过于出众，功劳太大，究竟是祸是福？这的确是个电子计算机也无法算清的复杂问题。刘邦与韩信之间的关系，始终是那么微妙。萧何向刘邦力荐韩信时，韩信的军事才能尚未得到任何证实，但刘邦相信萧何的政治眼光和对人才的鉴别能力，故他敢于破格拜韩信为大将，令三军为之惊愕。刘邦的纳谏如流、用人气量，也真够气派，这是他性格的一面。刘邦作为封建政治家，他的性格还有另一面。当韩信在实战中显露出非凡军事才能后，刘邦却开始了对韩信的提防，韩信的战功越大，他的提防也越紧。因为刘邦深知，非凡的军事才能，再加上兵权、战功、声威，这些都足以成为略地为王的资本。他需要韩信，但决不能让韩信壮大到驾驭不住的地步。

彭城失利后，刘邦任命韩信为左丞相，让他独当一面，去完成平定诸侯的战略任务；而同项羽较量的正面战场，则仍由他亲自领军。他这时已明知韩信的军事才能强于自己，但他仍如此分配任务，从中不难窥见刘邦用心之精细。韩信强渡黄河，连克魏、代之后，刘邦又立刻将他的精锐调归自己指挥的荥阳前线，只让他带残弱之旅去完成任重道远的东征后续任务。而韩信却并未因此放慢东进速度，胜利一个接一个，队伍愈战愈勇，兵力愈益壮大。相反，刘邦自己虽然调去了韩信的精锐，却依然不敌项羽，兵败荥阳，逃往成皋，又被项羽围困。他只身逃出成皋，潜入韩信驻地，乘韩信兵营内尚未起床，伪称“汉使”，骑马驰进韩信军帐，夺去了韩信的印信和兵符。回头又捎话过来，让张耳留守赵地，命韩信收拾残部继续进攻齐国。这等于明白告诉韩信：一、你必须为我多打胜仗，越多越好；二、你的兵权不能太大，拥兵不能太多；三、你打下的地盘必须交给别人看守，你的任务只是打仗。

韩信的军事天才也的确过于出众了。他一路打了那么多大仗，不但一次也没有得到过刘邦的增援，反而一次又一次被刘邦调走了精锐。但韩信从未流露半点灰心情绪，也从未发过牢骚。似乎越是给他设置障碍、增加困难，越能激发他的骁战之勇。他收拾整顿了一下残存部队，就地征集了一批新兵，又继续向齐国进发了。这一次，对方除了齐国本土军队，项羽又派大将龙且前来增援齐国。交战结果，龙且被杀，齐王田广逃跑，韩信又获全胜，齐国又告平定。对此，刘邦将作何感想？

正是从这时起，韩信自己却为刘邦对他的担心一次又一次提供了

“把柄”。从此，他将用军事上的一连串胜利，去换取政治上的一连串失败。

一败请立齐王时。

韩信攻下齐国后，劳苦功高，人也觉得有些累了，于是想到自己的地位、名分也该有个着落了。也许他倒真是为刘邦巩固已经打下的地盘着想，也许两者兼而有之。他派人给刘邦送去一信，信中分析说：齐国伪诈多变，反复无常，又与南边的楚国接壤，如果不立一个齐王，恐怕齐国的形势不会稳定。信末，请求刘邦恩准他自立为“假齐王”，以便在此稳定齐国局势。客观，真诚，战战兢兢。但是，这时刘邦已同项羽在荥阳争战相持长达三年，胸部还带着项羽的箭伤，心烦意乱。他拆信一看，破口大骂：“浑蛋！我被围困在此，天天盼望他来增援，他却想自立为王！”陈平在桌子底下踩他的脚，张良附耳对他说：“这里形势严峻，不如同意立他为齐王，让他稳住齐国。要是激怒了韩信，说不定会有不测。”刘邦毕竟是刘邦，马上改口骂道：“他妈的，他韩信大丈夫南征北战，平定了诸侯各国，要做就做个真齐王，哪有做假齐王之理，封他为齐王！”

封王就坏。韩信一封王，刘、项的矛盾焦点就向他身上交会。如果说，在韩信拜将之前，只有萧何看到了刘、项双方“得韩信者得天下”；那么现在，连项羽也清楚地看到了这一点。项羽派说客武涉前往齐国，劝说韩信与项羽联合，争取与刘邦三分天下。韩信则表明自己“忠汉之心，虽死不变”，将武涉斥去。但他从此再不会有清静日子。齐人蒯通又来劝说韩信：“当今两主之命悬于足下。足下为汉则汉胜，与楚则楚胜。”并告诉他说，你现在已经摆脱不了两难境地，归附哪一方都有危险。自古“勇略震主者身危，功盖天下者不赏”。你渡黄河，虏魏王，擒夏说，下井陉，杀陈余，下燕，定齐，南摧楚军二十万，东杀大将龙且，功劳盖世，无人能比，威名压倒了刘邦。你是“戴震主之威，挟不赏之功”之人。归楚，楚国不会信任你；归汉，连刘邦都害怕你。

“有什么办法吗？”

“与汉楚三分天下，鼎足而居。”

“汉王待我甚厚。”

“人心难测。”

蒯通向他讲了一系列初为“刎颈之交”，后来反目成仇、互相残杀的例子。最后，蒯通对韩信说：“天与弗取，反受其咎；时至不行，反受其殃。愿足下熟虑之。”韩信脑子里闪过一丝犹豫动摇：“让我再考虑考虑吧。”不祥之兆已经出现。但刘邦知道，这时对韩信下手为时过早，不能惊动他。

再败于改封楚王后。

刘邦为了争取韩信参加垓下会战，欲擒故纵，干脆与韩信、彭越来个“共分天下”，把自河南淮阳至东海的广大地域全划给韩信。你不是想要地盘吗？先让你过把虚瘾。韩信得到地盘，非常高兴，很快和彭越一起挥师南下。垓下会战，韩信是主力，刘邦大获全胜，项羽全军覆没。刘邦大功告成，立即削去韩信兵权，将他改封为楚王。这又一次显示了刘邦作为一位封建政治家的治人之术。韩信是为他打下江山的大功臣，不封韩信为王，失人心，天下不允。那好，我封你。但封你为王，又必须被我牢牢控制在手里。你想要齐国不可能，齐国是一片农业土壤和文化土壤都很深厚的土地，要是让你韩信在那里扎下根去，你很快就能长成一棵参天大树，想砍伐你就难了。楚国是项羽旧地，我将你韩信从齐国这片沃土上拔出来，移栽到项羽新亡的这片瓦砾堆上，不能让你长得根深叶茂。另外，西楚霸王不是曾经不可一世吗，现在他怎么样了？把你韩信封为楚王，其中意味你自己去琢磨吧！

三年后，刘邦当皇帝的登基大礼也举行过了，朝廷政务也理出了头绪，汉朝天下算是大定了。这时，他可以回过头来瞄一眼韩信了。终于被他抓到一个把柄：项羽有个老部下钟离眛，大概有些谋略，刘邦嫉恨之，却与韩信有私交，项羽死后投奔了韩信。刘邦要韩信将他抓起来，韩信不理。违抗君命，如何了得！刘邦正在咬牙，马上有人上书诬告韩信谋反。先传旨：皇上要到云梦泽游猎，顺便会见诸侯，请韩信前往迎驾。韩信猜出刘邦用意，心里有些不安。他面前有两步棋可走：要么反抗，要么就擒。又一想，自己没有什么对不起刘邦，反抗不好；但也不能束手就擒。他想走另外一步棋：刘邦讨厌钟离眛，我把他的头提去交给刘邦，他还能说什么？于是，他去找钟离眛商量，请他自动献出脑袋。钟离眛大骂韩信不够丈夫，拔剑自刎。韩信持钟首级往见刘邦，以表忠心。刘邦喝令将韩信拿下，戴上刑具，装上囚车，押回洛阳。到了洛阳又确实找不出多少韩信谋反的过硬证据，又赦了他，降为淮阴侯。事出有因，证据不足，宽大为怀，降职使用，这已经是“皇恩浩荡”了。先威后恩，权术也。此时之韩信，已如断爪之虎、拔羽之鹰，威风已经煞尽，一边待着去吧。刘邦制服韩信，也是做给各地诸侯们看的：韩信功高盖世都能动得，你们诸位还在话下吗？权术也。

韩信被降为淮阴侯之后，刘邦知道他内心不服，找他谈过一次话。谈话的中心内容是关于他们两人的能力谁强谁弱问题。刘邦同他谈这个题目，可以说是抓住了要害的。你韩信不是总觉得能力高过我刘邦吗，我倒先要问问你韩信，在军事能力之上，还有另外一种能力你韩信有吗？刘邦问他：“你看像我这样的人能带多少兵？”韩答：“陛下至多能带兵十万。”又问：“你能带多少？”答：“多多益善。”刘邦放声大笑：“那你为何能被我擒住？”韩答：“陛下不善带兵，却善带将。”韩信这句话说对了，刘邦笑而不答。但韩信下面这句话却大错而特错：“陛下靠的是天意，不是靠你的能力。”既然他承认自己只善于“带兵”，而刘邦却善于“带将”，哪种能力层次更高，不是很清楚了吗？但韩信始终没有弄懂：刘邦是在同他谈政治，而他的思维却钻在军事范畴内出不来。因此，他在军事上无愧于雄才大略，在政治上永远是侏儒，处处碰壁，直至被杀，不足为怪。即使他被杀前呼天抢地也无用，苍天不会来救他。这天下应该是刘邦的，不可能给你韩信，给了你也治不了。

韩信在军事上的思维是如此超群，而在政治上的思维是如此之幼稚。他越是战战兢兢，刘邦越是觉得他心怀叵测。他先是容留刘邦嫉恨之人钟离眛，将私人友情置于皇命之上，授人以柄。大祸临头时，韩信又去求私友钟离眛之头，欲解自己之危，这不仅是他政治上的幼稚，更是他人格上的一次失败。

三败长乐宫。

韩信经云梦一劫，威风扫地，对他的身心打击可想而知。这时他才真正明白过来，由于自己的军事才能、战绩、声威超过了刘邦，成了刘邦的一块心病。进而明白，刘邦同他的怨结，自此之后，已经再也无法解开。他回顾一生，少年落魄，漂母赐食，胯裆之辱，坎坎坷坷，之所以没有丧失鸿鹄之志，皆为求一展雄才，不枉此生矣。不错，是你刘邦给了我机会，知遇之恩何尝忘怀？武涉说项，我斥去之；蒯通献计，我不用之。我韩信何罪之有？他越想越不平静，常常称病不朝，懒得再见到你刘邦。他终于消沉了。

消沉，就有鬼来敲门。伴君之人，根本不容你有消沉的资格。有个叫陈豨的，被委派到赵地去任相国，离开洛阳前去向韩信告别。此人心怀不轨，他知道韩信痛恨刘邦整他，便在他面前挑唆了一番，同韩密谋反刘。当时韩信如何表态，史无详载。但可断定，这时的韩信已不可能像回绝武涉、蒯通那样回绝陈豨，更不可能再从他嘴里说出什么“汉王对我不薄”，“忠汉之心，虽死不变”这样的话来了。

陈豨反，刘邦欲带韩信同去征讨。韩称病，不去。暗中派人给陈豨送信：“你举兵，我在此策应。”并同家臣密谋，乘刘邦不在，准备在宫中起事，要出出心中这口恶气，这是真正的谋反了！但他韩信能在战场上叱咤风云，却压根儿不是搞政治的好手。先就从家里泄漏风声，被告发。吕后这老娘们根本不用请示报告，决心来得异常果断和迅速：“杀掉韩信！”于是萧何假传消息，将韩信骗至长乐宫，斩首，夷三族。

“存亡一知己，生死两妇人。”知己者，萧何也；两妇人，一为漂母，一为吕后。历来的后人均感叹：“成也萧何，败也萧何。”应当说萧何无罪。韩信只懂军事，而萧何搞的是政治。他把萧何看作生死知己，当时他本意不愿进宫去，但别人的面子能驳，唯独萧老相的面子不能驳的。再说别人可能对他有诈，萧老相能对他韩信使诈吗？不可能。就这样，韩信按照超政治的思维习惯想问题、搞分析、作判断，服服帖帖跟随萧何走向断头台。而萧何的思维方式就根本不同于韩信了，他当年月下追韩信，把韩信追回来，是为了刘邦王业；今天他把韩信领上断头台，也是为了刘邦王业。怪不得萧何的。

吕后这老娘们，长期同刘邦在一起耳濡目染，政治手腕也好生了得。她得悉韩信密谋造反，真有点“山崩于前而色不变”的沉着，周密布置，不动声色。她让萧何去将韩信骗进宫来，实在是非常精明而关键的一着。别人不可能“请”动韩信，只有他萧何了；同时，叫你萧何去“请”韩信，也是在脑壳上敲你萧何一棒；当初不是由你月下追韩信追回来的这个孽种吗？如今他想谋反，是不是你在背后支持他呀？萧何老谋深算之人，怎能揣摸不到吕后这妇道想说而未说的意思？如果他不把韩信“请”来，在刘邦面前脱得了这干系吗？他把韩信骗进宫来，吕后喝令下刀，韩信一命呜呼之后，老萧何这才转过身去悄悄擦拭额头的冷汗和满脸的泪水。冷汗是被吕后吓出来的，满脸泪水是为韩信流的。

呜呼，韩大将军！

1994 年 10 月

刘邦与项羽的战争

楚汉相争一局棋。中国象棋把楚汉战争作为经典战例，博弈双方围绕“楚河汉界”进行攻杀，从中解读出军事斗争的无穷变化，无穷奥妙。胜败无常，无尽感叹。

楚汉相争，项羽执红，刘邦执黑，项羽明明占得先手，明明应该是他赢的，可是他最终偏偏就输了。世世代代都有人为项羽扼腕叹息。年年复年年，每到夏日傍晚，全中国的城市乡村，路灯下，石碾上，到处都摆开了一局一局的棋，围着一堆一堆的人，人们一代接一代地想帮助项羽把这盘棋翻过来。可是下过来、下过去，下到最后，项羽只差一步棋，硬是输了。刘邦一直处于被动，一直疲于奔命，可是最终偏偏是他赢了。

人们常说，一着不慎，满盘皆输。项羽走错的何止一步棋？他一次又一次，眼看胜机已在自己两指间夹着了，只要把这颗子往该放的地方放下去，他就赢定了。可是，每到节骨眼上，他都把关键的一步棋走错了。落子无悔，这是规则。下到最后，垓下会战，项羽的棋子被刘邦吃得精光，只剩一枚老将。项羽拔剑自刎，以谢江东父老。汉军一位小头目王翳上来一刀把项羽的头割了下来，他提起项羽那颗鲜血淋淋的头颅一看，发现项羽两只双瞳仁的眼睛仍然怒睁着，他死不瞑目啊！

战争不是下棋，战争要比下棋复杂得多。但下棋演绎的是一套最基本的战争机理，胜负之间的许多玄机奥妙，与战争是相通的。

鸿门宴，楚汉战争序幕

我把鸿门宴作为楚汉战争的序幕来写，这与各种版本的中国古代战争史有所不同。按照中国古代战争史的通常写法，楚汉战争的爆发过程如下：项羽在关中封了十八位诸侯王，自立为西楚霸王，然后引军东归，定都彭城，号令天下。不久，齐国田荣叛乱，攻灭项羽封在齐国地面上的三位诸侯王（齐王田都、济北王田安、胶东王田市）。项羽亲率大军前往齐国平定，陷入了与田荣的战争泥淖，难以脱身。汉王刘邦，抓住机会，从汉中杀回关中，迅速平定三秦（项羽封在关中的雍王章邯、塞王司马欣、翟王董翳），接着东出武关，占领中原，继续东进，攻克了楚都彭城。项羽从齐国回救彭城，就此爆发了长达四年半的楚汉战争。战争史学家们这样叙述，自有他们学术上的严谨。

在我看来，楚汉战争的序幕应该往前提，把鸿门宴作为楚汉战争的起点。因为在鸿门宴之前，项羽和刘邦是集合在同一面“楚怀王”旗帜下的反秦同盟军，他们都称“楚军”。鸿门宴上，刘、项关系彻底破裂，两人转眼成为争夺天下的主要对手，由此拉开了楚汉战争的序幕。把鸿门宴作为楚汉战争的序幕来写，这场战争的前因后果就更加连贯了，项羽命运中的悲剧气氛也被烘托得更加浓烈了。

楚汉战争从鸿门宴喝酒开始，别开生面，极具戏剧性。

叙述楚汉战争，遇到一个历史纪年问题。从秦朝灭亡到刘邦称帝，中间相隔四年半楚汉战争时间。秦朝灭亡于公元前 206 年 10 月，而刘邦“即皇帝位于氾水之阳”是公元前 202 年 2 月。这四年半时间，中国没有皇帝，中国的“头头”是西楚霸王项羽，汉王刘邦仅仅是项羽分封的十八位诸侯王之一。在《史记》中，《项羽本纪》是排在《高祖本纪》之前的，原因就在这里。但司马光编撰《资治通鉴》时，却把“高祖元年”直接与秦亡时间衔接了起来，这与刘邦称帝的时间不相吻合。

本文叙述楚汉战争，采用“楚汉元年”至“楚汉五年”的特定概念。

鸿门宴的背景如下：

刘邦于楚汉元年（前 206 年）十月入关至霸上接受子婴投降。项羽入关比刘邦晚了两个月。项羽的先头部队于汉楚元年十二月才到达关中戏西（今陕西临潼县东北戏水西岸）。项羽对刘邦抢先入关这一点极为不满，他埋怨楚怀王有偏心，让他去啃硬骨头，让刘邦去捡便宜。他对刘邦一路上遇坚不攻、见缝就钻这一点非常瞧不起，认为刘邦没有打过一次真正像样的大仗、硬仗，完全是靠投机取巧抢先入关。项羽心中的一股怒气，像井喷似的要喷发。

鸿门宴就在这样的背景下开席。

司马迁写鸿门宴，总共才千把字，人物、情节、对话、表情、动作、心理活动，写得跌宕起伏，惊险万分，精彩之极。先是一段铺垫，由于项羽对刘邦抢先入关极为不满、极不服气，他在西进入关途中已经两次大怒。项羽第一次大怒，是因为刘邦派兵扼守函谷关，想阻止他入关。刘邦身边有个鲰生对刘邦说，项羽一旦入关，关中恐怕就不是你刘邦的了，应该赶快派兵去守住函谷关，把项羽挡在关外。刘邦真的派兵去扼守函谷关，真的想把项羽挡在关外。项羽的先头部队到达函谷关，发现刘邦派兵挡关，“羽大怒”，指挥大军破关而入。项羽第二次大怒，是他到达关中戏西之后，刘邦手下有位名叫曹无伤的人给项羽捎过话来说：“沛公欲王关中，使子婴为相，珍宝尽有之。”这句话又一次点燃了项羽心中的怒火：“羽大怒，曰：‘旦日飨士卒，为击沛公军！’”其时，项羽驻军鸿门，刘邦驻军霸上，两军相距四十里，跨上马背抽一鞭子就到了。双方的兵力对比，“项羽兵四十万，号百万。沛公兵十万，号二十万。”（《史记·高祖本纪》）项羽在兵力上占有绝对优势，刘邦兵力“不能敌”。项羽的谋士范增建议项羽对刘邦“急击勿失”！

可是项羽营垒内部出了问题。项羽的叔父项伯，这是个只考虑个人友情不考虑天下得失的人。他过去曾杀过人，是张良保住了他的性命。他得知项羽准备急攻刘邦，连夜赶到刘邦营中去找好友张良，将项羽的计划和盘托出，叫张良立即跟他走，不要在这里等死。张良却是重大节、讲大义的人，他对项伯说，我是奉韩王之命护送沛公入关的，如今沛公遇到这样万分危急的情况，我不去告诉他一声，自己溜之大吉，这太不仗义了。张良把项伯的话全都告诉了刘邦。刘邦大惊，急问张良：“为之奈何？”张良反问刘邦，谁让你派兵到函谷关去阻挡项羽入关的？刘邦答：“鲰生。”张良又问，你自己估量一下，你能打得过项羽吗？刘邦沉默了一会儿，说了实话：“不能。”张良说，那就请项伯给项羽传话，说你绝对不敢背叛项王。刘邦为了摸清底细，盘问张良，你是怎么同项伯结下生死之交的？张良把来龙去脉说了一遍。刘邦又问，你和项伯谁年长？张良答，项伯年长。刘邦就说，那好，你请他进来。刘邦的应变能力是说来就来的，他立即摆开酒席，举起酒杯为项伯祝寿，认项伯为兄长。推杯换盏间，又同项伯结成了儿女亲家。刘邦话锋一转，对项伯正言道，我进入关中后同关中父老约法三章，秋毫无犯，并封存了秦室府库。我派兵去守函谷关，只是防止盗贼进关抢劫。我日日夜夜都在等待项王进关，“岂敢反乎”！项伯答应回去一定照实传话。项伯临走时，嘱咐刘邦第二天务必早一点过去亲自拜谢项王。

项伯连夜返回项羽军中，将刘邦的话如实转告了项羽。并对项羽说，如果不是沛公先入关中，你能这么容易入关吗？人家刘邦立了大功，你却想消灭人家，这是不义之举，还不如善待人家的好。几句话就把项羽说软了，项王“诺”。看来，项伯为刘邦说情这一节，瞒过了范增。《史记》中找不到当晚项羽找范增商量明天如何应对刘邦的记载。所以，在第二天的鸿门宴上，项羽、项伯、范增三个人的想法和行动很不一致，协调不到一起。

第二天，刘邦带上张良、樊哙、夏侯婴、靳彊、纪信以及随行步兵一百来人，来到项羽营帐，解释、表白、谢罪。项羽听后随口说：“嗨，都怪你手下那个左司马曹无伤传的话，否则我也不至于发那么大的火。”说完立刻转过脸去大声喊道：“宴请客人！”

范增辈分最高，项羽尊他为“亚父”，坐北朝南。项羽和项伯叔侄俩并排坐西朝东。刘邦坐南朝北。张良坐东朝西，侍候在刘邦右侧。席间，范增几次目扫项羽示意：下手！快下手啊！项羽却“默然不应”。范增忍耐不住了，起身离座，出去找项庄。项庄是项羽的堂弟。范增对项庄说，项王的心肠太软了，你进去给刘邦敬酒，然后舞剑助兴，借机把刘邦杀了，否则将来我们都要被他收拾！项庄遵命，进去敬完酒，“舞剑助兴”。项伯一看苗头不对，“亦拔剑起舞，常以身翼蔽沛公，庄不得击”。

你看看，项伯、项羽、项庄，叔侄三人三条心，根本想不到一起，项家怎能夺取天下？

张良在一旁也急了，到门口去找刘邦带来的卫将樊哙。樊哙急问，里面情况如何？张良说：“项庄舞剑，意在沛公！”樊哙“带剑拥盾入军门”，项羽的卫士想阻止他入内，被他用盾牌一推击倒在地。樊哙闯入军帐，“披帷西向立，瞋目视项王，头发上指，目眦尽裂”，司马迁的形容词也是够丰富的。

项羽盘腿坐在席上，见这么一位鲁莽人物闯了进来，双膝一并，“按剑而跽”。这是项羽的一个本能反应，他挺直身子，准备起立拔剑自卫，问刘邦：“这位客人是谁？”张良答道，他是沛公的参乘樊哙。参乘就是负责驾驭马车的。项羽对樊哙的举动小小吃了一惊，同时又对他有些赏识，便说：“壮士，赐酒！”侍者捧给樊哙一斗酒，“哙拜谢，起，立而饮之”。项羽又吩咐：“赐之彘肩。”彘，古时对猪的称呼，彘肩就是猪的一条前腿。项羽的侍者对樊哙的无礼举动很不满，端给他的是一条生猪腿。樊哙哪里管它生的熟的，将盾牌往地上一扣，拔剑在盾牌上割而食之，吃生肉。

项羽又问樊哙，壮士还能喝酒吗？樊哙的话里立刻崩出了火星：“死都不怕，还怕喝酒！”樊哙借着酒劲，当面痛批项羽道，秦王有虎狼之心，所以天下人都起来反他。楚怀王与诸将有约在先，先入关中者王之。如今沛公先入关中，秋毫无犯，封存府库，还军霸上，以待项王来。沛公派兵去守函谷关，只是为了防盗贼。沛公如此劳苦功高，不但没有得到你封赏，你反而听了小人的挑拨，要想谋害沛公，你忘了秦王朝为什么会灭亡吗？樊哙对项羽的这一通狠批痛揭，竟使项羽一时语塞，只对樊哙说了一个字：“坐。”樊哙在张良身边坐下。

刘邦乘项羽一时回不过神来，躬着腰溜出去上厕所，走到门口又转身向樊哙招手，要他出去。

项羽见刘邦迟迟不进来，让陈平去请，张良也跟了出去。刘邦见了他们二人说，我刚才出来没有向项王告别一下，这不太礼貌，怎么办？樊哙说：“大行不顾细谨，大礼不辞小让。今天人家是刀俎，咱们是鱼肉，还辞什么行，快走，剩下的事都交给张良去应付。”张良问刘邦：“来的时候可曾带些礼物？”刘邦说：“有的。我给项王带了一对白璧，给范增带了一对玉斗，怕范增动怒，不敢献，都交给你去处理吧。”张良说：“好的。”刘邦又对张良说：“我们走小道，翻过骊山二十来里就到自己营中，你在帐外稍等片刻，等我们走远了你再进去。”

刘邦单身独骑，一路狂奔。樊哙、夏侯婴、靳彊、纪信四人持剑执盾，与一百来名步兵在后步行跟进，负责断后。

张良估计刘邦已奔出较远，才回到项羽军帐，对项羽说：“真是对不起，沛公不胜酒力，醉得不成样子，无法向大王道别，他先走了，要我代他向大王道谢。”张良将一对白璧献给项羽，项羽接过白璧放在坐榻上。张良又将一对玉斗献给范增，范增接过玉斗放在地上，拔剑将它击得粉碎。他对项羽今天痛失击杀刘邦的天赐良机懊丧得无法形容，大怒曰：“竖子不足与谋，夺天下者，必沛公也！”。在范增眼里，项羽徒有匹夫之勇，全无天子之勇，一点血性都没得，酒糟都不如，豆腐一块！

刘邦回到营中，立即把曹无伤杀了。

历史上，有许多重要的历史瞬间，转眼之间就有可能改写历史。鸿门宴就是这样一个历史瞬间，项羽只消使个眼色，历史就可能改写。但项羽却错失了这步千载难逢的“杀”棋，留下千古遗恨。项羽这个人，在战场上杀人如麻，眼睛都不眨一下。但到了鸿门宴这样的节骨眼上，他却起不了杀心。在这一点上，韩信非常瞧不起项羽，他曾对刘邦说，项羽徒有“妇人之仁”，毫无王者气概，他成不了大事，最终一定可以打败他。

项羽一连走错四步棋

项羽在鸿门宴上错失了机会，但鸿门宴之后，他的称霸之心却变得急不可耐。项羽在战场上玩“武”的一套天下无敌，但他玩“文”的一套往往一出手就是错着。鸿门宴之后，项羽一连走了四步错棋。

第一步错棋：引兵西屠咸阳。

本来，咸阳的事情已由刘邦处理完毕，而且处理得比较稳妥。刘邦赦免了主动投降的秦王子婴，封存了秦王室府库，清查了咸阳户籍，与关中父老约法三章，然后回军霸上，咸阳的人心已经基本稳定。可是鸿门宴之后，楚汉元年十二月，项羽率领楚军开进咸阳，杀掉早已向刘邦投降的秦王子婴，放纵军队抢掠，放火烧毁秦宫秦陵，大火三月不灭。这与刘邦的做法形成了鲜明对照，关中父老对项羽大失所望，心向刘邦。

第二步错棋：废黜楚怀王。

项羽西屠咸阳后，回兵戏下，派人去向楚怀王报告，本来想以此向楚怀王讨回一个公道：巨鹿决战是我项羽打胜的，秦军主力是我项羽消灭的，子婴也是我项羽杀掉的，灭秦的最大功臣是我项羽，“王关中者”应当是我项羽，不应该是刘邦。不料，楚怀王当头给他泼了一瓢冷水，回答得非常干脆：“如约！”也就是说，“先入关中者王关中”这一条不能变。

有一个背景，项羽不知道。当初楚怀王在部署灭秦之战的时候，面临两大任务：一要歼灭河北战场上章邯指挥的秦军主力，二要打进关中去攻占秦都咸阳。楚国有一批当年的老将，都提醒楚怀王，派谁去占领关中这件事要慎重。秦国百姓在秦始皇的暴政下生活太久了，应该派一位有仁义之心的将领去占领关中。他们对项羽和刘邦两人作了一番比较，认为“项羽为人剽悍猾贼”，他攻下襄阳后把投降的秦军士卒和老百姓“皆坑之”，“所过无不残灭”，派项羽去关中安定不了秦人之心；“独沛公素宽大长者，可遣”。因此，楚怀王命令项羽和范增跟随宋义去河北“救赵”，同章邯指挥的秦军主力进行巨鹿决战；而让刘邦从河南西进，收集陈胜、项梁失败后的散兵，相机进入关中。楚怀王这样安排，明显是要为刘邦抢先入关创造条件，希望刘邦尽快能拿下关中，并把关中的人心稳住。

项羽不了解这一背景，对楚怀王坚持“如约”极为不满。项羽对周围的人说，他楚怀王也是我们项家把他扶立起来的，他一点战功都没有，凭什么要当天下之主？于是，项羽“尊怀王为义帝，实不用其命”，把楚怀王架空了。项羽自封为西楚霸王，定都彭城，取而代之，号令天下。项羽这样做，忽略了一个极大的政治性问题。当年陈胜、吴广起义是打的是“大楚”“张楚”的旗号。项羽跟着叔父项梁起兵反秦时，同样打的是“大楚”旗号。当时项梁为了增强对各路义军的凝聚力、号召力，扶立了楚怀王，使各路义军都集合在了楚怀王这面旗帜下。现在，他废黜楚怀王，等于自毁旗帜。项羽的队伍都是楚国子弟兵，他废黜楚怀王，队伍马上就人心涣散了。

第三步错棋：乱封诸侯王。

项羽废黜了楚怀王，自立为西楚霸王，并由他分封了十八位诸侯王：汉王刘邦、雍王章邯、塞王司马欣、翟王董翳、西魏王魏豹、河南王申阳、韩王成、殷王司马卬、代王赵歇、常山王张耳、九江王英布、衡山王吴芮、临江王共敖、辽东王韩广、燕王臧荼、齐王田都、胶东王田市、济北王田安。当年秦始皇废分封、置郡县是一个历史大进步，项羽灭秦后又大封诸侯王，这是一次历史大倒退。秦始皇好不容易把战国七雄归为一统，项羽却重新分封了十八位诸侯王，加上义帝（楚怀王）和他自己，全国变成了二十个政治实体，搞得比战国时期还要四分五裂。

由于项羽对许多复杂的政治因素一概作简单化处理，分封中封出了一大堆矛盾，埋下了许多战火重起的导火索。最大的问题在西部。他把刘邦挤出关中、赶往汉中之后，自己理应留下来占据关中，经略天下，这才是与刘邦争夺天下的大气魄、大动作。但他却把关中一分为三，封给了三位秦军降将章邯、司马欣和董翳（简称“三秦”），这是项羽最大的失策。关中老百姓都痛恨这三个人，他们带出去的几十万关中子弟都没有回来，秦王朝灭亡了，他们却重新回到关中来称王称霸，毫无人心基础。刘邦被迫去了汉中，但汉中绝对困不住刘邦争夺天下的雄心，他迟早要杀回关中来，项羽对这一点根本没有看透。

项羽对东部的问题也没有处理好。东部有两位重要人物没有得到项羽的分封，一位是活跃在齐国地面上的田荣，另一位是活跃在梁国地面上的彭越。田荣是原齐国诸侯王族的后裔，在秦末的起义风潮中，田荣、田横兄弟俩跟随堂兄田儋在山东狄邑起兵，杀掉秦廷命官，一度曾与项梁联合抗击秦军。由于巨鹿决战、进军关中时田荣都没有派兵参加，项羽记恨在心，不封田荣，也不能说没有一点理由。但田荣对自己被排除在分封之外极为不满，第一个跳出来反抗项羽，以武力攻打项羽分封在齐国地面上的三位田姓王。另一位彭越，原来是活动在巨野泽一带的土匪头子，秦末陈胜吴广起义之际，乘机收集散兵游勇，发展实力，一度投靠刘邦。刘邦西进入关时，他没有去，留在开封一带打游击，对抗击秦军有过一定贡献。但彭越同样没有得到分封，使他很快与田荣合流，成为东部反对项羽的主要力量。

第四步错棋：定都彭城。

如果项羽把刘邦挤出关中之后，自己留下来占据关中，定都咸阳，那么他前面的种种失当举措也许还有补救的机会。可是，他偏偏在定都问题上犯了一个更加致命的错误。当时有一位读书人韩生，很有见识，一片好心，他建议项羽说："关中阻山河四塞，地肥饶，可都以霸。"这是一个很大的战略眼光。在当时的历史条件下，"得关中者得天下"。关中刚好位于中国之中，土地肥沃，旱涝保收，四周又有山河之险作为屏障，东有函谷关、南有武关、西有大散关、北有萧关，故称关中。可是，项羽不具备这样的战略眼光，看来他也没有重新统一中国的战略胃口。他一心只想衣锦还乡、荣归故里，十足的土老鳖思想。他回答韩生说："富贵不归故乡，如衣绣夜行，谁知之者？"韩生万万没有想到，在战场上叱咤风云的项羽，他的政治见识竟浅薄到如此地步！项羽把关中这样一块战略要地拱手让给三位秦朝降将，无异于在围棋棋盘上丢失了一个生死点位。韩生忍不住在背后对人说："人们都说楚人沐猴而冠，果然。"有人向项羽告发了韩生这句刻薄话，项羽把韩生下油锅"烹"了。从此以后，还有谁肯向项羽献计献策？

项羽这个人，他的言行中有许多十分矛盾的地方。从他废黜楚怀王、大封诸侯王、把刘邦挤出关中等举动来看，他似乎大有取代秦始皇重新统一天下的鸿鹄之志。但从他自封为西楚霸王、定都彭城这两条来看，却又暴露出他胸膛里跳动的压根儿就不是一颗帝王之心。秦以前的楚国，地域广阔，依各地风俗不同，分为南楚、东楚、西楚。项羽自封为西楚霸王，说明他的胸腔内不仅没有装下整个中国，甚至没有装下整个楚国，他的目标仅仅是楚国地盘"三分天下有其一"，其心已足矣。彭城是项羽的家乡，他定都彭城，纯粹是为了实现"衣锦还乡，荣归故里"的狭隘目标，说到底，项羽骨子里还是封建割据那一套。

项羽走出的上述四步错棋，把他在战场上生死搏杀取得的胜利，打出的威名，一点一点全都输得精光。

彭城会战

楚汉元年二月，项羽在戏下分封完诸侯王，四月“兵罢戏下，诸侯各就国”。项羽本人“荣归故里”，回到彭城，一心做他的西楚霸王去了。他原以为从此天下都会听他西楚霸王的了，谁知他回到彭城未出一月，天下就乱了起来。

东部的齐、燕、赵三国先乱。

齐国，项羽分封的新齐王田都前往临淄就国，未得分封的田荣举兵攻打田都；田都兵败，逃往楚国。田荣原来拥立的齐王田市，被项羽降为胶东王，田市只想保个平安，自动前往胶东就国去了。田荣认为田市毫无骨气，追到即墨，把他杀了。田荣回军途中，授予彭越将军大印，两人联合起来攻打济北王田安，把田安也杀了。田荣除掉了项羽所封的齐地三王，自立为齐王，公开与项羽对抗。

燕国，项羽把原来的燕王韩广降为辽东王，韩广不服，举兵抗击项羽新封的燕王臧荼。经过几个月交战，臧荼杀了韩广，把辽东也收为燕地。

赵国，项羽把原来的赵王赵歇降为代王，封张耳为常山王，封陈余为三县侯。陈余对这三项分封都极为不满，派夏说去齐国联络田荣，联合攻打张耳。张耳兵败，逃往关中，投靠了刘邦。陈余迎回赵歇，仍为赵王。赵歇感激陈余，封陈余为代王。陈余留在赵歇身边辅佐他，派夏说代替他去管理代国。

这样，田荣、彭越、陈余在东部结成了反对项羽的联盟。

楚汉元年八月，刘邦乘项羽忙于应付关东齐、燕、赵三国叛乱，采纳韩信“明修栈道，暗度陈仓”之计，以迅雷不及掩耳之势，从汉中杀回关中，平定三秦。主要战斗只进行了个把月，司马欣和董翳就向刘邦投降。只有章邯退入废丘（今陕西咸阳以西）死守，坚持了十个月，汉军引水灌废丘，章邯自杀，汉军收复关中全境。

项羽对东部和西部遥相呼应的反楚势力，反应非常迟钝。他对东部田荣、彭越、陈余的联合反楚迟迟没有采取强有力的反击措施，直到彭越攻打楚军，项羽才派出了一位毫无战功军威的萧公角去同彭越作战，结果被彭越打败。西部，刘邦迅速出汉中、回关中、平定三秦，章邯在废丘苦苦支撑了十个月，项羽既没有派兵阻击刘邦进入关中，也没有派兵去关中救援章邯。直到刘邦的军队东出武关，进入南阳地区，与王陵的军队会合后继续东进，项羽才发兵至阳夏（今河南太康）拒汉军。

这时，项羽两面受敌：东部田荣、彭越和陈余联合反楚；西部刘邦正在迅速东下。哪一边是他的主要战略对手？项羽在战略判断上又发生了一个重大错误：他竟置刘邦领兵东进于不顾，亲率楚军主力去讨伐齐国的田荣。

楚汉二年十月，项羽鉴于形势吃紧，对义帝（楚怀王）说“古之帝者广地千里，必居上游”，逼义帝（楚怀王）迁往长沙郴县（今湖南郴州市），密令九江王英布、临江王共敖击杀义帝（楚怀王）于江上。

楚汉二年一月，项羽引兵伐齐，攻田荣。至城阳（今山东鄄城东南），击败田荣，田荣向北逃至平原（今山东平原）。由于田荣一连杀掉了好几位齐王，齐国百姓视田荣为一害，将他捉住杀掉。项羽恢复田假为齐王，本来齐国后面的问题可以让田假自己去收拾，但项羽又犯了一个错误，继续向齐国北部进军，把战争矛头对准齐国百姓，“烧夷齐城郭屋室”，所过之处，“多所残灭”。项羽的行为激起了齐国百姓愤怒，田荣之弟田横收集田荣几千残兵，百姓响应，群起反抗项羽。

田横打败了田假，田假再次逃往楚国，项羽怒其不争，将田假杀了。田横立田荣之子田广为齐王，展开了对项羽的长期抵抗。项羽深陷齐国战事，难以脱身。

楚汉二年三月，已经东出武关、抵达中原的刘邦，乘项羽在齐国难以脱身的机会，征服了项羽封在中原的五位诸侯王（河南王申阳、韩王郑昌、西魏王魏豹、殷王司马卬、常山王张耳），控制了中原这片广阔的战略枢纽之地。并于当月采纳洛阳董公的建议，为义帝（楚怀王）举行公祭，刘邦"袒而大哭"，临江祭奠三日，"三军之众为之素服"，并派出使者遍告各国诸侯，号召诸侯各国共同发兵讨伐项羽，为义帝（楚怀王）复仇。刘邦这一手，极具煽动性、号召力，使项羽陷入了极大被动。

楚汉二年四月，刘邦率五十六万大军，兵分三路，三箭齐发，进攻彭城。北路，由曹参、樊哙率领，下梁，入齐，从左翼进攻彭城；中路，刘邦亲率主力，从洛阳东下，正面突击彭城；南路，由张良、周勃率领，出南阳，从右翼合围彭城。不久，在梁地活动的彭越也率领三万人加入对楚军的战斗，汉军声势更盛。

项羽仍然留在齐国与田横纠缠，只派出部分兵力在阳夏和曲遇（今河南中牟东）阻击汉军，派大将龙且驻守定陶。首都彭城空虚，他竟置之不顾。

刘邦于当月就夺取了彭城。刘邦夺取彭城后，尽情享受项羽留在都城的"美人货赂"，天天"置酒高会"，放松了对项羽反击的警惕。

刘邦攻占彭城的当月，项羽亲率三万精骑，从鲁北南下，回救彭城。途中遇到前来阻击的汉将樊哙，樊哙根本不是项羽对手，被一举击垮。项羽率领楚军追击樊哙一直追到彭城，与汉军大战于彭城城下。从早晨打到中午，仅用半天时间，就将汉军压缩在彭城东郊谷水与泗水汇合处，汉军被歼和落水溺毙者十余万。汉军急往彭城西南山区败逃，楚军紧追，又将汉军压缩至灵璧以东的睢水边。楚军再次发起猛攻，汉军争渡睢水而逃，被歼十余万，“睢水为之不流”。

刘邦被围，眼看将被项羽俘获，西北方向突然刮来一阵沙尘暴，遮天蔽日，刘邦乘机率十余骑突围而出，刘邦父亲、妻子吕氏被项羽俘虏。刘邦的大舅子周吕侯（吕后之兄）指挥所属部队阻击楚军，延缓了楚军的行动，掩护刘邦狂奔西逃至下邑，又逃往荥阳。败逃中，刘邦的儿子（即后来的汉惠帝刘盈）和女儿在途中与刘邦相遇，爬上了他的车子。刘邦为了自己逃命，竟把两个孩子几次推下车去，多亏夏侯婴将这两个孩子保护了下来。

彭城会战，项羽神速反击，大胜显威，慑服了诸侯，形势为之一变。殷王司马卬战死，塞王司马欣、翟王董翳重新投降了项羽。陈余发现张耳未死，觉得受了刘邦的欺骗，也投楚背汉。西魏王魏豹“绝河反汉”，与楚和好。田横也与楚军停战结盟。彭越也放弃了在梁地攻占的十多座城邑，北撤至河上（今河南滑县北）。经过彭城会战，项羽基本上收复了西楚的全部失地。

项羽以三万精骑长途奔袭，一举打败刘邦几十万大军，创造了古代战争史上以少胜多的奇迹。只可惜，项羽战术上是巨人，战略上永远是侏儒。

荥阳、成皋争夺战

刘邦兵败彭城，狼狈西逃。他逃到下邑（今安徽砀山），跳下马背，一只脚还没有从马镫中拔出来，急忙回头“踞鞍而问”张良：“哪些人能帮助我共同打败项羽？”张良点了三个人：英布、彭越、韩信。张良说，英布和彭越“可急使”；韩信可独当一面，干成大事。你只要肯重赏这三人，“楚可破也”。刘邦说，好。他派人前去策反英布，去鼓动彭越加紧袭扰项羽后方粮道，交给陈平大量黄金去分化项羽领导集团。

刘邦逃到中原荥阳和成皋一线，停了下来，不逃了。中原是战略枢纽之地，荥阳、成皋这两个战略要点，历来兵家必争。荥阳在东，成皋在西，两地相距不远，互为呼应。成皋即春秋时的虎牢关、今汜水镇。刘邦在荥阳、成皋一带与项羽对峙、周旋，你来我往，反复争夺，度过了他一生中最为艰难的时刻。

荥阳、成皋争夺战长达两年多，大致经历了三个回合，胜负几易其手。

第一回合，项羽急攻荥阳、成皋，刘邦用离间计化解了项羽的攻势。

楚汉三年春，项羽对汉军发动猛攻，荥阳以东的汉军据点全部被他扫平，接着派兵袭击荥阳与敖仓之间的粮道，切断了汉军的粮食供应。四月，项羽包围了荥阳，刘邦眼看难以顶住，主动向项羽请和，愿以荥阳为界，荥阳以东的地盘都让给项羽。刘邦的意图十分明显，只要能保住荥阳这个战略要点，在中原就有立足之点，就不怕找不到转机。项羽准备接受刘邦的求和条件，范增一眼识破刘邦的缓兵之计，竭力反对议和。他对项羽说，彻底击败刘邦的机会又一次出现在你眼前，“今释弗取，后必悔之”。于是，项羽对荥阳继续加强进攻。刘邦分析，项羽不肯议和停战，肯定是范增的主意。他命令陈平花重金买通项羽左右，散布流言说范增、钟离眛由于一直没有得到项羽的封地，两人已另有所图，准备投降刘邦，里应外合打败楚军，刘邦准备给他俩“裂地封王”。项羽起了疑心，派使者到刘邦军中去摸底。陈平设下一计，请刘邦亲自出面接待。先端上一桌好菜，项羽的使者一到，故意说：“噢，搞错了，我们以为是亚父（项羽尊称范增为亚父）派来的使者，原来是项王派来的使者，换菜！”把一桌好菜撤走，换上一桌便菜。使者回去向项羽如此这般报告了换菜情节，项羽越发疑心，从此再也不听范增的任何建议。范增伤心至极，对项羽说：“天下事大定矣，君王自为之，请赐骸骨归卒伍。”范增拂袖而去，负气回彭城，气死在半路上。项羽逼走了范增，急攻荥阳，刘邦危急。五月，陈平等使出诈降之计，让纪信装扮成刘邦，夜间打开荥阳东门，声称荥阳城内“食尽，汉王降楚”。项羽信以为真，准备接受刘邦投降。陈平派两千名女子组成大队，走在纪信乘坐的“王车”前面，正在攻城的楚兵都停止了攻城，拥向前去观看那两千名女子组成的大队。就在这时，刘邦率数十骑从荥阳西门逃之夭夭。“王车”一到跟前，项羽一看车上坐的是纪信，知道上了大当，下令将纪信烧死，再攻荥阳。可是荥阳的城门已经紧闭，急攻不下。荥阳以西就是成皋，项羽估计刘邦极可能逃往成皋。他留下主力继续攻打荥阳，分出部分兵力迂回到西边急攻成皋，刘邦刚刚离开。楚军虽然攻下了成皋，刘邦却已逃往关中。这时荥阳仍未攻下，项羽的主力被牵制，无法西追刘邦。

刘邦逃到关中，准备迅速调集关中的后备兵力前去夺回成皋。谋士辕生向他建议说，汉楚双方已在荥阳、成皋一线长期对峙、反复争夺，这样下去不是办法。他建议刘邦改变一下思路，率军南下，出武关，到南阳一带活动。项羽必会率军南下来攻，这时可坚壁深垒，不同项羽交战，把他的兵力拖住，以缓解荥阳、成皋前线的压力。同时，让韩信在北线加强对魏、赵、燕、齐等国的进攻；让彭越加紧楚军后方的袭扰；让英布在南方向楚军发起进攻。刘邦依计行事，果然调动项羽来回奔突，疲于奔命。先是彭越攻占下邳，楚将薛公战死。项羽千里回师东下，反击彭越。刘邦乘机北上，夺回了成皋，解了荥阳之围。

第二回合，项羽攻克荥阳、成皋，占领敖仓；刘邦大败，逃往巩县，然后在极端困难的条件下组织反击。

楚汉三年六月，项羽刚刚东下击退了彭越，忽闻刘邦乘机夺回了成皋，立马回师，对汉军进行第二次大规模进攻，一举攻下荥阳、成皋，刘邦败逃到巩县。但刘邦韧性十足，败而不馁。他从巩县北渡黄河，到韩信营中去搬兵。当时韩信已一连扫平了魏、代、赵、燕四国，正和张耳一起，率领大军在黄河北岸的修武休整。刘邦是个诡计多端的人，他深知自己的军事指挥才能与韩信无法相比，韩信在北方战场连战皆捷，自己在中原战场一败再败，焦头烂额。他担心韩信手握重兵会起变心，为了以防万一，他和夏侯婴假装成汉军使者，乘黎明前韩信军营尚未起床，两人骑马驰入韩信军帐，先把兵符抢夺到手，然后再坐下来同韩信和张耳两人说话。刘邦见韩信与张耳混在一起，更增添了一分担心，一人成事，两人成祸，必须把他们分开。他命张耳回赵国去留守，宣布拜韩信为汉相，提拔了韩信。然后对韩信说，你把这支军队留下，我荥阳前线急用。你到赵国再去征发新兵，另组一支新军去攻打齐国，从左翼策应荥阳正面战场。韩信二话没说，遵命。刘邦将韩信的大军抓到手后，先派出一部分兵力去加强巩县的防御，以阻止楚军继续西进威胁关中。然后派遣卢绾、刘贾率领二万步兵，灌婴率领一支精锐骑兵，从白马津南渡黄河，去配合在梁国地面活动的彭越，加强对楚军后方的袭扰，“烧楚积聚”，使荥阳前线的楚军得不到粮食。彭越得到刘邦派来的汉军增援，一连攻占了梁国地面的睢阳、外黄等十七座城邑，搞得项羽后方风声鹤唳，鸡犬不宁。

楚汉三年九月，项羽深感后方问题严重，被迫第二次挥师东下，前去平定彭越的游击势力，留下大司马曹咎和司马欣守卫成皋。项羽临走时再三告诫曹咎“谨守成皋”，即使刘邦来挑战，“慎勿与战”。并说，我十五天内肯定击败彭越，马上回来。

刘邦的谋士郦食其向刘邦献计说，项羽这次夺取了敖仓，却不明白占据敖仓的极端重要性，自己又挥师东下去攻打彭越，只留下一些弱兵在成皋留守，这是舍本逐末之举，“天赐汉也”。他建议刘邦“急复进兵，收取荥阳，据敖仓之粟，塞成皋之险，杜太行之道，距飞狐之口，守白马之津，以示诸侯形制之势，则天下知所归矣”。

楚汉四年十月，刘邦采纳郦食其建议，从修武南渡黄河，向成皋发起进攻。曹咎起初还牢记项羽的告诫，坚守不出。但经不住汉军的一再辱骂挑战，一怒之下，轻率出击。汉军佯败，渡汜水而退。曹咎和司马欣中计，率楚军渡汜水追击。渡到一半，汉军突然反击，楚军大败，成皋失陷。曹咎和司马欣违令出击，丢失成皋，自知罪责难逃，两人均自杀于汜水之上。刘邦夺回成皋，占据敖仓，并在荥阳以东包围了楚将钟离昧的部队。

第三回合，项羽回救成皋，久攻不下，被迫与刘邦议和，以鸿沟为界，楚汉平分天下。

项羽东下，按预定计划，仅用十几天时间就将彭越击败。彭越北逃，项羽收复了梁国地面十余座城池。可是，当项羽进军至睢阳时，得到了两条极坏的消息：一是成皋与敖仓失守，曹咎和司马欣均自杀于汜水之上；二是韩信已经攻下齐国，正在南来，对楚军后方构成了严重威胁。项羽深感局势严重，但他却做出了分兵出击的错误决策。他派大将龙且率二十万楚军开赴齐国去阻击韩信南进；亲率楚军主力重返荥阳前线，在正面战场对汉军发起第三次大规模进攻。

刘邦驻守广武（荥阳东北），坚守敖仓，使楚军得不到军粮。项羽率楚军进抵广武，刘邦坚守不出。项羽无法从敖仓得到军粮，大急，把彭城会战时俘获在手的刘邦父亲押到阵前，威胁刘邦说，你今天再不出来交战，“吾烹太公”。刘邦回答说，起义之初，我与你结为兄弟，我的父亲也是你的父亲，你果真要烹我老父，“则幸分我一杯羹”。项羽每到这种时候，都嘴硬心软，他对刘邦父亲下不了杀手。

这时，项羽对刘邦说了一句动心的话：“天下匈匈数岁，徒以吾两人耳，愿与汉王挑战决雌雄，毋徒苦天下之民父子。”刘邦却回答说，我只想同你斗智，不想同你斗力。项羽大怒，命令弓箭手射刘邦，刘邦胸部中了一箭，他却一弯腰掩饰道：“啊，这畜生射中了我的手指。”项羽挑战未成，退入营中。刘邦这一箭也伤得不轻，为了防止汉军产生恐慌，张良逼着刘邦忍住剧痛去视察部队，“强请汉王起劳军，以安士卒”，先把军心稳住，然后急送刘邦进入成皋城中疗伤。

双方对峙数月，成胶着状态。不久，项羽又得到一个极坏的消息，龙且率领的二十万楚军被韩信全歼，韩信的军队正在继续南下，进攻矛头直指楚都彭城。项羽深感危机逼近。

这时，刘邦的箭伤基本痊愈，他迅速采取了三条措施：第一，自己回关中去了一趟，只停留了四天，从关中调出一批新锐，重返广武前线，增强了与项羽对峙的实力；第二，命令彭越在项羽后方加强袭扰攻势，“往来苦楚兵，绝其粮食”；第三，封英布为淮南王，命他开辟南方战场，向楚军发动进攻。这样，项羽四面受敌，陷入了极端困难的境地。

双方在广武相持到楚汉四年九月，楚军兵断粮、马缺草，实在支撑不下去了，无奈之下，项羽主动将彭城会战时俘获的刘邦父亲、妻子送回刘邦军营，与刘邦议和，以鸿沟为界，平分天下，西为汉，东为楚。

议和毕，项羽于当月引兵东归。由于梁地都被彭越占领，他无法从荥阳直接东归，只能向东南绕道阳夏、固陵（今河南淮阳北），返回楚都彭城。他骑在马上，郁郁而行。抬头望天，发现自己心里的一团团愁云全都涌到了天上，阴霾满天，不见阳光。

垓下会战

天下已经分了，项羽也引兵东归了，战争终于停止了。刘邦准备罢兵西归，返回关中。他的两位谋士张良和陈平却说，不！应该乘项羽郁郁东归的机会，立马对他发起追击，一举将他消灭，“天赐汉王，机不可失”！一句话提醒了刘邦，对啊，追杀项羽他狗日的！

项羽前脚东归，刘邦后脚就追了上来。楚汉五年十月，刘邦追击项羽至固陵（今河南太康南）。这时离项羽东归只相隔一个月。项羽大怒，竖子也太不讲信义了，回身反击，刘邦大败。

这时，韩信、彭越、英布还没有前来与刘邦会师，刘邦孤军冒进，哪里是项羽的对手。刘邦在固陵地区转入防御，再次问计于张良，怎样才能使韩信、彭越尽快前来会师，共同打败项羽？张良说，你原来向他们许过愿，打败楚军后要封给他们土地。现在项羽已经兵败东归，韩信和彭越却尚未得到封地，他们都在等待观望。如果你现在就把淮阳以东直到海边的土地都封给韩信，把梁国的土地封给彭越，他们马上就会领兵前来攻打项羽，天下唾手可得矣。刘邦依计行事，将上述地盘分封给了韩信、彭越，将淮南封给了英布。上述三人得到了封地，果然立即领兵前来与刘邦会师，战场形势急转直下。

向项羽发起猛烈进攻的主力是韩信。韩信命曹参留守齐国，他自己亲率大军一路南下，以灌婴的骑兵为前锋，逢城必克。由于项羽的主力都在荥阳前线，后方空虚，韩信的军队进展异常神速，连克薛、沛、留（均在今江苏境内），只个把月时间，就攻克了楚都彭城。这对项羽是最为致命的一击，从此他已难有回天之力。接着，韩信又马不停蹄向西发动进攻，从今安徽境内攻至今河南境内，很快就与刘邦会师于颐乡（今河南鹿邑东）。南方的英布和刘贾也于十一月渡过淮水，围攻寿春，诱降了楚大司马周殷，然后向北发展进攻，攻克了城父，然后向西与刘邦会师。彭越从梁地南下，也在这时与刘邦会师。刘邦的四路大军全部会合，对项羽形成强大压力。

项羽于楚汉五年十二月从固陵向东撤退至垓下（今安徽灵璧东南），汉军追击而至。这时楚军后方已被韩信全部占领，项羽再无退路，只能孤注一掷，在垓下与汉军决一死战。

这时的兵力对比，汉军的各路人马共约五六十万人（其中韩信的部队就达三十万人），楚军只剩不足十万人。韩信充当合围项羽的汉军总指挥，“淮阴侯将三十万自当之，孔将军居左，费将军居右，皇帝（刘邦）在后，绛侯、柴将军在皇帝后”（《史记·高祖本纪》）。韩信下令对项羽发起攻击，项羽绝地反击，凶猛剧烈，韩信失利，后撤，项羽挥军追击。

正当项羽奋力追击韩信时，孔将军、费将军从左右两翼合击项羽，韩信回身反击。三军合围，将项羽击垮。

项羽率残军退入营垒，被汉军四面围困。入夜，项羽闻“四面楚歌”，这是刘邦向项羽发动的心理战，刘邦用这把软刀子将项羽和楚军将士从心理上彻底摧垮了。

项羽感到大势已去，突围而逃。

这时的项羽狼狈之极，“项王乃上马骑”，这个“骑”字，《项羽本纪》有注：“单乘曰骑”，说明项羽是只身突围，已经顾不得指挥部下了。从军事层面说，项羽只顾自己逃命，不去指挥自己的残存部属同敌军作最后的拼死搏杀，这并不是军事领袖的光彩举动；但从情感层面说，却是很悲壮的一幕，他并不指望别人为掩护他逃命而死，他谁也不想“连累”，就靠自己去杀开一条血路，逃得出逃不出，全靠“天命”

了。不过，追随项羽的勇士还是有的，“麾下壮士骑从者八百余人，直夜溃围南出，驰走”。

天亮后，汉军发现项羽已突围，刘邦派灌婴率五千精骑追击。项羽自垓下向东南方向溃逃，渡过淮水，逃至阴陵（今安徽定远西北），身边仅剩百余人。

这时迷路，问一农夫：“前方哪里有路？”农夫答：“左。”项羽等一干人马急向左，上当，陷进沼泽，被汉军追上。

项羽返身向东，再次突围而出，逃至东城（今安徽定远东南），身边只剩二十八骑。又有数千汉军追来，“项王自度不得脱”，但他决不屈服，决不投降。

这时，项羽对身边这些至死追随他的将士们讲了一段话。他说：“吾起兵至今八岁矣，身七十余战，所当者破，所击者服，未尝败北，遂霸有天下。然今卒困于此，此天亡我也，非战之罪也。今日固决死，愿为诸君快战，必三胜之，为诸君溃围，斩将，刈旗，令诸君知天亡我，非战之罪也！”

从这段话中，可以窥见一点项羽当时的心态。言语中，他既有身先士卒浴血拼杀视死如归的英雄豪气，也有瞻前顾后为自己解脱兵败之责的沽名钓誉。他反复说的一句话就是“天亡我也，非战之罪也”，他希望天下人都知道，他项羽不是不能打胜仗的人，他之所以失败，责任不在他自己，是“天命”使然，老天爷再不肯帮他的忙了。其实人到了这种地步，什么辩解、辩白都已无用。更何况，任何人一旦站到历史面前，都是不容为自己的悲剧结局辩白的。项羽与刘邦，各有何长、各有何短，历史全明白。

项羽将二十八骑分成四队，从四个方向对汉军发起突击，然后聚为三处，展开最后的决死战斗。他率领二十八骑反复冲击三次，“斩汉一将”，“复斩汉一都尉，杀数十百人”，自己一方仅亡两骑。

最后，项羽率仅剩的二十六骑突围南走，来到长江边上的乌江渡口（乌江不是江，是地名，在今安徽和县东北长江西岸），乌江亭长已将渡船停歇在江边等候项羽，项羽一到，亭长劝他急渡。他对项羽说："江东虽小，地方千里，众数十万人，亦足王也。"

乌江亭长不说这句话还好，一说这句话，顿时勾起项羽的另一种心情，他忽然决定不过江了。他回答乌江亭长说："天之亡我，我何渡为！且籍与江东子弟八千人渡江而西，今无一人还，纵江东父兄怜而王我，我何面目见之？纵彼不言，籍独不愧于心乎？"充满愧意，充满自责，一位悲剧英雄的情长气短，动天地，泣鬼神。

这时的项羽，已不图什么东山再起，只图为自己的人格战斗到底。项羽这位悲剧英雄的这种性格，获得了后世许多人的同情。一般地说，老百姓都喜欢耿直不阿、性率情真之人，都讨厌玩弄权术、奸诈刁钻的人。项羽不像勾践，勾践为了求生和复仇，可以屈身为奴，甚至去吃夫差的粪便。项羽也不像刘邦，刘邦一次又一次以"一时之权变"摆脱困境、绝境，最终"以诈力成功"（《汉书·韩彭英卢吴传》），夺取了天下。项羽认输、认命，决不贪生怕死。但项羽这种情长气短的性格，从根本上说不是搞政治、打天下的性格，他最终只能成为一位摆脱不了"人情味"悲剧英雄。

项羽把自己的爱骑送给了乌江亭长，以谢他的一片好意。他命令追随他到最后一刻的部属们一律下马步行，持短兵器接敌。"独籍所杀汉军数百人"（司马迁这句话有些夸张），"项王亦身被十余创"。这时，围攻他的人都上来了，项羽"乃自刎而死"。

刘邦悬赏斩得项羽头颅者得千金、邑万户，项羽被汉军中的吕马童、王翳、杨喜、杨武、吕胜五人抢夺分尸，五人皆得封侯。

项羽死后，他的脑袋还被刘邦派了一次用场。《项羽本纪》中说，项羽死后，西楚地面很快都向汉军投降了，由于起兵之初楚怀王曾封项羽为鲁公，鲁国百姓忠于项羽，唯独鲁国百姓不肯向刘邦的军队投降。刘邦本想“引天下兵屠之”，有感于鲁国人“守礼义，为主死节”，于是“乃持项王头视鲁，鲁父兄乃降”，刘邦用项羽的人头去招降了鲁国。

为了争取鲁国人心，刘邦“以礼葬项王”于鲁国的穀城。刘邦安葬这位曾经结为兄弟的死敌时，居然也哭了，“汉王为发哀，泣之而去”。哭归哭，刘邦将项羽的碎尸安葬完毕，于楚汉五年二月“即皇帝位于汜水之阳”（《资治通鉴·汉纪三》），天下毕竟已经到手了。

我曾在一首诗中这样形容刘、项相争的结局：

韩信东渡黄河
将项羽一步步逼到乌江
楚霸王拥别虞姬
仰天浩叹
只见他身子一晃
手中那把利剑当啷落地
刘邦一笑
他赢了

2009 年 4 月

汉武帝征讨匈奴的战争

导语

汉武帝刘彻，雄才大略。他一生与匈奴的交战，是西汉最重要的战事。

在中国历史领域，以往一直有一个旧观念，或者说，中国存在着一个两千多年的历史现象。诚如明代宋濂所说："自古帝王临御天下，皆中国居内以制'夷狄'，'夷狄'居外以奉中国。"今天看来，这一旧观念反映的是大汉族主义历史观，是值得反思的。但是，它却是中国古代两千多年间无法回避的历史现象。秦汉时，北方主要有匈奴、突厥、东胡三大族系（林幹《中国古代北方民族通论》）。它们顽强不息地以扰边南侵的方式，要参与到与中原汉族共同缔造中国历史的进程中来。怎样才能参与进来，并最终融为一体？一个字：打！好比两块铁，互相击打，火花四溅，但老这么碰下去总不是办法。把两块铁放到同一只打铁炉内烧红，再叠放到一起锻打，把铁碴打掉，纯铁留下，于是你中有我、我中有你，融为一体了，牢固了。

秦汉时，这种"参与愿望"表现得最为强烈的是匈奴。由于中原本身长期处于战乱动荡之中，因此，秦始皇统一中国之后，修了一道万里长城，对北方匈奴采取了“隔离”政策。秦始皇希望“闹中取静”，但秦汉之际的中国北方，由于匈奴不断南侵，一直“静”不下来。刘邦建立西汉之初，为平定韩王信叛乱，在白登山（今山西阳高县南）遭受过匈奴军包围，史称“白登之围”。刘邦鉴于内乱未平，政权尚不巩固，对匈奴采取了退让妥协政策。但这种政策只能缓解一时，不能从根本上解决问题。西汉时期，匈奴南侵达到高潮。

因此，万里长城实际上是为北方游牧民族建立的一座伟大纪念碑，纪念他们顽强不息地要参与到缔造中国历史进程中来的伟大精神。

汉武帝的尚武政策

汉武帝继位时，西汉已开国六十多年，经历了高祖、惠帝、吕后、文帝、景帝五代，完成了由乱到治的过程。文、景两朝，实行“与民休息”“轻徭薄赋”政策，史称文景之治。尤其汉景帝时期，周亚夫平定吴楚七国之乱是一个转折点，表明西汉政权内部的不稳定因素得到彻底解决，国运进入和平发展轨道。文景之治，使西汉政权出现了“京师之钱累巨万”，“太仓之粟露于外”的富裕景象，老百姓日子好过多了，国力也有极大提升。这时，西汉朝廷对北方匈奴不断入侵扰边越来越不能容忍，雄才大略的汉武帝下决心要解决这个问题。

汉武帝于建元元年（前 140 年）登基，当时他十六岁。他登上皇位后考虑的第一件大事，就是“欲事灭胡”。他登基第一年，就派博士公孙弘出使匈奴刺探情况。第二年，又派张骞出使西域，准备联合大月氏夹击匈奴，“以断匈奴右臂”。但是，当时朝政还受到汉武帝老祖母窦太后的制约，朝中老臣也都安于现状，主张继续对匈奴奉行“和亲加送礼”的政策（陈序经著《匈奴史稿》)。汉武帝知道不能操之过急，头几年继续沿用这种政策。

但汉武帝胸中自有打算，他着手进行抗击匈奴的各项准备。他把长期在边境与匈奴作战的两位名将李广、程不识调入京内，分别担任未央宫和长乐宫卫尉，一方面通过他们了解匈奴情况，一方面向他们灌输抗击匈奴的意图，也亲自考察他们的军事才能。元光四年（前 134 年），汉武帝提拔李广为骁骑将军，派往云中（今内蒙古托克托县东北），将程不识提升为车骑将军，派往雁门（今山西右玉县南），驻防抗击匈奴第一线。

随后，就发生了马邑伏击战和边市袭击战，这两次汉匈交战，是汉武帝小试牛刀。

马邑伏击战发生在元光二年（前 133 年），汉武帝二十三岁。雁门关外有座重要边城马邑（今山西朔州市东北三十里马邑村）。马邑城里有位土豪聂壹，通过王恢向汉武帝献计道，他可以利用与匈奴边市贸易的机会，用假投降的方法吸引匈奴单于领兵前来，我们提前设伏，一定可以击败匈奴。汉武帝打击匈奴的心情已经压抑了很久，这一次，他借聂壹所献之计为由头，召集群臣讨论，先说出了自己的意图：“朕饰子女以配单于，币帛文锦，赂之甚厚”，但单于仍“侵盗无已”，边境百姓不得安宁，“今欲举兵攻之，何如”？大臣中分两派，王恢竭力支持，韩安国竭力反对。汉武帝下决心要打，采纳王恢意见，利用聂壹吸引匈奴，决定打一次马邑伏击战。汉武帝不知是出于什么考虑，让一位反战派头面人物韩安国担任马邑伏击战的统帅，明显失策。部署既毕，聂壹“逃”往匈奴，对军臣单于说，我准备杀掉马邑长史，举城投降匈奴，妇女财物尽归匈奴，请单于派兵接应。军臣单于一听有利可夺，允诺之。聂壹回到马邑，从监狱里拉出一个犯人杀掉，把他的人头挂在马邑北门城楼上，对军臣单于的使者说，马邑长史已被杀掉，“可急来”。军臣单于领兵十万前来，行至离马邑百余里，只见牛羊遍野，不见牧人，顿生疑惑，停止前进。这时匈奴抓到一名巡边的雁门尉史，用长矛对准他的心窝，尉史把汉军埋伏的情况全盘供出，军臣单于大惊，庆幸自己没有中计，迅速退兵。军臣单于认为这名雁门尉史救了匈奴，封他为“天王”。马邑伏击战计划全部落空。汉武帝盛怒之下，把王恢逮捕，投进监狱，迫他自杀，以谢天下。马邑伏击战后，军臣单于进行报复性扰边入侵，袭杀边郡官吏，掳掠百姓，汉匈进入全面战争状态。

边市袭击战发生在元光六年（前 129 年），汉武帝二十七岁。由于匈奴各种生活物资对内地的依赖性很大，边市贸易仍在正常进行。当年春天，匈奴又入侵上谷郡掳掠杀人。入秋，汉武帝命令公孙贺、公孙敖、李广、卫青四将各率万骑左右的兵力，乘边市赶集之日，兵分四路同时出击。但这次作战出师不利。公孙贺出云中（郡治在今内蒙古托克托县东北）事前缺乏侦察，判断有误，未遇匈奴，空手而归。公孙敖出代郡（郡治在今河北省蔚县西南），反被匈奴打败，损兵七千。名将李广出雁门，寡不敌众，全军覆没，本人负伤被俘。“飞将军”李广在匈奴名声很大，匈奴俘获李广后如获至宝，用布络将负伤的李广挂在两匹马中间驮着他走。李广斜眼瞄见近旁有位少年骑着一匹好马，他运足力气，翻身跃上少年马背，抱住少年飞奔，一路逃了回来。按西汉军律，吃了败仗的公孙敖和李广当斩，他俩花钱赎为庶人。

这一仗，有位年轻将领卫青却一战成名。卫青出上谷（今河北怀来县东南），对匈奴勇猛直追，一举攻破了匈奴的龙城（今内蒙古正镶白旗附近），歼敌七百，凯旋。龙城是匈奴单于大会属国诸王、祭祀天地祖先的圣地。卫青攻破匈奴龙城，对匈奴震动极大，而对汉武帝则是一次鼓舞。

河套战役

万里黄河，唯富一套。黄河全长五千余公里，最为富庶的是河套地区。河套以南，史书上称“河南地”，水网密布，农牧皆宜，离长安又很近，成为汉匈争夺的核心地带。秦始皇“使将军蒙恬发兵三十万击北胡，略取河南地”，夺回的就是这一地区。

汉武帝大举反击匈奴，最先取得突破性胜利的也是在这一地区，史称“河南之战”。这与现代人概念中的“河南”相去十万八千里，我将它改称“河套战役”，读者看了更明白。

发动河套战役时汉武帝二十八岁。河套战役的主将是卫青，战役持续时间长达两年，分前后两个阶段。

第一阶段，汉武帝元朔元年（前 128 年）秋天，匈奴兵分三路扰边。左路两万余骑攻辽西郡（今辽宁义县西），杀死辽西太守；中路攻入渔阳郡（今北京密云西南）；右路攻入雁门郡（今山西右玉县南）。卫青率三万骑出雁门，李息率兵一部出代郡，将匈奴军击退。

第二阶段，汉武帝元朔二年（前 127 年）春天，匈奴左贤王又大举进攻上谷郡（今河北怀来）、渔阳郡。汉军采取正面牵制、右翼远距离迂回包围战术，取得极大成功。正面由御史大夫韩安国率 700 人迎击匈奴，韩安国负伤，退入营垒坚守不出，匈奴掠千余人及大批牲畜而去，继续向东侵扰。汉武帝命韩安国移师右北平（今辽宁凌源西南）坚守，阻击匈奴东进。汉军主力由卫青、李息二将率领，出云中（今内蒙古托克托东北），直插至高阙要塞（今内蒙古杭锦旗黄河北岸，阴山山脉中段大青山与狼山相连处的石兰计山口），切断了盘踞在河套内的白羊、楼烦二王与匈奴腹地的联系。卫青从这里南渡黄河，返身对河套内的白羊、楼烦二王发起突然袭击。白羊、楼烦二王没有料到汉军会从背后袭来，仓促应战，溃不成军，率少数亲兵逃遁。汉军杀敌数千，俘敌三千，缴获牛羊百万余头，收复河套内全部失地。

河套战役，是西汉开国以来同匈奴作战取得的第一次重大胜利。河套战役获胜后，中大夫主父偃向汉武帝提了一条重要建议，他说，河套地区水丰地肥，蒙恬逐匈奴、筑长城，首先争夺的就是这片战略要地。河套地区被黄河环绕着，全国各地运输来的军需物资都可以通过这里转往边境前线。把河套地区建设好，这是灭胡根本大计。汉武帝采纳他的建议，在河套地区新置五原、朔方二郡。将原来的九原旧城（今内蒙古包头西）改为五原郡治；汉武帝把南方沟通西南夷的工程停下来，动用十多万人在此筑朔方城（今内蒙古乌拉特前旗东南），并从内地招募十余万移民至朔方实边。这样，就把河套地区建设成了与匈奴作战的前进基地，从这里可以向北、东、西三个方向出击。

夺取河套地区，是一个战略态势的重大转换。匈奴占据河套时，在西汉北方防线中央部位打开了一个大缺口，进攻矛头可以直指长安，西汉朝廷心里一直发虚。西汉夺取河套，并把它建设成为进攻匈奴的前进基地后，好比转过身去向匈奴伸出了一根坚挺的长矛，匈奴心里开始发虚。

阴山战役

阴山山脉东段称大青山，西段称狼山。阴山山脉是匈奴单于王庭所在地，是匈奴的心脏地带。阴山山脉对于匈奴的重要性，《汉书·匈奴传下》中记录下了郎中侯应给汉元帝上书中的一段话:“臣闻北边塞至辽东，外有阴山，东西千余里，草木茂盛，多禽兽，本冒顿单于依阻其中，治作弓矢，来出为寇，是其苑囿也。至孝武（汉武帝）世，出师征伐，斥夺此地，攘之于漠北。建塞徼，起亭燧，筑外城，设屯戍，以守之，然后边境得用少安。漠北地平，少草木，多大沙，匈奴来寇，少所蔽隐，从塞以南，径深山谷，往来差难。”因此，“匈奴失阴山之后，过之未尝不哭也”。

阴山战役史称“漠南之战”，我这里把它改称阴山战役，道理同河套战役，让读者一看就明白。匈奴失去河套地区后，匈奴王庭所在地阴山山脉就失去了屏障，汉军的攻击目标直指匈奴心腹。匈奴在焦虑不安之下，对边郡的入侵活动连续不断。汉武帝元朔二年（前 127 年），匈奴乘汉军忙于巩固河套地区，攻占了上谷郡造阳地（今河北省赤城至独石口一带）。元朔三年（前 126 年），汉武帝三十岁。年初，军臣单于死，他的弟弟左谷蠡王伊稚斜与军臣单于太子於丹争立，於丹兵败降汉，西汉封於丹为涉安侯，但於丹一个月就病死了。伊稚斜单于对汉边发动疯狂的报复性入侵，杀死代郡太守，又攻入雁门关杀掠，接着又率九万骑攻入代郡（今河北蔚县西南）、定襄（今内蒙古和林格尔县西北）、上郡（今陕西榆林县东南）。匈奴右贤王则对失去的河套地区反复入侵抢掠。

面对匈奴的频繁进攻，汉武帝决定全力反击，将匈奴单于王庭逐出阴山山脉。

阴山战役第一阶段，打击的主要目标锁定为匈奴右贤王，先损其一翼。元朔五年（前 124 年）春，西路由卫青亲率主力出高阙，苏建为游击将军、李沮为强弩将军、公孙贺为骑将军、李蔡为轻车将军，七八万人“俱出朔方”。东路由李息、张次公二将“俱出右北平”，以牵制匈奴东部兵力，策应西路卫青以主力对匈奴右贤王的围歼。卫青挥师北出高阙，长驱直入六七百里，于夜间抵达右贤王王庭所在地，立即发起突然袭击。匈奴右贤王没有料到汉军能深入塞外这么远，当晚喝醉了酒。遭到突袭后仅带一名爱妾和数百亲兵，在夜幕掩护下仓惶北逃。卫青俘获右贤王以下俾小王十余人、部众一万五千人、牲畜“数十百万”。卫青凯旋时，“至塞，天子使使者持大将军印，即军中拜车骑将军青为大将军，诸将皆以兵属大将军，大将军立号而归”（《史记·卫将军骠骑列传》）。历史上，大将军这一职务是从卫青开始才有的，这是西汉最高军阶，高于太尉。这是一项殊荣，不是常设职务，因人因功而设。卫青回到长安，汉武帝又封卫青六千户。

阴山战役第二阶段，打击目标直指伊稚斜单于本部。匈奴右贤王遭受沉重打击后，同年秋天又出万骑南下侵袭代郡，杀死代郡都尉，掳走边民千余人。为了进一步打击匈奴气焰，元朔六年（前123年）二月，汉武帝决定再次对金匈奴反击。以大将军卫青为统帅，率领公孙敖、公孙贺、赵信、苏建、李广、李沮六将，以十万余骑出定襄，寻找匈奴主力决战。年仅十八岁的小将霍去病（卫少儿之子）第一次跟随舅舅卫青上战场，卫青任命他为校尉。大军出定襄后，途中与匈奴骑兵打了一场猝不及防的遭遇战，汉军击退匈奴，斩首三千余级。由于目标已暴露，塞外早春，气候还十分寒冷，不宜北出更远。卫青决定将汉军后撤至定襄、云中、雁门一线休整待机。四月，气候渐暖，卫青再次出击，向北挺进数百里，遇匈奴伏兵。右将军苏建、前将军赵信率领的三千余骑全军覆没。苏建只身逃回卫青大本营；赵信原来就是匈奴俾小王，归汉后被封为翕侯，战败后带领八百骑重新投降了匈奴。卫青率领主力全力反击，歼敌一万九千余人，将匈奴击溃，反败为胜。初次参战的霍去病神勇无比，他见伊稚斜单于兵败逃窜，率领八百轻骑穷追数百里，歼敌两千余人，“斩单于大父行籍若侯产”（伊稚斜单于的伯祖父），俘获匈奴相国、当户和伊稚斜单于之叔罗姑比等，功居全军之冠。霍去病一战成名，凯旋后，汉武帝封这位青年将领为冠军侯。

阴山战役，有胜有败，有得有失，但实现了逐匈奴出阴山的战略目标，伊稚斜单于将匈奴的大本营从阴山地区迁至漠北。从此，阴山方向的战事明显减少，匈奴频繁侵袭边境的势头得到了初步遏制。

河西战役

夺取河西走廊，沟通西域，联合大月氏共击匈奴，“以断匈奴右臂”，这是汉武帝登基之初就形成的战略构想。由于当时条件尚未成熟，一直未能付诸实施。经过十七年对匈奴的不断进攻，尤其是取得河套战役、阴山战役胜利之后，终于可以把这一战略构想付诸实施了。

河西走廊是中原沟通西域的战略通道，全长一千多公里，南有祁连山，北有合黎山、龙首山。祁连山终年积雪，河西走廊水源丰富，是游牧民族天堂般的天然牧场。合黎山、龙首山以北是浩瀚的巴丹吉林大沙漠。河西走廊原先是月氏人的牧场，汉文帝时，匈奴逐走了河西走廊的月氏人。匈奴占据河西走廊后，就通过祁连山把蒙古高原与青藏高原连通了起来，广阔的西域都成了匈奴的势力范围。

汉军取得阴山战役胜利后，已将匈奴单于王庭逐至漠北。匈奴在漠南地区的残余势力在东西两头：东北方向剩下左贤王；西北河西走廊则有浑邪、休屠二王占据着。东北方向的左贤王构不成主要威胁；河西走廊的浑邪、休屠二王则北连匈奴单于腹地，西控西域各国，南控西羌诸部，沟通西南青藏，对内地构成很大威胁。显然，夺取河西走廊，已成为进一步打击匈奴势力的关键。于是，汉武帝把进攻匈奴的重点转向河西。

发动河西战役时汉武帝三十五岁。

打通河西走廊的大功臣是年轻将领霍去病。汉武帝元狩二年（前121年）是霍去病之年。那一年的春、夏、秋三季，他连续三次出征河西，把盘踞在河西走廊的休屠、浑邪二王扫荡一清。

春季攻势。

那年春天，霍去病奉命“将万骑出陇西”，向河西走廊发动初次进攻。陇西，泛指甘肃陇山以西。陇山是六盘山南段的别称。西汉时，陇西郡治在狄道（今甘肃省临洮县南）。霍去病出陇西，“逾乌盭，讨遬濮，涉狐奴”。这三句话比较费解，颜师古注：“乌盭，山名也。”盭，绿色的意思。“逾乌盭”，指翻越乌鞘岭（祁连山东段支脉）。“讨遬濮”，遬濮是匈奴所属的一个游牧部落小王国，被顺路征服之。“涉狐奴”，狐奴是石羊大河的古称，发源于祁连山，经武威地区向北流入腾格里沙漠后消失，上游滩宽水浅，故能涉水而过（《汉书·卫青霍去病传》）。

各种不同版本的军事史、战争史，对霍去病元狩二年（前121年）河西战役春季攻势的叙述颇多混乱，有些说法自相矛盾。把《史记》《汉书》《资治通鉴》中的有关记载相对照，可以发现一些引起混乱的原因。最早的版本是司马迁在《史记·卫将军骠骑列传》中的记载，各种版本的相关记载源出于此。司马迁开头只写了几句很简单的话：“元狩二年春，以冠军侯（霍去病）为骠骑将军，将万骑出陇西，有功。”下面引用了汉武帝嘉奖霍去病的一段话，原文如下：

> 天子曰：“骠骑将军率戎士逾乌盭，讨遬濮，涉狐奴，历五王国，辎重人众慑慴者弗取，冀获单于子。转战六日，过焉支山千有余里，合短兵，杀折兰王，斩卢胡王，诛全甲，执浑邪王子及相国、都尉，首虏八千余级，收休屠祭天金人，益封去病二千户。”

汉武帝的这篇“嘉奖令”，综合性地讲了四层意思：（一）霍去病的主要作战经过，“逾乌盭，讨遬濮，涉狐奴，历五王国”（遬濮王、折兰王、卢胡王、休屠王、浑邪王）；（二）霍去病在作战中的突出表现和作战特点，即：不怕疲劳连续作战——“转战六日”，敢于长途奔袭，对敌发起深远攻击——“过焉支山千有余里”，敢于短兵相接与敌人厮杀——“合短兵”；（三）霍去病取得的一系列重大战果，“杀折兰王，斩卢胡王，诛全甲，执浑邪王子及相国、都尉，首虏八千余级，收休屠祭天金人”；（四）对霍去病的奖励，“益封去病二千户”。

多种版本的军事书籍，把这段话中霍去病的作战经过和他获得的战果，机械地对应起来演绎，结果使作战次序、作战对象、作战地点、所获战果出现了许多错位现象。

汉武帝先说到霍去病“过焉支山千有余里”，最后才说到他“收休屠祭天金人”。如果对应起来演绎，“过焉支山千有余里”，应该到了敦煌一带，而休屠王的王庭是在河西走廊东段（以武威为中心），浑邪王的王庭在河西走廊西段（以张掖为中心），霍去病怎么可能到了敦煌一带又折回千余里，再返回武威来“收休屠祭天金人”？有的书上为了自圆其说，就说休屠王是带着祭天金人跑到河西走廊西段去和浑邪王“合兵一处”抗击霍去病。不是没有这种可能，而是这样一“抹”，后面的诸多问题远未得到合理解释。

《汉书·卫青霍去病传》在引用汉武帝这段话时，在“合短兵，杀折兰”六字中间又加进了“鏖皋兰下”四字，连贯起来就成了“过焉支山千有余里，合短兵，鏖皋兰下，杀折兰王，斩卢侯王”，这就带来了更大的混乱。皋兰山究竟在哪里？查阅多种古地名资料，焉支山以西至敦煌一带并无皋兰山。甘肃省境内皋兰山只有两处。一处是今兰州市区的皋兰山，兰州古名即皋兰，得名于此山。另一处是甘肃临夏县南的皋兰山，又名石门山，《中国历史地名大辞典》中“皋兰山”条目说《武帝纪》中所记霍去病“至皋兰”即此山，信然。

《汉书·武帝纪》中记载霍去病这次春季战役只有一句话：“遣骠骑将军霍去病出陇西，至皋兰，斩首八千余级。”历代注家对“皋兰”均有注。应劭注：“在陇西白石县，塞外河名也。”孟康注：“山关名也。”应劭和孟康两位的注应该是可靠的。应劭注皋兰“在陇西白石县”，白石县为西汉所置，治所即今甘肃临夏东南一小古城。应劭注皋兰是“塞外河名”，孟康注皋兰是“山关名”，这两种说法并不矛盾，指的是同一个地方。皋兰山即石门山，山谷中有水流。应劭注皋兰是“河名”偏重的是地理概念，孟康注皋兰是“关名”偏重的是军事概念。皋兰山即临夏县南之石门山无疑，它是出陇西进入河西走廊的一个重要关隘，看来霍去病是从这里进入河西走廊的。

颜师古的注就来了问题：“皋兰，山名也。霍去病传云‘过焉支山千有余里，合短兵鏖皋兰下’，即此山也。”按照颜注，皋兰山应在焉支山以西千余里的地方，即敦煌一带。颜注首尾不相顾，既然霍去病已经过了焉支山千有余里，怎么会紧接着与匈奴鏖战在临夏以南的皋兰山下，“杀折兰王，斩卢胡王”呢？地理位置显然对不上了。

有的书上就说“杀折兰王，斩卢胡王”的战斗发生在霍去病返回途中，地点就是在临夏县东南的皋兰山下。这显然是为了“消除矛盾”的揣测附会之说了。

编撰《资治通鉴》的司马光大概发现了《汉书》这段话中某些文字容易产生歧义，所以他干脆把“合短兵，鏖皋兰下”这两句都删掉了，反倒使意思更加通达明白：

> 霍去病为票骑将军，将万骑出陇西，击匈奴，历五王国，转战六日，过焉支山千余里，杀折兰王，斩卢侯王，执浑邪王子及相国、都尉，获首虏八千九百余级，收休屠王祭天金人。（《资治

通鉴·汉纪十一》）

夏季攻势。

霍去病取得春季大捷后，汉武帝受到极大鼓舞。当年夏天，他决定对匈奴发动一场规模更大的夏季攻势。夏季攻势分西路和东路两个方向同时出击，以西路为主要进攻方向。东路由李广和张骞领兵出右北平，攻击匈奴左贤王，以掩护西部主力出击。西路由霍去病率主力，公孙敖领兵配合，再次进攻河西走廊。公孙敖领兵出陇西，从正面吸引和牵制敌人。霍去病率精骑主力，采取远距离、大迂回的方式，从北地郡（今甘肃庆阳市西北）出塞，从灵武（今宁夏银川南）渡过黄河，翻越贺兰山，“涉钧耆（水名），济居延（居延海）”，从居延海（今内蒙古额济纳旗境内）折向东南，沿弱水河进至祁连山与合黎山之间的黑水流域，出敌不意，插至匈奴侧后。公孙敖部迷失方向，没有按时与霍去病会合。霍去病当机立断，从侧后向匈奴发起猛烈突袭。匈奴军猝不及防，大败，被歼三万余人，单桓、酋涂二王所属两千余人投降，俘获单桓、酋涂、稽且、遬濮、呼子耆五王，以及诸王王子五十九人，另有相国、将军、当户、都尉六十三人。由于这些匈奴小王都是匈奴单于之子，所以被俘人员中有一位王母是单于阏氏。霍去病又获得夏季攻势大捷。

东部的李广和张骞却打得很不顺利。李广与张骞在进军途中失去联系，李广率领的四千骑兵陷入左贤王四万骑的重围。面对十倍于己方的匈奴兵力，李广并不慌乱，令其子李敢率数十骑发起第一次冲锋，以鼓舞士气。他命令队伍列为圆阵，四面对外。匈奴骑兵连续发动冲击，矢如雨下。激战中，汉军杀伤匈奴数千人；汉军死伤过半，箭矢将尽。李广的箭法名震匈奴，他让士兵们拉满弓，引而不发，他自己用大黄连弩射死匈奴裨将数名，这时天也黑了下来，匈奴攻势减缓。第二天继续激战，张骞率万骑赶到，左贤王退兵，汉军失利而归。西部的公孙敖、东部的张骞，都在行军时迷失方向贻误战机，按西汉军律，当斩，花钱赎为庶人。

秋季受降之战。

伊稚斜单于对河西走廊春、夏两次惨败，极为恼怒。他认为主要责任在浑邪王，准备把他召到单于王庭以罪诛杀。浑邪王惊恐之下，与休屠王密谋降汉。他们先派使者去找驻守在朔方郡的汉将李息乞降，李息派驿道快马将此事火速报告汉武帝。汉武帝既高兴又担心，怕对方诈降袭击汉军，派霍去病带兵前去受降。霍去病已领兵出发，那边休屠王反悔，浑邪王怕坏事，把休屠王杀了，收编了他的部众。霍去病率军渡过黄河后（渡河地点失考），与浑邪王部众遥遥相望。这时浑邪王部众出现躁动，有的小王见汉军阵势强大，不想投降，开始逃跑。霍去病率精骑驰入匈奴阵中，将浑邪王监护起来，斩杀不愿投降逃跑者八千余人，这才将浑邪王部众震住。霍去病派人先将浑邪王护送去长安，自己带领部队监护四万多匈奴渡过黄河南返。朝廷发车二万辆迎接来降匈奴，最终将他们分别安置在陇西、北地、上郡、朔方、云中五郡的黄河以南、秦长城以外的地区内，“赏赐数十巨万”，“因其故俗，为属国”。这一部分最早内迁的匈奴人，渐渐与汉族人融为一体了。

浑邪王降汉后，汉武帝封他为漯阴侯，食万户。休屠王被浑邪王杀了，但休屠王的太子金日磾也在俘虏队伍中，当年只有十四岁，没入汉宫养马。汉武帝发现这小孩把马养得很好，封他为马监，对他很器重。金日磾在汉武帝关怀下逐步升迁，最终得以进入西汉朝廷的权力核心。汉武帝去世时，他最小的儿子汉昭帝刘弗陵继位时才八岁，金日磾以车骑将军头衔，与大司马大将军霍光、左将军上官桀受诏辅政。这是西汉包容大度的一个例子。

秋季受降战后，河西走廊全为西汉占领，实现了“断匈奴右臂”

的战略目标。当年，汉武帝下诏将陇西郡、北地郡、上郡的戍卒减少一半，“以宽天下徭役”（《汉书·卫青霍去病传》），在河西走廊以战争换得了和平。

西汉在河西走廊设置了四个郡，筑了三座城。四个郡即武威、张掖、酒泉、敦煌。三座城即光禄城（今内蒙古乌特前旗东北）、居延城（今内蒙古额济纳旗东南）、令居城（今甘肃永登县附近）。四郡三城的设置和建造，目的是牢牢控制河西走廊，进行有效管辖和精心治理。为了填补驱走匈奴后的这片真空地带，又在居延绿洲开渠造田，驻军屯垦，移民实边。从此，从兰州以西的金城郡和整个祁连山脉一直到盐泽（罗布泊）“空无匈奴”。匈奴失去河西走廊，遭到空前沉重的打击。

史书中记载了匈奴的哀叹：“亡我祁连山，使我六畜不蕃息；失我焉支山，使我妇女无颜色”。

漠北会战

漠北会战，是巩固河套、阴山、河西三大战役胜利的后续行动，是汉匈双方带有战略决战性质的一次大会战。汉武帝的战略思维是敏锐的，他知道，如果不打这一仗，匈奴势力很可能不用多久就会卷土重来，汉军夺取的河套、阴山和河西地区就有可能得而复失。所以，深入漠北，进一步给匈奴势力以歼灭性打击，这是巩固胜利的必要步骤，即使消灭不了匈奴主力，也要把匈奴敢于南犯的气焰彻底压下去。

从汉武帝元朔元年至元狩二年（前128—前122年），短短七年间，匈奴一败再败，水丰草美的河套地区失去了，谷深林茂的单于王庭所在地阴山山脉失去了，天堂般的祁连山河西走廊天然牧场失去了。

匈奴时刻伺机报复。元狩三年（前 120 年）春季，伊稚斜单于发数万骑入侵右北平和定襄两郡，杀掠千余人，企图引诱汉军北进反击，在漠北设伏围歼汉军。汉武帝召集大臣将领们讨论对策。汉武帝说，现在赵信（投降匈奴的汉将）成了伊稚斜单于的军师，他耍小聪明，认为汉军进入漠北路遥天寒风沙大，人困马乏食不济，必败无疑。我偏要派遣大军向漠北进军，同匈奴决一死战，看看到底谁胜谁负。在河套、阴山、河西三大战役连续取胜的形势下，大臣和将领们谁敢反对天子旨意？都同意远征漠北，出击匈奴。

为了筹集大量军费，这一年汉武帝改革币制税制，实行盐铁专卖，初算缗钱。初算缗钱就是收取商人的资产税。那时候还没有银行，有钱人都把钱一串一串串起来储存在家里，满箱满柜，储钱越多，按比例抽税越多。

发动漠北会战时汉武帝三十七岁。

元狩四年（前 119 年）初夏，汉武帝命卫青、霍去病各率五万骑兵远征漠北。又调集步兵数十万，民间私马四万匹，向前线运送军需辎重，沿途搞保障。按照预定计划，卫青为右路，率前将军李广、左将军公孙贺、右将军赵食其、中将军公孙敖、后将军曹襄，共五万骑出代郡，对匈奴左贤王实施歼灭性打击；骠骑将军霍去病为左路，率精骑五万出定襄，寻找伊稚斜单于主力决战。从这一战略部署可以看出，在汉武帝心目中，霍去病的统帅才能已在卫青之上。

霍去病出定襄不远，抓到一名匈奴骑哨，一审问，骑哨说单于主力已经东移。霍去病将这一情报速报汉武帝，汉武帝立即下令，卫青与霍去病交叉换位。霍去病改为右路，出代郡寻歼单于主力；卫青改为左路，出定襄全力攻击匈奴左贤王。

卫青改从右路出定襄后，从抓获的匈奴俘虏口中得知，单于主力并未东移。他搞清单于主力所在位置后，命令前将军李广与右将军赵食其合兵一处，“出东道”，从右翼迂回，掩护主力侧翼，相机攻击左贤王。李广几次恳请卫青说，我一生与匈奴交战，这次好不容易遇上与匈奴单于主力交战的机会，请求充当大将军前卫去冲锋陷阵，“愿先死单于”，但卫青坚持令出不改。从兵法上讲，让李广和赵食其分兵迂回也符合战术要求，但其中却包含着复杂的感情因素。据《史记·李将军列传》记载，在这次出征之前，李广几次请战，汉武帝认为他老了，“弗许；良久乃许之”。但出发前，汉武帝又提醒卫青说，李广毕竟老了，几次出战都失利，这次不能派他与单于主力交战。另外，卫青的亲信、好友公孙敖对自己有过劫狱救命之恩，因在河西战役中迷路贻误战机当斩赎为庶人，亟须再立战功，方可重新封侯。卫青以分兵为由，把李广支开，让公孙敖随同自己一起作战，为他创造立功机会。

调遣毕，卫青亲率主力穿越浩瀚的沙漠戈壁，向北挺进千余里，直插漠北伊稚斜单于主力驻地，“见单于兵阵而待”。卫青见状，采用了构筑临时阵地与骑兵游动攻击相结合的全新战术。他下令将武刚车环成圆形，构筑成临时阵地；命令五千骑兵向匈奴军发起轮番冲击。伊稚斜单于以万骑迎战。激战一天，未分胜负。日落时，突然来了沙尘暴，“大风起，沙砾击面，两军不相见”。卫青指挥汉军在沙尘暴掩护下从两翼包抄合围匈奴军。在汉军包围圈即将合拢之际，伊稚斜单于率数百骑在夜幕下向北逃遁。战至深夜，双方均有较大伤亡，汉军左校清点战俘时发现伊稚斜单于已经逃脱。卫青立即派轻骑追击，自己率大军在后跟进。匈奴军的作战特点是“来如兽聚，去如鸟散”。伊稚斜单于既已逃脱，他的部众立即溃散。卫青率军北追二百余里，斩杀、俘获敌军一万九千余人，但没有追上伊稚斜单于。卫青率军挺进至窴颜山赵信城（今蒙古国中部哈努依河中游东岸），缴获匈奴囤积在此的大批粮食和军用物资。汉军在此驻留一日，饮马造饭，补充给养，装运物资。返回时，将运不走的匈奴粮食物资全部放火烧毁。

李广、赵食其迷失方向，未能到达漠北参战。卫青率军回到大漠以南，李广、赵食其才与大军会合。卫青派人去查问李广、赵食其迷路情况，难免带有责备之意。曾经威震匈奴的名将李广觉得颜面尽失，同时对卫青心存不满，心灰意冷，对部下说："广结发与匈奴大小七十余战，今幸从大将军出接单于兵，而大将军徙广部行回远，又迷失道，岂非天哉！"说完拔剑自刎，"广军士大夫一军皆哭"（《史记·李将军列传》）。

再来说说左路霍去病的作战情况。霍去病从代郡出塞后，由于从匈奴骑哨口中得到的情报有误，并未遇到伊稚斜单于主力。霍去病率骑兵轻装疾进，"取食于敌"，长驱北进两千余里，对左贤王发动了猛烈进攻。左贤王溃败而逃，霍去病一直追到狼居胥山（今蒙古温都尔汗西北之肯特山），斩杀匈奴北车耆王，歼灭匈奴军七万余人，俘获屯头王、韩王等三人，相国、将军、当户都尉等八十三人。霍去病为了庆祝胜利，"封狼居胥山，禅于姑衍，登临瀚海（贝加尔湖）"，祭告天地，凯旋。

漠北会战，汉军给了匈奴以歼灭性打击。伊稚斜逃亡中失去音讯，传说他已经死亡，右谷蠡王自立为单于。十几天后伊稚斜单于又重新出现，右谷蠡王只得取消单于号。遭到惨败的匈奴，狼狈和混乱到如此地步。伊稚斜单于率领残部向西北远遁，从此"漠南无王庭"。西汉百余年的匈奴边患，得到基本解决。

漠北会战，汉军同样损失巨大。士卒战死数万，损失战马十余万匹，再无法编组强大的骑兵集团。更主要的是"征发烦数，百姓贫耗"。国库空了，许多军饷也欠发了，"赋税既竭，犹不足以奉战士"，"是时财匮，战士颇不得禄"（《汉书》:《刑法志》《食货志》）。

汉匈双方都已精疲力竭，汉匈双方进入休战状态。元封五年（前

106 年），卫青也去世了。

西域之战

西域，是西汉才开始使用的地理概念。“西域以孝武（汉武帝）时始通，本三十六国，其后稍分至五十余，皆在匈奴之西，乌孙之南”（《汉书·西域传》）。西汉前期，西域都是匈奴的势力范围，与北方广阔无垠的蒙古大草原相连，匈奴势力对西汉构成半月形包围。汉武帝登基不久就有“打通西域，以断匈奴右臂”的战略构想，下决心要打破这个半月形包围。这足见汉武帝登基之初，就具备非凡的战略眼光和一位少年大帝的雄心、气魄。但汉武帝对西域用兵，却是他在位三十年之后了，这时他已接近“知天命”的年龄。他在元封元年（前 110 年）的一道封禅诏书中说，“南越、东瓯咸服其辜，西蛮、北夷颇未辑睦”，大有“壮志半酬，心事未了”之慨。

元封三年（前 108 年），汉武帝四十八岁，首次对西域用兵，打击目标是楼兰和姑师两个小国。楼兰的国都，即罗布泊腹地的楼兰古城废墟；姑师的国都，即交河古城废墟。这两个小国地处西出阳关后去往西域的要冲，出使西域的汉使都要靠这两个小国接待，不堪重负。由于他们都受匈奴控制，经常劫杀汉使。汉廷以保护汉使的名义，派遣赵破奴率兵讨伐楼兰、姑师。赵破奴率领七百轻骑疾进，突袭楼兰，一举将楼兰王擒获。又乘胜挥师北上，攻克姑师。这对西域是一次震动。楼兰王向汉廷表示臣服，不久就向汉廷进贡，并送一名王子到长安充当人质。匈奴对楼兰王降汉大怒，亦发兵攻楼兰，楼兰王将另一名王子送往匈奴当人质，两面周旋。这是处在大国夹缝中的小国生存之道，只能如此。

元封六年（前 105 年），汉武帝五十一岁。乌维单于死，其子乌师庐继立，因年幼，史称儿单于。这时匈奴将王庭向西收缩，“左方兵直云中，右方兵直酒泉、敦煌”。汉武帝利用匈奴内部矛盾加剧的机会，一面派李广利远征大宛，一面加紧对匈奴进行分化瓦解。太初元年（前 104 年）秋天，李广利远征大宛。大宛国（地处今乌兹别克斯坦境内费尔干纳盆地）远离长安一万二千余里，沿途都是沙漠、戈壁、盐沼，在这样的地形条件下万里远征，耗费巨大，将士们的艰辛难以形容。这是汉武帝凭个人主观意志办事、穷兵黩武色彩十分强烈的一次军事远征，它与打击匈奴势力并无太大的直接关系。汉武帝远征大宛的直接动机有二：其一，李夫人新宠，李广利是李夫人之兄，他有意要为李广利提供一个立功受封的机会；其二，欲求大宛汗血宝马。同匈奴作战，骑兵是最强有力的兵种。由于在同匈奴连年交战中军马损失太多，亟须繁殖恢复，汉武帝想求得宝马改良马种。汉武帝听说大宛汗血马出在贰师城（今吉尔吉斯斯坦境内马尔哈马特），他封李广利为贰师将军，命他率领西部属国六千名骑兵和几万名“郡国恶少年”远征大宛。

由于西域是匈奴的势力范围，风闻汉军至，均闭城不迎，拒绝为汉军提供给养。李广利只得一路攻城而进，攻破城池就得到一些给养，攻不破就绕城而过，保障难继，苦不堪言，士兵在途中死伤逃跑不计其数。到达大宛边境时，仅剩下疲惫不堪的几千人。先攻大宛东部的郁成国（今吉尔吉斯斯坦奥什东北），没有攻下来，死伤无数。李广利与左右商量说，郁成国都打不下，贰师城更打不下，回撤吧。撤回到敦煌阳关外已是第二年（前 103 年）的夏天，回来的士兵只剩下十分之一二。李广利上书汉武帝，陈述西去大宛之路途遥远和艰难，“士卒不患战而患饥”，请求罢兵。汉武帝见书大怒，遣使驰往敦煌阳关宣诏：“军有敢入，斩之！”李广利只好带领残兵在阳关外待命。

在汉廷的分化瓦解下，匈奴左大都尉准备谋杀儿单于后向汉廷投降，汉武帝下令在塞外预筑受降城（今内蒙古巴彦淖尔盟狼山西北），并于太初二年（前 103 年）派赵破奴率二万骑兵出朔方西北二千余里，至浚稽山（今蒙古国戈壁阿尔泰山中段之古尔班博克多山）接应。但匈奴左大都尉议事不密，儿单于抢先下手，将左大都尉捕杀，并发兵迎击赵破奴。赵破奴且战且退，退到距受降城还有四百里的地方，被八万匈奴军包围，激战之下，全军覆没，赵破奴被俘，投降匈奴。面对李广利和赵破奴的接连失利，朝廷大臣们都主张放弃远征大宛，集中兵力对付匈奴。汉武帝却固执地认为，连大宛这样一个西域小国都征服不了，整个西域都会讥笑汉朝，大宛非征服不可。

太初三年（前 102 年），汉武帝五十四岁。他命李广利率领一支六万人组成的杂牌军（由西部边郡骑兵、释放的囚徒和各地恶少组成）第二次出征大宛。这次大大加强了后勤保障，调遣了十万头牛、三万匹马以及万余头骆驼毛驴等杂畜，为远征军搞运输保障。汉武帝又征发甲卒十八万屯酒泉、张掖，以为远征军后援。这一次，由于汉军声势浩荡，西域小国一反常态，纷纷开城相迎，提供给养。只有轮台国闭城不迎，李广利下令攻克，屠城而去。李广利率三万骑抵达大宛国都城贵山城下，“围其城，攻之四十余日”。大宛国贵族为了图存，杀国王毋寡向汉军乞降，并“出其马，令汉自择之”。汉军带去的相马师选得上等善马数十匹，中等马三千余匹。李广利扶立大宛亲汉贵族昧蔡为大宛新国王，与之签约结盟，凯旋。这次回到阳关以内，已是太初四年（前 101 年）春天。

两次远征大宛，耗时四年，“损五万之师，靡亿万之费”。在许多人看来，远征大宛得不偿失。但汉武帝看到的却是另一面，“自贰师将军（李广利）伐大宛，西域震惧，多遣使来贡献”。出使西域的西汉朝廷使者再没有人敢欺负了，自敦煌至盐泽（罗布泊）都筑起了亭障；轮台、渠犁都建起了兵站，专设田卒数百人，置使者校尉领护，专门负责接待过往使者。从此，汉朝开始逐步掌握对西域的控制权，匈奴在西域的影响开始缩小，战略上确实也有不小的收获。

但是，从总体上说，汉武帝晚年开拓疆域的雄心壮志变成了一意孤行的穷兵黩武，这使他一步步走向了胜利的反面，导致汉军在随后同匈奴争夺西域的战争中一败再败。

天汉二年（前99年），汉武帝五十七岁。夏五月，李广利败于天山，丧师两万余人。九月，李陵败于浚稽山，投降匈奴。天汉二年是汉军失败之年，其中有几条深刻教训。其一，汉武帝晚年好大喜功，穷兵黩武。其二，汉武帝在此前对匈奴取得的一连串胜利面前盲目乐观，决策轻敌草率。其三，军中出现将帅派系之争，君臣猜疑，军心不齐。其四，李广利和李陵孤军长途奔袭，无后勤保障，无牵制行动、无后援兵力，这样的军事行动带有冒险性，必败无疑。

天汉二年的一连串失败，使汉武帝十分震怒。这时已五十七岁的汉武帝，在位已经四十一年，可以说是一位“功盖前朝”的老皇帝了。大凡这种类型的老皇帝都会犯这样的毛病，他们固执地不肯承认失败，不愿意面对失败。为了挽回一时难以挽回的失败，他们宁肯付出十倍的代价去换来更大的失败也在所不惜。

天汉四年（前97年），汉武帝五十九岁。他又对匈奴发动了一次声势浩大的进攻。李广利率骑兵六万、步卒七万出朔方，路博德率万余人为策应；韩说率步卒三万余人出五原，公孙敖率一万骑兵、三万步兵出雁门，向匈奴发动多路出击。面对汉军二十多万人的强大攻势，匈奴且鞮侯单于立即采取相应对策。他把妇幼老弱、重要物资全部转移到余吾水（今蒙古国鄂尔浑河支流土拉河）以北，自己率领十万精骑在余吾水南岸严阵以待，以逸待劳，迎击汉军。李广利率军长途跋涉到来，与之激战十余日，无法取胜，引兵撤退。公孙敖与匈奴左贤王部相遇，也很快败退下来。韩说扑空，无功而返。主将李广利与匈奴作战，同卫青、霍去病相比，简直太低能了。

汉武帝与匈奴交战长达四十四年。由于他晚年穷兵黩武导致国库耗空，百姓穷困，怨声载道，引起朝廷内部矛盾激化，最终导致汉武帝与太子刘据父子交兵，数万人死于非命，太子刘据兵败自杀。

征和三年（前 90 年），汉武帝六十六岁，迎来了他与匈奴交战几十年来最大的一次失败：国舅李广利兵败燕然山（今蒙古国杭爱山），背叛朝廷，投降匈奴。这次惨败，引起了汉武帝的深刻反思。征和四年（前 89 年）六月，汉武帝发布了一篇著名的《轮台诏》（也称“罪己诏”），“深陈既往之悔”。他宣布：“当今务在禁苛暴，止擅赋，力本农，修马复令，以补缺，毋乏武备而已”（《汉书·西域传》）。汉武帝晚年能够光明磊落地诏示天下，自己认识错误，主动纠正对外战略与对内政策上的偏差，这在封建帝王中绝无仅有，这也是汉武帝的另一种伟大。

虽然设立西域都护府是汉武帝曾孙汉宣帝（刘询）神爵二年（前 60 年）的事了，但正是有了汉武帝对匈奴势力的一生征战，才有了西域都护府的设置，千秋功业，伟哉！大哉！

2008 年 12 月

秦皇驰道

一

秦皇驰道是什么意思？两千二百多年前，横贯中国大地的高速公路！

古井陉关秦皇驰道遗迹，仅存约一公里，位于河北省井陉县井陉古关白石岭关隘口。这是秦皇驰道北方干线中最险最窄的路段。《史记》中称“井陉之道，车不得方轨，骑不得列阵”，指的就是这一段。

我是从关隘东侧新修的简易便道走上坡去的。路旁站着几尊元代石雕人像，浑朴敦厚模样。看样子是从别处移来的，想必原来在某处守墓站岗，一站就是几百年，从未擅离岗位一步。如今也来这里赶时髦，竟敢离开旧主人，前来为游人们当仪仗。看得出他们脸上也隐隐洋溢出一丝含蓄的笑意，连他们也在为时代的进步而高兴。但这几尊元代石像的存在，同秦皇驰道毫不相干。

顺坡往上走，见路旁有座“白马告状庙”，一间简陋小屋，里面站着一匹泥塑白马。倒是这座小庙，最先给了我一些关于这条古道昔时繁忙景象的确切信息。井陉关为古时“燕晋通衢”，关险路窄，商贾往来，十分繁忙。繁忙到什么程度呢？这里聚集了一群靠帮人推车上坡谋生的人。相传有位商贩赶车载物途经此关，由于车轻马壮，无须帮推，不想多花那几个钱。但这群古时的推车汉们，车主不叫推，就在后面暗使伎俩，叫他拉不上去。那商贩一时性急，用刀子往马腚上猛扎几下，白马剧痛之下猛冲上坡，倒地而死。不久，那几位恶作剧的推车人相继死去，死时都学马叫。说是白马到阴间去告了一状，让那几人造孽报应，来生也变驴作马，受人驱使。剔除这则民间传说的迷信成分，它真实而生动地反映了当时这条关隘古道的陡险和繁忙。

再往上坡走，来到一座古驿站。三间石砌小屋，正中门楣上方，有石刻“立鄙守路”四字。经考，此驿站建于清嘉庆辛未年（1811 年），有清道光年间陕甘总督那彦撰写的《平定州东路修治石道碑》碑文佐证。路旁崖壁上另镶有清雍正十三年间（1735 年）的修路碑刻一块。诸多实物史料都足以证明，这条秦皇驰道自开辟以来，两千余年间始终作为一条交通干线，一直沿用至清。自秦以降的历朝历代，只是对它不断作些修缮维护而已；修路碑刻众多，又足见此处关隘古代交通繁忙。驿站建立至今 180 余年，与秦皇驰道相比，它的资历实在太新了一点。但由于战争频繁，世道变迁，连这样的驿站，全国也仅存两处。另一处在苏州横塘，为砖木结构。这两处古驿站，均被研究古代交通邮政史的学者视为至宝，倍加珍惜。过去我一直认为，驿站，是古代信使交接邮件的中转站而已。但这座驿站门楣上那“立鄙守路”四字应作何解？查阅古驿史学者许锡良先生文章得知，它语出《国语·周语》：“列树以表道，立鄙食以守路。”栽树成行，标明道路；途中置馆舍，以待过往信使和官员，这是周朝就已制定的交通法规。如此说来，这是一处古代邮政所兼官方招待所。鄙，是离国都很远的地方，古时称五十里为近郊，百里为远郊，“鄙，距国（都）五百里”，这当然只是个大概数。鄙从“邑”，即有人居住的偏远小地方。在远离大城市的交通要道旁，设站接待信使和来往官员，这便是“立鄙守路”的意思了。秦始皇在修筑驰道的同时，也进一步发展完善了馆驿制度，“十里设亭，三十里设驿”。

古驿站现已被当作临时展览室。唯一的一件实物展品，竟是一块被磨得光光的石头，中间有一道尺把深的光滑凹槽，我不识其为何物。一看说明，大吃一惊：秦皇驰道上千百年车轮碾出的车辙！

急问：“哪里出土的？”

答：“山上一路全是，上去看吧。”

我急步上山，看到了！从山体上凿出的石头路面上，两道深深的车辙，像铁路路轨似的，向西穿过关门，延伸到山坡那边缓缓下坡西去。看到如此年代久远、见所未见的历史陈迹，连我的两个女儿也惊叹不已：“呀，呀……”车辙上，按照西安秦兵马俑坑出土的战车原大尺寸，复制了一辆战车，由四匹骏马驾驭，轮子轧在车辙内，栩栩如生，欲驰欲奔。井陉古关隘口的狭窄孔道，的确只能容纳这样的驷马单车通过，我终于弄明白了古时候这段路程“车不得方轨，骑不得列阵”的意思。

见到秦皇驰道悠悠陈迹，就像见到了这位封建大帝。这里也确有一处秦始皇路过井陉关的遗迹：路边平缓处有一块小石坪，名曰秦始皇“歇灵台”。公元前 210 年，秦始皇第五次出巡，于南巡道中得病，从北路返回，病死沙丘（今河北广宗，即赵武灵王被围困饿死的地方，那里有帝王行宫）。当时秦始皇的长子扶苏正随蒙恬在北方戍边，秦始皇临终前写好遗诏，命扶苏赶回咸阳料理他的丧事，并继位。遗诏写好并已加封，交给宦官赵高命他发出。赵高与扶苏、蒙恬有隙，怕扶苏继位后没有他的好果子吃，便串通李斯密不发丧，毁掉秦始皇给扶苏的遗诏，设下阴谋。李斯是位有贡献的大臣，但他也担心扶苏即位后起用其亲信蒙恬取代他的丞相位，私心驱使他加入了赵高的阴谋集团。他们将秦始皇遗体装在温凉车内，车上装鲍鱼以乱其臭，匆匆地向咸阳道上往回赶。车队行至井陉关，因关险路窄，只得将秦始皇的灵车在路边停下，重新组织，拉长队形，缓慢过关。秦始皇的灵车“遂从井陉抵九原，直道至咸阳，发丧”。

将春秋战国纷乱了五百多年的中国归为一统，创造了空前伟业，也留下了千古遗恨的这位封建大帝，就这样经过他一生中最后一道狭路险关，向着西沉夕阳烧红了天空的方向，踏上了他冥冥西去的归路……

一个伟大的封建朝代结束了。

交通，是人类文明进步的重要标志之一。当你想到这一点，你就会校正视角，以挥之不去的激动心情，来认真看待这条在当时规模空前的秦皇驰道了。

战国时代，“战”字当头，诸侯列国你来我往打得不可开交。而战争，也曾是推动人类文明进步的动力之一，这是推不翻的结论。记得恩格斯曾经说过，人类最先进的科学成果，总是首先在军队里得到应用，借助战火硝烟将最新科技扩散到民间去。不管你同意这个说法也罢，不同意也罢，反正这条规律至今未变。战国时代，随着战车的广泛使用，推动了中国古代交通大发展。史料记载:孔子在世的春秋时代，从吴都（苏州）至郕国（曲阜东南南陬村），最快的行军速度也要走三个月。到了战国初年，从鲁国国都（曲阜）到楚国鄢郢（现荆州纪南城），十几天就可以到达了。但由于诸侯割据和互相封锁，列国所修的道路，规模、距离都受到极大限制；路制也各不相同。

秦始皇统一中国后，就为兴建空前规模的交通大工程创造了条件。他统一中国的第二年（前 220 年），立即着手修筑沟通全国的秦皇驰道。秦皇驰道有南北两大干线：南方干线从咸阳至吴、楚；北方干线从咸阳至燕、齐。道路宽度统一规定为五十步，若按现代军人的标准步幅每步 0.75 米计，驰道宽达 37.5 米，要比现在的一般公路宽一倍多。当时的驷马战车至少能以四辆方队前进，骑兵成十路纵队前进当不成问题，这是多么壮阔的行军场面！驰道旁每隔三丈种一棵青松，容易塌方的地段，路旁打下铜桩。当你想到这么一项宏大的交通工程，完成于两千二百多年之前，你甚至会觉得目前建造高速公路的进度似乎太慢了一点。

秦始皇姓姬，名嬴政。他十三岁继位（那时他称秦王），在位三十七年。其中，统一中国后称秦始皇，在位十二年。他的一生并不长，享年五十岁。但能像他那样干成那么多大事业、兴建了那么多大工程的封建帝王，历史上并不多见。他统一六国前在位已经二十五年，这二十五年间他干出了哪些政绩，史载不详。但至少可以下这么一个结论：在秦国历代君王苦心经营的基础上，他即位后的二十五年间，从军事、政治、经济、文化各个方面，为统一六国做好了全面准备，积蓄了足够力量。假如他没有训练养育出一支良将如云、兵强马壮的强大军队，他就不可能横扫千军，势如破竹，一举平定山东六国；假如他没有积蓄足够的经济实力，他就无力保障供给这样一支庞大军队去完成这么一场规模空前的统一战争；假如他不曾从政治上对春秋战国几百年混战不休的历史教训作过深入分析总结，他就不可能在统一六国后果断实行与中央集权制相配套的“废分封，置郡县”的全新政治制度；假如他继位后秦国没有文化上的涵养发育，他在统一中国后绝对提不出车同轨、书同文、统一度量衡这样先进的经济文化政策。

清王朝修的颐和园、圆明园能算什么？现在不是流行讲人类文明成果吗？就推动社会生产力发展的意义而言，无论是昔日豪华辉煌而被彻底焚毁的圆明园，还是至今尚完好无损、华丽宜人的颐和园，同秦皇驰道这样的古代伟大交通工程相比，哪一种文明成果的文明含量更高一些呢？早在两千二百多年前，就能组织营造如此浩大社会公共工程的民族，近代为何竟沦落到被大洋彼岸的强梁们渡海而来，放火烧掉皇家园林的地步？俯身摸一摸秦皇驰道上的深深车辙，想一想被洋人烧掉皇家园林的朝代，都干了些什么像样的、称得上社会大工程的伟业，难道不比仰望圆明园的几根断柱所获得的思索，要深远得多、沉重得多吗？

二

秦始皇统一中国时年仅三十九岁，精力充沛，意志坚强。他的车舆沿着新开辟的浩荡驰道，辚辚驰过新亡诸侯各国的一座座都城废墟，车轮下免不了硌着断砖碎瓦，颠得他在车内一阵阵摇晃。如何使脚下这个空前辽阔的大帝国不被颠覆？这是他出巡路上始终萦绕于心的最大问题。他当然要下决心好生经营纵横驰骋打出的一统天下。

秦始皇并不荒淫。相反，他的励精图治、刻苦勤政，是历代君王中罕见的。当时天下初定，各地需要奏请的问题数不胜数，“日夜有呈”。而那时尚未发明纸张，官方文牍都写在一捆捆竹简上，审读批阅相当吃力。但他不敢懈怠，国事无论大小都要由他亲自裁决。他“衡石量书”，每夜称出一堆文牍秉烛披阅，看不完决不肯休息。生活上也不搞特殊，甚至有些吝啬。大梁人尉缭前来向他献计，被他采纳。为了对尉缭表示奖赏，他同尉缭吃一样的饭、穿一样的衣。尉缭未得重赏，非常失望，不辞而别，走了。他称帝十二年，五年在外巡行，到处视察，刻石铭功，宣扬皇威。他出巡途中在博浪沙遇险，微服夜访咸阳遇盗，都不能使他停止外出视察活动，一切为了巩固这个大帝国。

现在，让我们来看看秦始皇统一中国后的短短十年多一点时间内，他采取了一系列什么样的重大举措，干成了一系列什么样的大事业；再看看他得在哪里，又失在哪里？

一曰“废分封，置郡县”。封建制度（分封制）的显著特征在一个“封”字，皇亲贵族，到处划地封侯。结果，天下就慢慢变得驾驭不住了。周朝的灭亡，就是被不断膨胀的地方诸侯势力取而代之造成的。春秋五霸、战国七雄，分裂对抗最终取代了集中统一，东周王朝终于“不战而亡”了。战国时代，最终闹到了“八百诸侯”的地步。这虽然有些夸张，但据史学家们研究，当时全国至少分成了一百三十多个小国。群雄纷争，战乱不息。这样的“全面内战”不打则已，一打起来谁都劝不住，谁也不听谁的，都想争雄称霸。那时又没有什么“国际维持和平部队”前来出面调停，春秋战国一打打了五百多年，仍未打出结果。怎么办？只能靠战争去平息战争了。秦始皇发动的统一战争，就起到了这样的历史作用。这在当时，你说秦始皇的统一战争到底是进步的，还是反动的？统一后，如何有效管理好这个大帝国，防止战乱再起，这是首先要解决的问题。出现了两种主张：丞相王绾主张仿照周朝的办法，分封皇子；李斯反对。秦始皇采纳李斯的主张，决定废分封，置郡县，连自己的儿子也不封，一个也不封。就这一点而言，你说秦始皇这位封建大帝，在当时是进步的，还是落后的？最后决定将全国分置三十六郡，每郡设三名地方长官：守、尉、史。郡守管民政，都尉管军事，御史管监察，编制也精干得很哩。他为什么要这样做？峄山始皇石刻里说：

> 追念乱世，分土建邦，以开争理。攻战日作，流血于野……迤及五帝，莫能禁止。乃今皇帝，壹家天下。兵不复起，灾害灭除，黔首康定，利泽长久。

这说明，秦始皇是想结束战争的。他决定废分封、置郡县，的确是对春秋战国几百年战乱不休这一深刻教训的反拨，是对政治制度的一次重大改革，是当时社会政治制度的一大进步。后来刘邦得了天下，却又大封刘姓王，剪灭异姓王，这恐怕同他从反面吸取秦朝速亡的教训有关，不能不说它是社会政治制度的一种倒退。

二曰“收兵器，迁富户”。他下令没收民间一切兵器，运到咸阳，铸成无数大钟和十二个巨大的“金人”，作为宫廷摆设。又强迫全国十二万户富豪迁往咸阳，置于中央政权的直接监视之下，防止他们在地方滋事作乱。他这两项措施的用意也是为了防止内战再起、巩固帝国，但他想得过于简单，尤其是后一项办法过于粗鲁笨拙。从社会经济角度讲，他收禁天下一切兵器（可能还包括某些重要铁器），客观上严重影响了各地冶炼、制铁业的发展。这两项措施在政治上也是极不成功的，它反倒告诉后人：要是将老百姓逼到了活不下去的地步，即使把一切兵器都熔化成了铁水，铸成了挂在宫廷、庙宇里的大钟，也不一定就能阻止得了他们揭竿而起造反。

三曰“修驰道，筑长城”。他广修驰道，初衷同样是出于军事目的。防止战乱再起的其他措施，能想到的都想到了，但一旦战乱突发又怎么办？这么广阔的疆域，分兵把守则分不胜分。他找到一条办法：修驰道。这样，一旦哪里有事，他随时可以做出快速反应，迅速派出军队驰往平定。可以说，历代开国之君做出的军事部署，没有比秦始皇更为精明的了。甚至可以毫不夸张地说，他的这一军事思想，直到今天仍称得上是先进的！内地的部署大体完成以后，他把注意力转向北部边防，又干了两件大事：一是把原先秦、燕、赵所修长城全面整修连接起来，终成万里长城。二是从河套外的九原郡治（今包头市西）筑了一条全长一千八百里的“直道”，直达关内云阳（今陕西淳化县西北）。从这里再向南，有泾、渭水道可通咸阳。在南方，他征服百越后，则着手发展水路交通。他委派官员监凿灵渠，沟通湘水、漓水，以便运输。早在他统一六国前，他在关中还兴建了一项重大水利工程“郑国渠”，长达三百多里，灌溉面积相当于现在的二百八十万亩，秦国富足与此有很大关系。秦始皇修驰道、筑直道、凿灵渠，虽然大多是出于军事目的，但更重要的社会意义在于：这些浩大的水陆交通工程和水利工程，为社会生产力的发展，为商业、文化的广泛交流，创造了空前方便的条件。

中国的万里长城，可以说是人类历史上最浩大的一项国防工程。万里长城所反映的防御思想，用现代军事战略的眼光去看，无疑是保守的、消极的、落后的。但是，长城的发明者并不是秦始皇，他是从他的前辈那里继承了这份遗产，继承了这种战略上的消极防御思想。秦始皇修万里长城这件事，已被孟姜女哭骂了两千多年了。近几年，又被几位新潮派文人像模像样地骂了好几回。不仅我们中国人自己骂，连外国人也插进嘴来议论，日本的一位政界要人访华，就写了这样一首诗：

长城绵延六千里
汲尽苍生苦汗泉
始皇坚信城内泰
不知抵抗在民心
山峦城塞默不语
荣枯盛衰恍如梦

这位日本要人的这番议论无可无不可。我不知他说的“六千里”是公里还是华里？我们中国人自己测量统计的确切数字是：长城总长一万三千四百华里，合六千七百公里，绝对不止“六千里”，我觉得有必要特此说明一下。因为时下不少中国人有个小小的心理障碍，凭是什么事，都相信外国人说的每一句话都要比本国人说的正确一万倍。我因此担心，他们本来也许并不清楚长城的总长度，却拿日本要人不知什么原因给我们打了折扣的数字去误传子孙。即使当年秦始皇修长城真的修错了，我们后人却不应该再把长城的确切长度搞错，弄得错上加错。我总觉得，即使想要从历史陈迹中看看祖先的得失成败，登上万里长城极目远眺，远比站在圆明园的乱石堆上看得更开阔些。另外，中国人除了吃过当年本国皇帝下令修长城的劳役之苦，历史上吃过的来自“城外”、海外的苦头多着呢！

四曰“焚书坑儒”。这是早有定论的暴政，谁也无法为他翻这铁案。但他先焚书、后坑儒的起因又何在？他在位的第三十四年，置酒咸阳宫过生日，一班儒生（博士七十人）前往祝寿。有位仆射叫周青臣的，对他的空前伟业大大地阿谀奉承了一番，秦始皇听了当然高兴。而另一位博士淳于越则不识相，正在秦始皇高兴头上，却站起来反驳周青臣，说了一番既不是时候，也很不在理的话。他尖锐地批评秦始皇实行的郡县制，说他连自己的儿子都不肯分封，实在太说不过去，完全违背了古上的规矩。他引经据典，话说得异常尖刻：“事不师古而能长久者，非所闻也。”话锋一转又攻击周青臣“面谀以重陛下之过，非忠臣”。你秦始皇搞郡县制，已经是极大的错误了，他周青臣还拍你马屁，加重了你的错误，他这样的人还能算忠臣吗？这里首先让人看到的，是古已有之的“文人相轻”的老毛病。周青臣是为了讨好秦始皇，而淳于越却在很大程度上是为了攻击周青臣，在其他儒生面前表现自己。

实行郡县制到底对不对？这个大是大非问题必须搞清楚，“始皇下其议”，秦始皇让大家好好讨论讨论。丞相李斯说：“五帝不相复，三代不相袭，各以治，非其相反，时变异也。”应该说，李斯的这段分析完全正确。他接着说：“今诸生不师今，而学古，以非当世，惑乱黔首！”

他认为这些儒学书生们简直太成问题了，皇上每一道政令下去，他们都要套用古书上的陈词滥调非议一番，“入则心非，出则巷议”，极尽造谣诽谤之能事，这样下去还了得！李斯在这里对儒生们的批评虽然严厉了一点，也不算太过分。但他越说越激动，甚至把春秋以来天下混乱不堪的主要原因，都归罪到书生们“道古害今”上，这就是很大的片面性了。问题大就大在他提出的建议上：“臣请史官非秦记皆烧之。”秦始皇耐住性子将他的话听完，只说了一个字：“可。”于是诗书皆烧，纸灰乱飞，“所不去者，医药卜巫种树之书”。秦始皇没有学过马列，他不懂得思想的武器只能用思想的力量去摧毁，他更没有这份耐心对书生们去搞什么说服教育。“坑灰未冷山东乱，刘项原来不读书”，教训是极为深刻的。

至于“坑儒”之举，起因则是有个经常搬神弄鬼叫卢生的人物，先是欺骗秦始皇说，皇上若能听他言，行踪诡秘，无人知其起居，便能修成“真人”，这样便可“天长地久”。秦始皇听信了他。但卢生不久却同另一位儒生一起潜逃了。秦始皇联想到其他一些事情，怒气不打一处来。比如有个叫徐市的，他对秦始皇吹牛说，自己能到蓬莱岛上去找到长生不死药。秦始皇拨出巨款让他去办，结果“费以巨万计，终不得药”。他越想越生气，下令追查这帮文人术士在背地里都搞了些什么鬼名堂。结果书生们又暴露出他们固有的弱点，互相乱咬，越咬越多，最后竟株连到四百六十多人。秦始皇这次说了两个字：“埋了。”他的长子扶苏不禁打了一个寒战，跪劝父皇说：“天下初定，远方黔首未集，诸生皆诵法孔子，今上皆重法绳之，臣恐天下不安，唯上察之。”结果非但没有劝动，反而被父皇一气之下呵斥到北方去监督蒙恬戍边：京中的事用不着你这没出息的软弱小子乱插嘴，边防上要是出了事，小心你的脑袋！残忍，粗暴，这就是秦始皇处理意识形态问题的简单化做法，产生的恶果，最终只能以他打出的大秦江山去偿还，这代价太惨重了！

秦始皇轻信卢生、徐市这类术士的一派胡言，想要修成什么“真人”，寻找什么“长生不死药”，这不能过分责怪他，因为他没有学过唯物论。而现代的卢生、徐市式的“术士”们，毕竟要比两千二百多年前的卢生、徐市“聪明”多了，他们知道“真人”是根本修不成的，“长生不死药”也是根本找不到的。但他们可以变出别的花招，他们可以用肉眼“看到”你的五脏六腑哪里有病，可以用“意念”抓出你肚子里的恶性肿瘤，可以“隐身穿墙”……愚人在此奉劝诸君，对这类“超人”，要多加小心呢！

五曰“拆旧城，盖新宫”。秦始皇是一位出色的建筑欣赏家，但他的做法却实在够呛。他东征中每灭一国，都让人把该国的宫殿描下图来，带回咸阳，在渭水边划出一片地皮一座座按图重建，在那里营造起一座“万国公园”。另外还有两项大工程：一是嫌秦国原来的朝宫（礼堂）太小了，决定另造一座，于是动工兴建阿房宫。据说仅是他生前完工的前殿，上层能坐一万人，下层能竖起五丈高的大旗。二是在骊山营造他自己的浩大陵墓。仅仅这两项大工程，就动用了“刑徒七十万”。

秦始皇统一中国后的短短十年当中，修驰道，筑长城，治直道，开灵渠，营造阿房宫、骊山陵，等等，需要多少劳动力？除了战争中各国的战俘外，便大量征用徭役。他征用徭役的方法，到了无所不用其极的地步。最初征发的还只是犯罪的官吏，这倒还不算什么，老百姓对此不会有多大意见，但让这些犯罪官吏们去干粗重苦活肯定是不大行的。接下去就征发商贾，包括一切从事过经商活动的人，这对社会发展就大有其害了。秦始皇的这一做法，同他推行极不利于生产力发展的“上农除末”政策直接有关。在当时社会条件下，实行“上农”政策是对的，但“除末”政策却其弊极大。我们今天从有限的史料中得知，本来战国时代的工商业已有相当发展，如吕不韦，担任秦国丞相前就是在邯郸做大买卖的一位珠宝商。还有经营谷米和丝绸的洛阳大贾白圭，制盐起家的猗顿，“富埒王侯”的邯郸冶铁大王郭纵，等等。由于秦始皇实行重农抑商政策，在他进行统一战争期间和战后，工商业受到极大压制和破坏。秦始皇只对两位企业家发生过兴趣，一位是“畜牧大王”乌氏倮，他的牛马多得不能以头计，而用山谷来估算。秦始皇的军队需要大量马匹，因而他给了乌氏倮特殊的礼遇，过年时请他同大臣们一起进朝赴宴。另一位是巴蜀寡妇清，经营炼丹业，秦始皇迷信“长生不死药”，敬仰这位炼丹寡妇，为她修筑了一座“女怀清坛”。至于其他商人，对不起，统统要征发去服徭役。商人征发完了，还不够，接着征发“赘婿”和“闾左”。“赘婿”是上门女婿；所谓“闾左”，就是相邻的居民中住在左边的那一家，来秦始皇倒是“反左”的。南征北伐，浩繁工程，大大超过了老百姓的承受能力和国家的财力，苛征之猛也就不难想象了。

如此这般，民怨如何不沸腾起来！

三

秦皇驰道，本应成为秦始皇驾驭他的庞大帝国驰向辉煌大治的坦途；然而不幸，他和他的大秦帝国沿着这条宽广驰道，迅速驰向了穷途末路。

秦始皇的灵车返抵咸阳正式发丧时，赵高勾结胡亥、李斯伪造的两封“遗诏”也出笼了：一封传位于次子胡亥；另一封赐长子扶苏、大将蒙恬死。这样，他们在咸阳宫为秦始皇举行盛大葬礼时，皇皇撞响的却是大秦帝国的丧钟。

历史长河的必然性流向，犹如黄河之水浩荡东去途中，常常会偶然撞上礁石，掀起惊涛骇浪，河道因此变得迂回曲折，有时甚至会发生泛滥改道。春秋以降，诸侯纷争，四分五裂，战乱不休。结束战乱，走向统一，这是战国末期人心所向的历史大势。秦始皇完成了统一大业，本应为华夏之邦开创空前辉煌的发展时期。但是，秦朝为何竟这么短暂就灭亡了呢？这是一代又一代的史学家、政治家们分外瞩目的历史大课题。

贾谊和司马迁是第一批详细论析秦帝国速亡原因的伟大史学家。司马迁在《史记·秦始皇本纪》中大段引述贾谊的《过秦论》，发出了“前事不忘，后事之师”[①]的千古警言。贾谊和司马迁都带着极大的遗憾心情，评说着秦始皇的大得大失。至于秦始皇的继承者秦二世，则已“本末皆失”。贾谊和司马迁的这种遗憾心情，突出地表现在他们在论述过程中提出了一连串的“假设”。

司马迁引用贾谊的分析认为，周室衰微，诸侯纷争，兵革不休，士民罢敝，“近古之无王者久矣”。而秦始皇兼并海内，南面称帝以令天下，“是上有天子也”。深受天下连绵战乱之苦的黎民百姓，对秦始皇曾寄予莫大希望，“元元之民冀得安其性命，莫不虚心而仰上”。也

---

① “前事不忘，后事之师”这句话，我在很长一段时间内一直误认为是司马迁在《史记》中最先提出来的。后来，批评家张宗刚在《文学报》发表题为《名家散文的硬伤与不足》长文，专门对我的散文挑错，指出我对这句话的“张冠李戴”。这的确是我的一处“硬伤”，伤得鲜血淋淋。我忽略了司马迁笔下“善哉乎贾生推言之也！曰：……”这句话，以下是司马迁大段引用了贾谊《过秦论》原文。“前事不忘，后事之师”这句话应归属贾谊。后来我进一步查证，发现这句话也不是贾谊原创。“前事不忘，后事之师”最早出自《战国策·赵策一》，是谋臣张孟谈对赵襄子说的，原话是“前事之不忘，后事之师”。这次编集，我对几篇写秦朝从成功到速亡经验教训的文章中与此相关的一些议论，都一并做了修改。朱注。

就是说，当时的民心所向，是秦始皇治国安邦的最大政治资本，“守威定功，安危之本在于此矣”。假设秦始皇能够让人民休养生息，“以养四海”，使“天下之士斐然乡风”，“若是者何也”？秦帝国的前途命运将会是另一种什么样的兴盛景象呢？

司马迁引用贾谊之言提出的第二个假设，我们今天读来不能不说它是一种惊人之见：假如秦始皇统一中国之后，在大政策上不出现那么多大失误，则“虽有淫骄之主而未有倾危之患也”！（当然，贾谊和司马迁没有提到若是文臣武将也都“淫骄”起来，又将会怎样？）总而言之，失察民意，拂逆民心，乃秦始皇的根本性失误。

退而论之，再假设当初长子扶苏跪劝缓行“坑儒”酷刑时，秦始皇能稍稍耐心地听一听，即使不听其谏也别将他斥去戍边，而将他带在身边一起出巡。那么，秦始皇驾崩前便可向扶苏面命传位，赵高、李斯也就不会有机会策划改立胡亥的政治阴谋。因为秦始皇虽然不大喜欢长子扶苏，但王位继承权还是明确地留给他的。扶苏是位“蔼然仁者”，又有关系亲密的大将蒙恬支持他，假如他继位，站住脚跟不会有多大问题。进而可以断言，扶苏定会着手矫正父皇的酷政。那么，秦王朝的命运便可能向好的方向发展。

再退而论之，胡亥继位，虽非秦始皇所命，但黎民百姓对这位“新主”还是抱有一线期待的，“今秦二世立，天下莫不引领而观其政”。其时之秦朝百姓，正处在“寒者利短褐，饥者甘糟糠”的境地，假设秦二世能为他们创造获得起码温饱的条件，便可收到“劳民易为仁”的施政效果。“天下之嗷嗷，新主之资也”，胡亥面前是存在着扭转危局、稳住天下的机遇的。但“胡亥极愚”，是位彻底的庸主，根本不懂得去利用这些条件。

《秦始皇本纪》中甚至提出了这样一个最后的假设：胡亥自己平庸也不怕，假设他能够任用忠良，“臣主一心而忧海内之患”，不负“万民之望”，则仍有可能稳住天下。但胡亥除了各方面的才能远远逊于始皇，唯独残暴这一点却有过之而无不及。在形势严重危急之际，右丞相去疾、左丞相李斯、将军冯劫联名向他进谏：鉴于“关东群盗并起”，形势严峻，建议停建阿房宫，减轻徭役苛征，以缓解矛盾，扭转危局。他不但不听，反而严责他们三人“不为朕尽忠力”，统统罢官罗罪，去疾、冯劫被逼自杀，李斯被五马分尸。从此，他只信赵高一人，“与高决诸事”。赵高小人得志，胡作非为，指鹿为马，弄得满朝文武人人自危，人心散乱。胡亥到了这种时候甚至还继续大兴土木，“骊山未毕，复作阿房”，繁刑严诛，赋敛无度，“刑戮相望于道”。胡亥终于将天下百姓的最后一点期待也彻底毁灭了，天下怎能不反？陈涉一介草民，而能“奋臂大泽而天下响应者，其民危也”。

秦始皇这样的伟业隆主，身边钻进赵高这样的宦官小人，最终被他坏了大事，这亦属不可忽略的历史教训之一。赵高胡作非为，把大秦江山折腾得彻底散了架子之后，还妄想取而代之。他乘天下大乱之际，策划他的女婿咸阳令闫毅及其弟赵成起兵谋反，进宫逼杀秦二世。昏庸之极的胡亥，死到临头还同闫毅讨价还价，“吾愿得一郡为王”，闫不允；“愿为万户侯”，不允；“愿与妻子为黔首，比诸公子”（注：秦始皇的“诸公子”都是普通老百姓）。闫毅告诉他说：“我是受丞相赵高之命前来杀你的，你什么废话也不用说了！”闫毅说完一挥手，外面的士兵呼啦一声持刀挺矛涌了进来，胡亥只得自己拔刀结束了自己。胡亥死后，赵高倒是真的给了他一个“黔首”身份，“以黔首葬二世”，胡亥是历史上少有的“死无葬身之陵”的帝王。

赵高又立胡亥的侄子子婴为秦王，子婴头脑还算清醒，他并不感激赵高，与自己的两个儿子商量好计谋，将作恶多端的赵高杀了，夷其三族，除掉了这位亡秦大奸。但大秦王朝已经无救，子婴即位仅四十六天，就向攻陷咸阳的刘邦献玺投降了。又过了个把月，项籍将子婴及秦始皇宗族子孙全部杀光……呜呼，哀哉大秦！

四

哦！只因秦皇驰道遗迹仅存约一公里，缰绳一抖，我的思路冲出秦皇驰道，跑到大秦帝国的万里原野上去了。好在这片广阔大地都是大秦帝国传下的疆域，我这不能算跑野马吧？

1995 年 4 月